봄, 여름, 가을 그리고 겨울

봄, 여름, 가을 그리고 겨울

초판 1쇄 발행 · 2015. 12. 29.
초판 2쇄 발행 · 2016. 3. 31.

지은이 · 이형 김명주
발행인 · 이상용 이성훈
발행처 · 청아출판사
출판등록 · 1979. 11. 13. 제9-84호
주소 · 경기도 파주시 회동길 363-15
대표전화 · 031-955-6031 팩시밀리 · 031-955-6036
E-mail · chungabook@naver.com

ISBN 978-89-368-1076-4 03810

봄, 여름, 가을 그리고 겨울

인생의
사계를 함께한 부부의
행복한 기억

이형 · 김명주 지음

청아출판사

머리말

1983년에 은혼(銀婚)의 해를 맞았던 우리는 "좋을 때나 궂을 때나"라는 제목의 부부 수필집을 냈었다. 그때 쉰을 갓 넘긴 우리는 50이면 지천명(知天命)이라는데도 철부지처럼 꿈을 꾸며 살았었다. 그 책도 그러한 꿈의 소산이었던 것 같다. 그 꿈이 무엇이었는지조차 미처 헤아리지 못하고 있는 사이에 우리 나이는 벌써 80대의 중턱에 이르고 있다.

그새 수많은 봄 여름이 가고 가을 겨울이 갔다. 이제 1년만 더 있으면 우리도 회혼의 해를 맞는다. 어지간히 오래 함께 살아온 셈이다. 우리가 함께 걸어온 길은 평탄한 길만은 아니었다. 그리고 그 길을 앞으로 얼마나 더 걷게 될지 또 그 길이 어떠한 길이 될지 알지도 못하면서 둘이 다시 걸어가야 한다.

어떤 노래 가사에 '죽음도 삶도 흐르는 강물과 무엇이 다르랴' 하는 것이 있었다. 흘러가는 세월을 생각해 보니 그 말에 일리가 있는 것 같기도 하다. 서양의 어떤 철학자가 어릿광대의 일화에 빗대어 인간의 인생을 비유한 풍자의 글이 생각난다. "어느 극장에 불이 났는데 만담을 하던 어릿광대가 '극장에 불이 났다'고 다급하게 관객들에게 알려 주었다. 그러나 관객들은 우스갯소리의 연장인 줄로만 알고 몇 번을 되풀이해 불이 났다고 해도 그저 웃기만 했다. 인생도 이렇게 멋모르고 웃는 속에 막을 내릴지 알 수 없다."는 얘기였다.

실(實)을 허(虛)로 받아들이고 허를 실이라고 잘못 알면서 한평생 살다보면 어느덧 인생이 막을 내리고 만다는 것이니, 생각하면 허무한 인생이요 삶이 아닌가. 이 풍자의 글은 우스운 것 같으면서 그 뒷맛이 어딘지 모르게 인생에 대한 허무와 비애를 말하는 것 같아서, 죽음과 삶을 강물에 비유한 가요의 허무와 일맥상통하는 것 같은 느낌이 든다. 설사 그렇다손 치더라도 우리는 삶을 흐르는 강물로 생각하고 조용히 평온하게 음미해 가면서 걸어가고 싶다.

지나온 길은 고르지 않고 진흙길, 돌밭길이 많은 길이었더라도 앞으로 남은 길은 평탄하고 고요하고 편안한 길이 되리라고 믿고 바라면서 걸어가고 싶은 것이다.

2015년 겨울

2부 김명주 편

1장
가을

2장
들꽃

3장
춘란

1부
이형 편

고향

고향 가는 길

경남 통영이 나의 고향이다. 항공편을 이용하면 서울을 출발해서 2시간 남짓이면 통영에 닿게 된다. 이른 아침에 비행기를 타면 통영에 도착해서 아침밥을 먹을 수가 있다. 대전-통영 간 고속도로가 개통된 후로는 버스 편으로도 서울에서 통영까지 4시간 남짓이면 당도한다. 더군다나 서울-부산 간 KTX가 부설되고 부산-거제 간 거가대교가 개통된 후로는 서울-통영을 3시간 남짓이면 갈 수 있게 되었다. 참 세상 편해지고 좋아졌다는 것을 실감하게 된다.

초등학교를 졸업하고 곧 통영을 떠났으니까 객지 생활이 70년을 훌쩍 넘었다. 그때만 해도 미일 전쟁이 한참이었던 일제 말기여서 통영에서 서울까지 적지 않은 시간이 걸렸다. 1944년까지만 해도 통영에서 낮 기선을 타고 부산까지 나가는 데 약 5시간, 부산에서 밤 8시 기차를 타면 12시간 만인 다음 날 아침 8시에 서울역에 닿았다. 그러던 것이 전쟁이 막바지로 접어든 1945년에 들어서는 군사상 이유로 일반 선박의 진해만 통과가 불허되고 통영에서 부산으로 가는데 거제도의 바깥쪽을 돌아가야만 했다. 진해가 일본 해군의 기지였기 때문이다. 요즘처럼 기름이 넉넉했던 시절도 아니고 목탄을 써서 움직이는 증기선은 통통거리며 굼벵이 걸음으로 운항을 했다. 통영에서 아침에 출발하면 다음 날 이른 새벽에나 부산에 닿게 되고 아침기차를 타면 12시간 후인 밤에 서울역에 도착했다. 통영에서 서울까지 무려 40시간 가까이나 걸렸던 셈이다.

해방이 되면서 거제도 외곽을 도는 불편은 없어졌지만 그래도 서울까지는 만 하루가 족히 걸리는 먼 거리였다. 2시간이 소요되는 요즘의 사정이 금석지감(今昔之感)을 불러일으키는 것도 무리가 아니라고 짐작될 것이다.

육로는 더 심했다. 뱃멀미가 무서워 배 대신 부산행 버스를 타면 굵은 자갈을 깔아 놓은 비포장도로가 탄 사람들을 괴롭혔다. 말끔히 포장된 요즘의 길은 양반도 상 양반이다. 돌이 튀어 버스 밑창을 치는 것은 고사하고 어떻게나 차가 흔들리는지 부산에 닿을 때쯤이면 전신의 힘이 빠지고 머리가 멍해져 기진맥진할 지경이었다. 결혼 후 신혼여행을 왔던 아내가 어쩌다 내가 이런 시골로 시집을 오게 되었는가 하고 한탄을 하게 만들었던 부산–통영 간 버스 길이었다.

해방 후 1~2년 동안에는 경부선 열차 타기가 하늘의 별 따기 만큼 어려웠다. 정상적으로 표를 살 수가 없어 많은 사람들이 암표를 사야했다. 해방되던 이듬해 봄의 일이다. 암표마저 구할 수 없어 백방으로 표를 구하러 다니는데 어떤 사람이 기관차라도 타겠느냐고 말을 걸어왔다. 부산에 마땅히 잘 곳도 없는 처지여서 그 사람에게 얼마간의 돈을 주고 기관차 뒤 칸의 석탄 위에 올라탔다. 석탄가루에 옷이나 얼굴 손발 할 것 없이 깜둥이 일색이 된 것은 말할 것도 없고 터널을 지날 적마다 숨을 쉬지 못할 만큼 시꺼먼 연기를 들이마셔야 했다. 계속 밑으로 흘러내리는 석탄 더미 위에서 몸이 함께 미끄러져 내려가지 않으려고 용을 썼다.

그 이듬해 여름에는 겨우 표를 사서 기차를 타기는 했는데 앉을 자리는 고사하고 서 있기조차 힘이 들만큼 열차 칸은 초만원이었다. 한더위에 냉방장치가 있는 것도 아니고 숨을 쉬는 것조차 힘에 겨웠다. 그때 누군가가 뒤 칸은 여기보다 좀 비어 있다면서 사람들을 헤치고 그곳으로 옮아갔다. 귀가 솔깃해진 우리 일행 세 명도 뒤를 따랐다. 과연 그 칸은 사람이 몇 없는 화물칸이었는데 찜통 같았던 먼저 칸에서 옮아가니 숨통이 확 트일 정도로 시원했다. 이렇게 좋은 화물칸을 두고 왜 사람들이 객차 칸에서만 야단들을 하는지 이해를 할 수 없다면서 우리는 화물칸에 자리를 잡고 앉았다. 그러나 얼마 가지 않아 그 칸이 비어 있었던 이유를 알게 되었다. 그 칸은 냉동 생선을 운반하기 위한 냉동 칸이었다. 10분도 지나기 전에 몸이 차가워지기 시작하더니 30분쯤 되니까 견딜 수 없을 만큼 추워졌다. 손발을 비비고 보온에 도움이 될 만한 체조를 계속했지만 효과가 없었다. 옆 칸으로 되돌아가려 해도 그쪽에서 문을 잠가 버려 문이 꿈쩍을 하지 않았다. 우리 일행은 서로 붙어 앉아 체온 유지를 위해 온갖 힘을 다 썼으나 여름 옷차림인지라 허사였다. 악을 쓰다시피 이를 악물었으나 이는 쉴 새 없이 소리를 내고 부딪쳤다.

7시간 남짓을 그렇게 죽을 고생을 한 끝에 서울역에 도착하고서야 밖으로 뛰쳐나왔다. 오줌을 누니 오줌이 샛노랬다. 우리 일행은 꼬박 이틀 동안 몸살을 앓고 누워 있어야 했다. 고향으로 오가는 길은 이렇게도 험난하고 힘겨웠는데 그때엔 꿈도 꾸지 못할 만큼 요즘 고향 길은 시간이 단축되었다. 국력의 신장과 과학의 발달에 그저 감탄하고 감사할 따름이다.

그러나 여행 시간이 단축되고 편해졌다고 해서 덮어 놓고 모든 것이 다 좋아진 것은 아니다. 편해지고 편리해지고 시간이 절약되는 것은 사실이지만 지루하고 긴 여행 끝에 그리던 고향에 당도했을 때의 그 말할 수 없는 반가움과 가슴 뿌듯한 행복감은 단 2시간만의 짧은 여행길로는 얻어 보기 힘든 정감(情感)이다. 부산에서 탄 배가 방화도(등대섬)와 군함 바위를 지나 발개가 보이고 매일봉, 장자도를 돌아 강구안으로 들어서면 불이 켜진 항구와 통영 시가가 그렇게 아름다울 수 없었다. 너댓 시간 동안 시달렸던 뱃멀미가 수면에 이른거리는 길고 부서지는 불빛에 말끔히 가시는 순간이었다.

시대가 바뀌고 세월이 흐르는 사이 세상은 많이도 변했다. 사는 양식도 바뀌고 느끼는 정서도 옛날 같지가 않다. 비록 옛날 그대로의 정서를 그냥 간직할 수는 없다고 하더라도 고향의 차분하고 정(情)이 있는 분위기는 계속 붙잡아 두고 싶은 것이 객지에 나와 사는 사람들의 바람이다. 그들은 옛 그대로의 고향을 가슴에 묻고 있기 때문이다.

고향 사람들

요즘처럼 고향이라고 찾아가도 낯익은 사람이 별로 없다. 도시의 모습도 많이 변했지만 그보다 그곳에 사는 사람들이 더 많이 변했다. 산천도 의구하지 않고 인물도 간 데 없게 되었다는 것을 실감하게 된다. 갈 때마다 아는 사람이 하나둘씩 없어지고 가까운 친척이나 친지, 친구들이 손에 꼽힐 만큼 줄어들었다. 그렇지 않아도 가까웠던 고향 사람들의 거의 전부가 고향을 떠나 서울, 부산 등 큰 도시로 이사를 한 탓에 벌써 오래전부터 고향에 가도 긴히 찾아볼 사람이 몇 안 남아 있었는데 그나마 남아 있던 사람들마저 수년 사이에 해마다 하나둘씩 세상을 떠나 버리고 있다.

통영이 읍 소재지였던 일제 말의 통영 토박이들 중 8할(割)가량이 외지로 떠나버렸다고 들었다. 그 빈자리를 메운 것이 옛 통영군의 여러 섬이나 이웃 거제, 고성 등지에서 전입해 온 사람들이라고 한다. 해방되던 해에 3만 남짓이었던 통영 시내의 인구가 21세기로 들어서면서 근 3배로 늘어났다고 하니 원 토박이들의 비율은 전체의 1할이 채 못 될 것으로 추정된다. 그러니까 지금의 통영은 외지로부터 전입해 온 사람들이 인구의 주류를 이루고 있으며 그들이 바로 통영 사람이 된 셈이다. 고향을 찾아도 토박이 고향 사람들을 찾아보기 힘들게 된 사정이 오히려 당연하다고 하겠다. 또 설사 토박이라고 하더라도 나이 이삼십 대의 젊은 세대들은 나이 들고 외지에 오래 나가 사는 나그네 토박이들에겐 거의가 낯선 사람들일 수밖에 없으니 이들 역시 나이 든 토박이들에겐 외지인과 하나도 다를 바가 없는 터이다. 이렇게 생소한 사람들뿐인 고향인데도 해마다 한두 번은 고향을 찾고 싶은 충동을 이기지 못하고 있다. 고향을 떠나 사는 사람들에게 고향이란 마술사 같은 흡인력을 지닌 존재인 모양이다.

통영은 아름다운 고장이다. 산과 바다가 수려하고 연중 내내 기후가 온화하다. 그 아름다운 경치와 온화한 기후 탓에 그곳에 사는 사람들의 마음이 온화하고, 아름다운 것을 사랑하는 섬세한 예술적 감수성을 소유하게 되었는지 모를 일이다. 통영에서는 극작가, 소설가, 수필가, 시인, 음악가, 화가, 조각가 등 어디에 내어 놓아도 떳떳하게 자랑할 만한 수준의 예술인들이 많이 태어났다. 사실 통영 사람치고 웬만큼 글을 쓰지 못하는 사람은 드문 것 같다. 통영에서 발간되고 있는 수필 동인지 〈수향(水鄕)〉을 보면 그들의 뛰어난 글솜씨에 놀라움을 금할 수가 없게 된다. 이러한 글재주는 역시 통영의 빼어난 자연 환경과 무관하지 않을 것으로 짐작이 간다. 통영만큼 천혜의 경관을 지닌 곳이라면 사람들의 감수성이 남달리 예민하고 보다 낭만적이 되는 것이 보통이고 또 자연스럽다고 할 만하다. 이 자연에 더해 글 읽기 좋아하는 버릇이 글재주를 개발하는 데 큰 도움이 되었을 것으로 짐작된다.

예부터 통영은 향학열(向學熱)이 높은 고장으로 이름나 있었다. 일제강점기부터 방학 때가 되면 연안 객선이 외지로 유학 가 있는 학생들을 실어 나르느라 이삼일 동안 일반 승객을 못 태울 만큼 유학생으로 붐볐다. 그러한 향학열이 글을 숭앙하는 환경을 조성하고, 긴 세월에 걸쳐 통영 사람들의 예술적 자질과 글 쓰는 소지(素地)를 마련해 놓았다고 추정해도 과히 빗나간 추정은 아니 될 듯하다.

높은 예술적 감각과 함께 옛 통영 사람들의 또 하나의 특징이 그들의 유별난 자존심이 아니었나 한다. 강한 자존심은 권위에 대한 맹목적인 순종을 거부하고, 어떤 종류의 권위이든 부당한 권위주의의 군림을 그냥 묵인하지 않는 저항 정신이 강했다. 옳은 것을 옳다고 말하고 그른 것을 그르다고 판단하는 양식이 바로 올바른 비판 정신을 낳고, 올바른 비판 정신이 뼈대 있는 저항 정신을 조성했다고 볼 수 있다.

통영 사람의 저항 정신은 통영오광대 놀이의 내용에서 제대로 엿볼 수 있다. 양반의 횡포에 대한 상민의 불만은 항용 양반의 결점과 잘못을 들추어냄으로써 그들을 우스갯거리로 만들거나 때로는 그들을 조소 또는 냉소하는 번농적풍자(飜弄的諷刺)의 형식을 취한다. 그러나 통영오광대에서는 상민의 반발과 항거가 양반을 조롱하는 데만 그치지 않고 그들을 개과천선(改過遷善)시킨다는 구체적 결과를 담고 있다. 양반의 횡포에 대해서는 하늘과 신도 무심히 넘기지 않는다는 인심, 곧 천심의 사상과, 인업이 있으면 반드시 그에 상응하는 업보가 있다는 인과응보(因果應報)의 철학을 강조하고 있다는 점에서 통영오광대는 통영 사람의 저항 정신을 바르게 구현했다고 풀이된다.

자존심이 강한 사람은 대체로 남에게 의존하려 하거나 아쉬운 소리 하기를 싫어한다. 아첨이나 입에 발린 말도 잘 하지 않는다. 또 출세하기 위해 특별히 비굴해지거나 체면 불고의 청탁 같은 것을 하기 꺼려한다. 물론 통영 사람이라고 다 그렇다는 것은 아니다. 더러는 아첨에 능하고 줄을 잘 타서 벼슬자리에 오른 통영 사람이 없지 않은 것도 사실이다. 그러나 많은 통영 사람들이 구구하게 남의 동정을 구하느니 차라리 불이익을 감수하는 편이 낫다고 생각하는 사고방식에 동조하는 것을 보면, 체면을 잃어 가면서까지 남에게 굽히고 들어가기 싫어하는 강한 자존심이 통영인 기질의 대표적인 것이라고 말해서 과언이 아니 될 듯하다. 토박이가 많이 빠져 나간 통영에서 이제 이러한 기질을 가진 토박이를 만나기란 어려운 일이 되었다.

'고향에, 고향에 돌아와도 그리던 고향은 아니러뇨' 하는 가곡의 가사처럼 고향에 돌아와도 옛사람들이 빠진 고향은 꿈속에 그리던 그런 고향일 수가 없겠는데 그래도 고향 하면 가슴 저려 오는 그리움이 남아 있고 어릴 적 추억 속의 고향이 눈앞에 다가서니 고향이란 아무리 외견상 탈바꿈을 했다고 하더라도 언제나 정다운 고향일 수밖에 없다는 것을 절감하게 된다.

향토 음식

'가장 한국적인 것이 가장 세계적인 것'이라는 말은 '가장 향토적인 것이 가장 한국적인 것'이라는 말과 통한다. 가장 한국적인 것은 한국밖에 안 가진 것이니까 세계에 내놓을 만한 것이 될 수 있고, 가장 향토적인 것은 그 지역만이 가지는 특색이 있기에 한국 어디에 내놓아도 지역을 대표하는 자리를 차지할 수 있다.

향토적인 것의 대표격이 되는 것이 바로 향토 음식이다. 어느 특정 지역에서 전통적으로 전해져 내려오는 음식, 또 그곳에서만 나는 재료를 가지고 그곳이 아니면 제 맛을 낼 수 없는 음식이 곧 향토 음식인데, 같은 재료를 가지고도 딴 곳에서 만들면 맛이 다른 것처럼 느껴지는 데 향토 음식의 묘미가 있다.

우리나라에는 예부터 이름난 향토 음식이 많다. 전주 비빔밥과 콩나물국, 진주 비빔밥, 동래 파전, 남원 숙회, 춘천 막국수에 닭갈비, 강원도 감자부침개, 개성 보쌈김치, 서산 어리굴젓, 전라도의 토하젓을 비롯한 각종 젓갈, 고창 고추장과 영광 굴비 등 헤아리자면 한이 없다.

수송 수단이 빨라지고 저장 기술이 발달한 탓에 이제는 각 지방의 특산물이 전국적으로 고루 퍼지고 있으며 TV의 보급과 패스트푸드 선호, 조미료와 향신료의 대량소비 등으로 말미암아 많은 향토 음식이 특색을 잃고 어디서나 그 맛이 그 맛인 것 같은 맛의 평준화랄까 일률화가 이루어져 가고 있는 중이다. 그러나 입맛이 까다로운 사람들은 여전히 현지의 맛을 제일로 치고 있으니 맛을 따지는 식도락가의 입은 여전히 건재해 있다고 하겠다. 아무튼 '이것이 우리 고장의 맛이오' 하고 자신 있게 내놓을 수 있는 그 고장 특유의 맛이 차츰 자취를 감추고 있다는 것은 부인하기 어려울 것 같다. 전국 어디서나 맛볼 수 있는 음식들을 내 고장의 맛이라고 내걸 수는 없는 노릇이다.

향토 음식은 중요한 관광 자원의 하나이다. 그런 점에서 잊혀 가는 향토 음식의 재발굴은 그 고장의 관광 진흥을 위한 하나의 필수적인 과제라고 할 수 있다. 밖으로 알려지지 않아서 그렇지 우리 고향 통영에도 내로라하는 음식과 맛이 적지 않게 있다. 예를 들면 통영에서 제삿밥으로 흔히 먹는 비빔밥은 다분히 이 고장만의 고유한 것이라고 자랑할 만하다. 바지락을 섞어 무친 톳나물과 싱싱한 미역, 파래를 주로 하고 애호박과 콩나물, 채 썬 무나물에다가 홍합 한두 개 그리고 볶은 고추장을 얹으면 감칠맛 나는 해물 비빔밥이 된다. 기호에 따라 서실, 청각을 넣어도 좋고 새우, 문어, 우렁쉥이를 얇게 썰어 보태도 좋다. 갖은 해산물로 우려낸 두부국을 쳐서 비벼야 제격이고, 꾸덕꾸덕하게 말린 갈치나 가자미를 쪄서 양념한 것을 곁들이면 더욱 그만이다.

또 통영에는 구미를 당기는 찬거리가 많다. 실파래와 미더덕 등을 넣고 끓인 된장찌개, 조개를 잘게 다져 된장과 버무려 조개껍질에 구워내는 조개 된장 구이, 우뭇가시로 만든 한천을 고추장에 담근 투명한 우무장아찌, 숭어밤젓에 갈치창자젓, 무를 숟가락으로 긁어 홍건한 국물과 함께 담근 통영식 굴젓, 듬성듬성 칼로 크게 썰어 담근 석박김치, 무김치 속에 박아 뼈가 삭은 볼락 등 모두가 통영에서가 아니면 맛볼 수 없는 진미들이다. 아쉬운 것은 옛날엔 그렇게도 흔하던 대구가 잘 안 잡히는 바람에 대구 고니 시락국을 구경하기가 어렵게 되고 얇게 썬 무와 함께 담근 대구 아가미젓과 대구 알젓을 자주 못 찾아 먹게 되었다는 사실이다. 요즘 외국에서 잡힌 대구가 많이 들어오고 있다는 소식이지만 옛날의 통영 대구맛과는 한참 거리가 멀 것 같다.

이런저런 통영 고유의 찬에 이곳 바다에서 나는 감성돔, 볼락 같은 생선 양념 구이를 곁들여서 깔끔한 순 통영식 식단을 관광 향토음식으로 제공하는 집이 있었으면 좋겠다. 《미각의 생리학》이라는 책을 펴낸 세계적 식도락가 브리야사바랭은 "먹는다는 것은 하나의 필요성이다. 그러나 잘 먹는다는 것은 하나의 예술이다."라고 말했다지만 향토 음식은 잘 먹기 위한 하나의 예술이며 또 그런 경지로 승화시킬 가치가 충분히 있는 것이라고 생각한다.

옛날 옛적에

수필가 김우현 님의 수필집 〈사투리 있는 인생〉을 기증받은 것이 1980년 11월이었으니까 어언 사십여 년 전의 일이다. 받은 후 틈틈이 읽다가 절반도 읽기 전에 몇 번 집을 옮기는 통에 뒤범벅이 된 책들을 제대로 정리하지 못해 그 수필집을 잊고 있었다. 그런데 얼마 전에 서재의 책들을 줄이려고 정리를 하면서 그 책을 다시 보게 되었다.

옛날 생각을 하면서 수필 몇 편을 읽게 되었는데 그중 〈기숙사의 달밤〉이라는 글을 보고는 깜짝 놀랐다. 그분이 겪은 내용이 내가 기숙사에서 겪은 경험과 놀랄 만큼 흡사했기 때문이다. 학년으로 보아 나보다 2년 선배가 되시는 분이니까 기숙사에서의 경험은 둘 다 일제강점기의 일이다. 불행히도 그분이 이미 작고하고 안 계시지만 만약 살아 계셨더라면 금세라도 뛰어가서 옛날의 일들을 서로 회고하며 술이라도 한잔 기울이고 싶은 심정이 되었다.

〈기숙사의 달밤〉은 이렇게 시작한다.

찌그러진 바께쓰에 분탄을 수북이 한 삽 넣고 찔끔 찔끔 물을 부어가며 이게다가 웬만큼 찰기가 돌면 장갑 낀 손으로 꼭꼭 주물러서 달걀 크기만 한 주먹탄을 만든다. 이것들을 몇 개씩 부삽에 담아 가까스로 피운 아궁이 속의 장작불 위에 조심스럽게 얹는다. 활활 타던 불길이 갑자기 꺼매지면서 픽픽 소리를 내고 뿌연 김과 누런 연기를 뿜다가 어찌어찌 탄에 불이 붙으면 그제사 마음이 놓인다.

그의 글을 이렇게 길게 인용한 것은 꼭 같은 경험을 한 나의 지난날의 기숙사 생활이 너무나 생생하게 떠올랐기 때문이다. 일제 강점기 중학교 기숙사의 하급생이란 고달픈 일을 도맡아 하는 것이 일과였다. 윗글에서와 마찬가지로 나도 매일 밤 저녁을 먹고 나면 우리 방 아궁이에 분탄 가루를 물에 으깨서 어린아이 주먹만하게 만든 탄 덩어리를 넣고 불을 붙이느라 고생했다. 나는 바께스 대신 지하실 시멘트 바닥에 분탄을 둥그렇게 잘 깔아 놓고 가운데에 조금씩 물을 부어 가며 삽으로 혼합해서 분탄 덩어리를 만들었다. 휴지 종이 위에 잘게 쪼갠 장작 불쏘시개를 놓고 불을 피운 뒤 장작에 불이 붙으면 그 위에 물기가 축축한 분탄 덩어리를 조심스레 얹어 놓고 부채질을 하며 분탄에 불이 옮겨지기를 기다렸다. 그러나 제대로 불이 붙는 것은 두세 번에 한 번 꼴이고 곧잘 밑의 장작불마저 꺼지게 만드는 수가 많았다. 한 번은 대여섯 번을 실패하고 마지막엔 불을 지필 종이나 불쏘시개 장작까지 떨어지고 말았다. 방이 더워지지 않자 같은 방의 상급생이 어떻게 된 거냐고 불같이 화를 내고 금세라도 잡아 족칠 듯이 불호령이었다. 그냥 방에 들어갔다가 상급생한테 혼꾸멍날 생각을 하니 기가 딱 질렸다. 두 손을 놓고 아궁이 앞에서 울상을 짓고 있는데 우리 옆방의 5학년 실장이 자기네 방 아궁이를 살펴볼 참이었는지 지하실로 내려왔다. 불 꺼진 아궁이 앞에 울상을 짓고 있는 나를 보자 사정을 짐작한 그는 자기 방 아궁이의 불붙은 분탄 덩어리를 한 삽 우리 방 아궁이로 옮겨 주고 그 위에 조금씩 주먹탄을 얹어서 불을 키우라고 일러 주었다. 그 선배가 하느님처럼 고마웠다.

마음 같아서는 그날로 당장 기숙사 생활을 집어치우고 하숙을 구하고 싶었으나 한번 입사한 사생이 기숙사를 빠져 나가기란 거의 불가능에 가까웠다. 무슨 이유에서였는지 웬만한 이유를 가지고는 사감이 퇴사를 허가해 주지를 않았기 때문이다.

난방용으로 분탄을 사용한 것은 그 당시 한국 팔도 어디서나 흔하게 있었던 일이었으니까 김우현 님과 비슷한 경험을 했다고 신기해할 일은 못 되지만 상급생의 심부름으로 한밤중에 만두를 사러 갔던 사건은 내가 당했던 경험과 너무나 흡사해서 놀라움을 금할 수 없었다.

김우현 님의 경험은 취침 시간 직전에 요장실(寮長室)로 불려가 선배들이 시키는 대로 몰래 기숙사를 빠져나가 자기 돈까지 합쳐서 중국집 만두를 사 왔는데 선배들은 고생한 자기에게는 만두 한 개도 주지 않고 그냥 제 방으로 가서 자라고 했다는 내용이다.

나의 경우도 줄거리는 비슷하다. 취침 시간이 지난 밤중에 자고 있는 나를 깨우더니 5학년생인 실장이 중국집에 가서 만두를 사오라고 시켰다. 우리 방에는 5학년 상급생 대여섯 명이 모여 있었다. 눈이 쌓인 한겨울 11시가 다 된 시간이었다. 기숙사 현관 입구에 신발장이 있고 사감 선생 방이 입구 첫 방이어서 그 앞을 통과할 수는 없었다. 할 수 없이 중간쯤의 창문을 뛰어넘었다. 양말바람이었다. 높이가 2미터나 되는 기숙사 뒷문을 힘겹게 넘어 4백 미터가량 거리에 있는 중국집까지 캄캄한 길을 한숨에 달려갔다. 일주일에 한 번밖에 만들지 않는 만두여서 밤중에 동네 사람들이 앞다퉈 사러 오기 때문에 조금만 늦어도 만두는 매진되기 일쑤였다. 뛰지 않을 수 없었던 이유였다. 중국집의 만두랬자 속에 야채만 잔뜩 채운 호두알만 한 크기의 보잘것없는 것이었지만 우리들에겐 임금님 수라상에 오른 고기만두보다 귀한 것이었다. 눈으로 얼어붙은 양말 바람으로 기숙사로 돌아갔다. 올라가는 길은 언덕바지여서 숨이 턱에 닿았고, 문을 넘으면서 무릎이 피가 날 만큼 긁히기까지 했다.

그렇게 고생을 해서 심부름을 한 끝은 허망했다. 김우현 님의 경우는 그의 방으로 선선히 가서 자라고 했다지만 내 경우는 같은 방에서 옆에 앉아 있는데 내가 사온 만두를 한 알도 주지 않고 저희들끼리 나누어 먹었다. 거짓말 없이 눈물이 나올 만큼 그것이 먹고 싶었다. 배도 고팠지만 수고를 한 나에게 그래도 약간의 보답은 있으려니 하는 기대감이 무너져서 먹고 싶은 욕망은 두 배, 세 배 더 커지지 않았나 여겨진다. 음식에 얽힌 원한은 평생을 간다더니 그때 내가 느낀 서운함이나, 서운함이 지나쳐 품었던 선배들에 대한 원한은 아직도 그대로 남아 있다. 김우현 님의 당시 심정도 아마 나와 크게 다르지 않았으리라고 짐작된다.

그로부터 칠십여 년이 더 지난 요즘, 성북동에 살고 있는 나는 거의 매일처럼 삼청터널을 지나 삼청동의 옛 중국집 앞길을 지나다니고 있다. 중국집은 없어졌고 그 뒤에 있던 개천도 복개되어 젊은이들 상대의 일종의 관광 코스처럼 변해버렸지만, K 중학 기숙사 뒷문으로 해서 삼청동의 중국집으로 내려오는 길은 아직도 그대로 남아 있어 차를 타고 그곳을 지날 때마다 옛날이 상기되고 야릇한 감회에 잠기곤 한다. 기숙사를 뛰쳐나가고 싶었던 적은 그때 말고도 한 번 더 있었다. 이 경우 또한 지금도 잊을 수 없는 아픈 기억의 하나이다. 내가 기숙사에서 밤낮 배고파한다는 사정을 안 친구 하나가 어느 일요일에 나를 자기 집으로 초대했다. 밥을 실컷 먹여주겠다는 것이었다. 일요일 오전 11시에 서대문 밖 영천 전차 정거장에서 만나기로 했다. 잔뜩 기대에 부풀어 일요일이 오기를 기다리고 있었는데 일요일 아침에 갑자기 외출이 금지되었다. 기숙사

생들이 가꾸고 있던 채소밭에 물을 주고 국거리 감이 되는 채소솎기 작업을 마친 다음에야 외출이 허가된다는 것이었다. 작업을 끝내고 나니 이미 시간은 11시 반이 넘어 있었다. 늦기는 했어도 혹시 나를 기다리고 있을지도 모른다는 일말의 희망을 품고 서둘러 영천으로 갔다. 12시 반쯤 그곳에 도착했으나 약속 시간보다 1시간 반이나 늦었으니 그 친구가 기다리고 있을 리 없었다. 점심에 대한 미련을 못 버린 나는 걸어서 그 친구 집을 찾아가기로 했다. 어디에 사는지는 몰랐지만 그가 은평국민학교를 나왔고 학교에서 그리 멀지 않은 곳에 집이 있다는 말을 들은 적이 있기에 은평국민학교를 찾아가기로 했다.

영천에서 은평까지 그 거리가 얼마나 되는지 짐작도 못하면서 단지 그가 자전거 통학을 하고 있었기에 아주 멀지는 않을 거라는 안이한 생각으로 은평을 향해 걷기 시작했다. 그런데 가도 가도 은평은 나오지 않았다. 지금 차를 타고 가도 10여 분이 족히 걸리는 거리니까 어림잡아 10킬로미터는 넘는 거리라고 생각된다. 5킬로미터도 못 가서 지치고 말았다. 다리가 아픈 것은 고사하고 허기져서 도저히 걸을 수가 없었다. 당시 영천에서 은평으로 가는 길 주변은 온통 채소밭이었다. 주위를 둘러보다가 사람의 그림자가 보이지 않기에 염치 불구하고 길옆 무밭으로 들어가 무 하나를 뽑았다. 주인에게 미안한 노릇이었지만 설사 주인이 보더라도 어린 학생이 배가 고파 작은 무 하나를 먹었다고 화를 내지는 않을 것 같았다.

대충 흙을 털어 내고는 손수건으로 닦아서 반쯤을 먹었다. 배고픈 것은 겨우 면했으나 이번에는 속이 쓰리기 시작하더니 배가 아파왔다. 아픈 배를 잡고 급히 기숙사로 돌아올 수밖에 없었다. 눈물이 핑 돌았다. 그때 그 비참하고 억울했던 심정은 평생 잊지 못하고 있다. 간혹 영천에서 구파발 쪽으로 옛날의 그 길을 지나갈 때가 있으면 그때마다 그 일을 얘기하는 바람에 집사람 귀에 못이 박힐 지경이 되었다.

다음 날 그 친구는 찬합 세 개에다 밥과 반찬 등을 잔뜩 싸가지고 학교로 갖다 주었다. 그 친구는 해방 직전에 집이 강원도 고성으로 소개(疏開)를 가는 바람에 고성에 있는 학교로 전학을 가 버려서 그의 한국 이름은 알 수가 없고, 창씨한 일본 이름이 마쓰바라(松原)였다는 것만 기억하고 있다. 해방이 되면서 고성이 38선 이북으로 편입되어 지금쯤 그가 살았는지 죽었는지조차 알 길이 없다. 기숙사 생활에 대한 추억은 즐거웠던 일보다 괴롭고 아팠던 일들이 더 많았었다. 정말 옛날 옛적에 있었던 일들이다.

바람처럼 흘러간 40년

1953년 3월에 연합신문 수습기자가 되었다. 임시 수도였던 부산에서의 일이다. 그때 나는 서울대학교(당시엔 전시 연합대학으로 각 대학교 학생들이 함께 수업을 받고 있었다)를 다니고 있었는데 광복동에 있는 어느 빌딩 1, 2층 사이 계단 밑에 방 같지도 않은 방을 꾸며 친구와 함께 묵고 있었다. 친구나 나나 주머니는 빈털터리였다. 하루는 그 친구가 다방에서 연합신문, 동양통신(東洋通信)의 수습기자 모집 광고를 보고 와서는 우리도 한번 시험을 치러 보자고 제의를 했다. 밑져야 본전이고 혹시 잘되면 잡비 궁한 신세를 면하게 될지 모른다는 것이었다. 나는 일단 그 제의를 무시해 버렸으나 친구는 그 길로 신문사에 가서 원서를 받아 오고 함께 시험을 쳐보자고 졸랐다. 심심풀이 삼아 한번 시험을 쳐보기로 했다. 그것이 내 인생의 방향을 바꾸어 놓았다. 시험의 결과는 100점 만점에 92점, 2등의 75점을 17점이나 웃도는 1등이었다.

그 무렵만 해도 피난살이 중이어서 대학을 나온 실업자가 거리에 넘쳤다. 1천4백 명가량이 어느 고등학교 가(假)교사에서 시험을 봤는데 그것이 아마 6·25 전쟁 후 우리나라에서 시험에 의해 수습기자를 공채한 시초가 아니었나 생각된다. 필기시험 성적이 워낙 좋으니까 대학교 졸업 이상이라는 응시자격을 따지지 않고 그냥 채용이 되었다.

기이한 우연이 나로 하여금 기자가 되도록 만들어 놓았다고 지금도 생각하고 있다.

풋내기 시절

피난 시절이어서 자체 시설이 없던 연합신문은 인쇄를 부산일보에서 하고 있었다. 부산일보의 제작이 끝난 후에야 인쇄를 할 수 있었기 때문에 작업은 언제나 밤늦게 시작되었다. 편집에서 식자, 조판, 강판, 인쇄까지 두루 지켜보다가 신문이 인쇄되어 나오는 것을 들고 집으로 돌아가곤 했다.

당시 연합신문의 편집국장은 정국은 씨가 맡고 있었다. 정 국장은 신문 제작에 관한 한 가히 천재라고 할 만했다. 마감 시간에 임박해서 일면에 들어갈 기사량이 부족하다고 하면 20분도 안 되는 짧은 시간 내에 200자 원고지 10장에 가까운 분량을 즉석에서 써내곤 했다. 그는 초립동이라는 필명의 고정 칼럼을 가지고 있었다. 그의 놀라운 재주는 속필만이 아니었다. 하루는 조판을 끝내고 강판

직전인 밤 12시께에 초대 부통령 이시영 옹이 서거했다는 소식이 들어왔다. 53년 3월 17일의 일이다. 전화를 받자마자 정 국장은 공장으로 뛰어가 이미 조판된 1면 중간쯤에서 3단짜리 기사 하나를 솎아 내라고 하더니 기사를 그냥 읽는 대로 채자를 시켰다. 두 줄짜리 제목을 불러주고 40행 남짓 되는 기사를 막힘없이 줄줄 읽어 내리다가 "이 정도면 맞을 거야, 끼워봐" 하고 끝을 맺었다. 기사는 한 줄의 오차도 없이 딱 그 자리에 들어맞았다. 풋내기 기자 눈에는 마치 신기를 보는 듯했다.

신문사에는 두주불사(斗酒不辭)의 술꾼들이 많았다. 출근을 한 첫날 저녁 늦은 무렵 정 국장이 사회부 기자 하나를 불렀다. "어이 김 기자, 저 타마고(달걀) 데리고 가서 저녁 먹여." 나는 김 기자를 따라 근처 식당으로 갔다. 식당에 들어선 그는 말도 없이 손가락 하나를 치켜 보였다. 왜 한 사람 분의 저녁만 시킬까 의아해하는 우리 식탁에 밥은 오지 않고 정종 한 되가 나왔다. 그는 내게 한 잔 따라 주면서 "마셔" 하더니 나머지를 혼자서 연거푸 마시고선 또 한 번 손가락 하나를 번쩍 들었다. 두 번째 나온 정종 한 되를 내가 국밥을 먹는 사이 혼자 말끔히 비우고서는 저녁도 먹지 않고 일어섰다. 안주다운 안주도 없었다. 나는 그의 주량에 기가 죽었다.

입사한 지 한 달 정도 지났을 때 정 국장이 주한 외국 인사들의 프로필을 소개하는 글을 써 보라고 했다. '후랏슈'라는 이름으로 주한미 대사를 위시한 몇 개 나라 대사들과 유엔군 사령관, 유엔 관계 기관장들의 인물 소개를 하게 되었다. 나는 외국 기관을 쫓아다니면서 그곳에 비치돼 있는 각자의 약력 소개 책자와 선전 팸플릿 등을 얻어 와서는 요리조리 엮어서 인물 소개의 글을 썼다.

얼마 후 선발대로 서울로 올라가라는 지시가 내렸다. 입사한 지 석 달쯤 지났을 때였다. 환도하기 전이어서 한강 도강증이 있어야 서울로 들어갈 수 있었다. 서울은 한산했다. 해가 저물 무렵이면 사람 그림자 하나 구경할 수 없을 만큼 적막했다.

지금의 소공동 롯데백화점이 있는 남대문로에 연합신문 사옥이 있었는데, 잠자리는 길 건너 명동 안에 있는 어떤 집을 비워 합숙을 했고 밥은 사서 먹었다. 회사 근처에 있는 유일한 음식점이 무교탕반이었다. 나는 '여기가 서울이다'라는 제목 아래 동대문과 청계천변의 시장 풍경을 비롯해서 도처에 역력했던 전쟁의 상흔을 짤막한 스케치풍의 글로 엮어서 보냈다.

석 달 후에 환도가 결정되어 부산 팀들이 서울로 올라왔다. 나는 국회 출입을 배정받았다. 2대 국회 때의 일이다. 처음에는 선배 기자를 따라 다니도록 하더니 한 달쯤 후부터 혼자 국회를 맡게 하였다. 당시 국회의사당은 구 총독부 청사 안에 있었다. 수습 딱지를 뗀 지 몇 달밖에 안 된 미숙한 나에게 국회라는 중요 기관을 단독으로 맡겼으니 탈이 나지 않을 수 없었다. 결과는 큰 오보로 이어졌다.

끔찍한 오보

자유당 족청파가 거세되는 과정에서 족청파의 실력자 양우정 의원에 대한 구속 동의 요청안이 국회에 제출되었다. 찬반 토론이 계속되는 동안 나는 딴 기사를 보내느라 잠시 본회의장을 떠나 있었는데 기사를 보내고 돌아오니 사회자가 어떤 안건이 부결되었다고 선포하고 있었다. 옆의 친구한테 양우정 의원에 관한 표결이냐고 물으니까 그렇다는 대답이었다.

나는 부랴부랴 양우정 의원 구속 동의안이 부결되었다는 내용을 신문사에 송고했다. 석간이던 연합신문은 강판을 미루고 자사 사장인 양 의원 구속에 대한 기사를 기다리고 있다가 곧바로 '양 의원 구속동의안 부결'이라는 제목의 1면 톱기사를 만들어 인쇄에 들어갔다. 기사를 송고한 후 오늘 일은 이것으로 끝났다는 해방감에 느긋하게 담배 한 대를 피우고는 본회의장으로 되돌아갔다. 그런데 웬일인가, 그사이 양 의원 구속 동의안이 가결되었다는 것이다. 나는 얼굴이 새파래졌다. 황급히 회사에 전화를 걸어 구속 동의안이 가결되었다고 앞서 보낸 기사를 번복하는 내용을 전했다. 신문사가 발칵 뒤집힌 것은 두말할 나위도 없다.

인쇄를 중단하고 그때까지 찍은 신문은 모두 폐기처분했다. 앞서 내가 동의안 부결이라고 기사화했던 안건은 동의안의 표결을 보류하자는 동의안을 부결시킨 것이었다. 나는 회사로 돌아가자마자 사표를 제출했다. 오보치고는 너무 끔찍한 오보였는데 사표는

반려되었다.

정치부 기자로 정착

1953년 11월에 조선일보 정치부로 스카우트되었다. 조선일보에서는 반년 가까이 일을 했다. 그해 연말에 발행 부수 5만부 돌파 자축연을 열었던 것이 인상에 남아 있다. 5만부 돌파로 자축연을 할 정도였으니 금석지감이 없지 않다. 당시 사장은 장기영 씨였는데 그는 이듬해 6월에 새로 한국일보를 설립하여 나오게 된다. 새 신문 발간을 결심한 장 사장은 자신과 함께 일할 기자를 물색하고 있었다. 나도 사장실로 불려가서 새로 만들 신문사에서 함께 일을 하자는 권유를 받았다. 한편으로 그때 사회부 기자였던 지금의 조선일보 회장 방우영 씨는 나에게 그냥 조선일보에 남아 있으라고 간곡히 부탁했다. 입장이 난처해진 나는 잠시 서울신문 정치부로 옮겨 1954년 5월 제3대 국회의원 선거를 치른 후 6월 초에 한국일보로 자리를 옮겼다. 1년 남짓 사이에 연합에서 조선으로, 조선에서 서울로, 서울에서 한국으로 세 번이나 자리를 옮겼으니 내가 생각해도 민망스러웠다. 1954년 6월부터 1955년 4월까지 사회부에서 법조, 서울시청 등에 출입하다가 55년 9월 정치부 국회 담당으로 발령을 받았다. 1955년부터 1962년 2월까지 7년 동안을 정치부 기자로 일했다. 일선 기자로서 활약한 것은 그것이 전부였다.

그 7년 동안 우리나라에는 정치사에 남을 만한 큼직한 사건들이 연이어 발생했다. 1956년과 1960년의 두 번의 대선 때 야당의 대통령 후보였던 신익희 씨와 조병옥 씨가 선거일 직전에 서거했다. 1954년 11월에는 세칭 사사오입 개헌안의 통과, 56년 9월에는 장 부통령 저격사건, 1958년 12월에는 24보안법 파동, 1959년 7월에는 진보당 당수 조봉암이 사형에 처해졌다. 1960년에 있은 4·19혁명으로 자유당 정권이 붕괴되고 3·15선거에서 부통령으로 당선되었던 이기붕 일가의 자살 사건이 있었다. 하야한 이승만 대통령은 하와이로 망명했다. 같은 해 8월에 민주당 정부가 발족했으며 61년 5월에는 박정희 영도 하의 5·16 군사 쿠데타가 발생, 8개월밖에 안 된 장면 내각이 무너졌다. 이 모든 사건들을 나는 직접 목격하고 취재했다. 이미 세상에 잘 알려진 사건들이니까 여기서 새삼 상론할 필요는 없겠다. 다만 사건과 관련된 한 가지 뒷이야기를 소개해 두고 싶다.

이른바 24파동 때의 살벌했던 광경은 직접 보지 않은 사람으로서는 상상조차 하기 힘든 것이었다. 야당 의원들은 보안법 개정안의 저지를 위해 의사당 안에 이부자리를 깔고 농성을 하고 있었는데 스팀을 꺼버린 의사당 안은 12월의 혹한 속에 얼어붙어 있었다. 12월 24일 오전, 까만 점퍼를 입은 무술경위 300명이 농성 중이던 야당 의원들을 의사당 밖으로 끌어냈다. 질질 끌려나가는 나이든 의원들의 모습을 보면서 출입 기자들은 의회 정치의 종말을 보는 듯한 비참한 심경에 젖어들었다. 그때 24파동을 겪었던 국회 출입 기자 몇 명은 당시의 기억을 잊지 못해 요즘도 24회라는 이름으로 매달 24일에 모임을 가지고 있는데 해마다 회원이 죽거나 병이 들어 2011년 당초의 17명에서 3명만이 남아 명맥을 이어가다가 그것도 2013년에 해체되고 만다.

전국적인 지명수배

장 부통령 저격 사건과 관련해서는 1957년 12월 31일자 〈배후에 경찰 수뇌, 치안국장–장 특정과장–박 분실장–오 시경국장–최훈〉 제하의 기사 때문에 취재 기자와 데스크를 본 나, 그리고 편집 기자가 지명수배를 당했다. 모두들 숨어 버렸는데 나는 명동의 바 등을 전전하면서 마음 편하게 술을 마시고 다녔다. 요즘 같으면 믿기지 않을 일이겠지만 체포될 위험이 닥치면 정치 담당 형사들이 미리 와서 빨리 피신하라고 일러 주곤 했다. 그만큼 형사와 기자들 사이에도 오가는 정이 있었다. 피신 일주일 만에 주머니가 비는 바람에 회사에 가불을 신청하다 도청에 걸려 치안국 중앙 분실로 연행되었다가 그날 밤 늦게 풀려났다. 장 사장은 수배되었던 기자들에게 오보상이라는 이름으로 일금 일만 원씩을 포상했다. 하룻밤 통음을 하기에 족한 액수였다.

국회를 출입하면서 나는 정치 가십 '정국왕래'를 전담했다. 그때까지 다소 딱딱했던 가십기사를 부드럽게 풀어 쓰고 가십으로는 처음으로 대화 내용을 희곡 쓰듯 연달아 붙여 쓰는 문체를 소개했으며 한 안건으로 가십란 전체를 통째로 채우는 새 스타일도 소개했다. 그런 것들이 호평이었다. 정국왕래는 동아의 단상단하, 경향의 기자석과 더불어 꽤 인기가 있었다. 정치부 기자에게 술자리는 좋은 취재의 장이었다. 좀처럼 입을 열지 않는 정치인들도 술자리에서는 곧잘 비밀의 일부를 내비쳤다. A한테서 한 토막, B한테서 한 토막 정보를 듣다보면 정치 뒷면의 비밀이 윤곽을 드러내곤 했다. 그렇게 해서 종종 특종을 얻었다.

그때 나는 술을 정말 원도 한도 없이 마시고 다녔다. 당시 요정으로 가장 유명했던 청운각, 대하를 비롯해서 옥류장, 효자동집, 버드나무집 그리고 박카스, 엘리자베스, 고바우, 쎄이름 등 명동의 수많은 바를 전전하며 술을 마셨다. 그중에서도 가장 뻔질나게 다니던 곳이 대하였다. 지금 생각하면 부끄러운 얘기지만 얼마나 자주 다녔으면 주인 마담이 "당신은 1년 365일을 술을 마시고 다니느냐." 라고 말할 정도였다. 기자들에게 술을 대접하는 초선 의원 중에는 간혹 요정에서 외상이 통하지 않는다고 나에게 대신 외상을 져 주면 후에 갚겠다고 했다. 그렇게 마시게 된 술값이 수월찮았다. 얼마 후 갑자기 5·16 군사 쿠데타가 나고 국회가 해산되니까 그 외상값이 고스란히 내 몫으로 남게 되었다. 나에게는 그 외상값을 갚을 능력이 없었다. 술집에서도 술값 독촉은 하지 않았다.

내가 막상 미국으로 떠나게 되었는데 하루는 대하의 사장이 회사로 찾아왔다. "곧 미국으로 간다면서요." 내가 그렇게 될 것 같다고 말을 하니까 그녀는 내가 사인한 두툼한 외상 쪽지를 내밀었다. 액수가 자그마치 60여만 원이었다. 요즘으로 치면 1천만 원이 훨씬 넘는 액수였다. 내가 머뭇거리고 있으려니까 그녀는 웃으면서 그 외상값 쪽지를 빡빡 찢었다. "세이꼬 바라이요(성공하면 갚으시오)." 그녀가 나에게 주는 도미 선별금인 셈이었다. 10년 후에 귀국해서 나는 그녀를 찾아 한번 만나기는 했으나 그때의 외상값은 끝내 갚지 못하고 말았다.

3대 국회가 끝날 무렵 나는 〈사건 중심으로 본 3대국회〉라는 글을 한국일보에 연재했다가 1958년 4월에 단행본으로 출판했다. 당시의 기자들 봉급은 정말 보잘 것이 없었다. 나는 여러 잡지에 원고를 써서 부족한 봉급을 보충했는데 고료 수입이 월급을 웃도는 경우가 많았다.

5·16과 도미 그리고 복직

1961년의 5·16 군사 쿠데타는 나의 인생 항로를 180도로 바꿔 놓았다. 국회의원으로 출마할 계획을 세우고 있던 내 꿈이 완전히 좌절되었기 때문이다. 새로 발족한 국가재건 최고회의에는 종전의 국회 정당 출입 기자들이 출입을 하게 되었는데, 최고회의의 공보실에서는 내가 '구악과 너무 가깝다'라는 이유로 본관의 출입을 허가해 주지 않았다. 본관 출입이 금지된 나는 본관 앞에 기자대기실로 지은 가건물에서 무료한 시간을 보내야 했다. 취재를 하지도 못하고 나는 몇 개월을 놀면서 지냈다. 일을 하고 싶어도 하지 못하는 정신적 괴로움은 컸다.

하루는 신문사에 출입하던 어떤 기관원이 "당분간 외국에 나가 있는 것이 어떻겠느냐"라고 제의를 했다. 말은 권고였지만 실은 압력이었다. 내가 구정치인들의 연락 담당자로 찍혀 있다는 것이었다. 정치 활동이 금지되어 있던 구정치인들은 서로 연락도 잘 되지 않고 세상 돌아가는 데 몹시 궁금증을 느끼고 있었다. 신문사에 있는 나에게 옛날의 자유당, 민주당 의원 할 것 없이 세상 소식도 들을 겸 전화를 해 오는 사람이 많았는데 결과적으로 서로의 근황을 알려주는 역할을 맡는 꼴이 되었다. 그것이 '구악들의 연락 담당자'라는 오해를 받게 되었던 모양이다. 나는 미국행을 결심했다. 굳이 나가지 않겠다고 우겼으면 안 나갈 수도 있었다. 그러나 안 나갈 수가 없었다.

나는 2월 중순 도쿄로 떠났다. 며칠 후 도쿄에서 나를 만난 장 사장은 당분간 일본에 머물 것을 허락했다. 일본에 주재하는 동안 나는 도쿄의 신바시 다이이치(新橋 第一) 호텔에 머물면서 매달 상당 액수의 주재 특파원 비를 받았다. 장 사장은 나에게 잠시 귀국해서 정치활동 재개가 허용될 때까지 정계의 이면 취재를 해 달라고 당부를 했으나 나는 그 청을 듣지 않고 1962년 8월에 미국으로 건너갔다. 장 사장은 얼마 후 LA–뉴욕 간 항공기 표를 보내주었다.

미국에는 1962년 8월부터 72년 7월까지 십 년 동안 머물렀다. 직장 생활을 하면서 뉴욕의 콜럼비아 대학에서 경제학 석사학위를 받고 박사과정을 마쳤다. 뉴욕에 있는 동안 구정치인들 중 미국을 찾은 많은 분들이 나를 찾아 주셨다. 이만섭, 박준규, 서범석, 장기영, 김영삼, 김대중, 김영선, 이철승, 양일동 씨 등이었다.

1972년 7월에 장기영 사장에게 복직시켜 달라고 편지를 썼다. 장 사장으로부터 금세 답장이 왔다. 걱정 말고 빨리 귀국하라는 것이었다. 미국에 머무는 동안 나는 한국일보 뉴욕주재 통신원이라는 형식적인 직함을 유지하고 있었다.

꼭 십 년 반 만에 한국으로 돌아온 나는 편집국에서 일하기를 원했으나 당시의 편집국장이 반대를 했다. 옛날의 직속 상사였던 내가 부국장으로 앉으면 자신이 일을 하기 거북해진다는 것이 반대하는 이유였다. 이해할 만했다. 할 수 없이 논설위원으로 발령을 받고 국제 문제와 사회 문제를 담당하게 되었다. 한편으로 1주일에 세 번 고정 칼럼 〈지평선〉의 집필을 맡았다. 나머지 세 편은 구정치인 유광열(柳光烈) 선생이 맡아 쓰셨다. 귀국 후 얼마 되지 않았을 때 유진산 씨가 김의택, 민영남 씨 등 구정치인 몇 분과 함께 귀국 환영회를 대원각(성북동에 있는 현재의 길상사)에서 열어 주셨다.

1978년 2월에서 연말까지 국장 대리로 편집국에 내려가 있었는데 대리로 일을 하다 보면 언젠가는 대리라는 딱지가 떨어지겠거니 하는 꿍꿍이 계산을 하고 있었다. 그러나 그것은 너무나 안일한 오산이었다. 내가 편집국장이나 주필 같은 책임 있는 자리에 앉지 못하도록 미리부터 모처에서 회사에다 못을 박아 두었다는 사실을 훗날에야 전해 들었다.

1978년 연말 남미로 취재 차 출장 나가 있는 사이 국장이 바뀌고 귀국한 나는 다시 논설위원실로 옮겨 앉았다. 국장대리인 내 바로 아래의 국차장 둘이 하나는 한국일보 편집국장으로, 다른 하나는 서울경제 편집국장으로 발령을 받고 있었다.

반체제 기자로 해직

그러다가 1980년 8월에 반체제 기자라는 이유로 해직을 당한다. 그때 해직된 600명 가까운 기자들 중 A급 12명 중에 내가 들어 있었고 죄목(?)은 '74.11.27 민주 회복 국민회의 동조 및 자유 실천 문인협회 101인 선언문에 서명, 평소 반정부 성향 표시자로 특정 정치인(김영삼) 지지'라고 되어 있었다. 문인도 아닌 내가 문인협회 101인 선언문에 서명했다는 것은 말이 안 되는 트집이었다. 1974년 10월의 언론자유 선언 때 지지 사설을 내가 집필했고, 그것이 게재 금지되자 백지 사설을 내자고 주장했던 것이 잘못 전해져서 자유 실천 선언인으로 오인이 되었는지 모를 일이다. 그러나 사실을 적자면 백지 사설을 내기로 결의했던 논설 회의에서 나는 시종일관 입을 다물고 있었다. 문제가 된 사설의 집필자였기에 게재 여부에 대해 내 의견을 말하지 않는 것이 옳다고 생각했기 때문이었다. 당연히 백지 사설 결정은 문제가 되었고 다급해진 장강재 사장이 논설 회의를 재소집했다. 신문사의 사활이 걸린 문제이니 백지 사설은 절대 불가하다는 회사의 의견을 통고하기 위한 것이었다. 장 사장의 주장에 그때까지 강경 일변도였던 위원들 어느 누구도 반론을 제기하거나 종래의 주장을 다시 강조하는 이가 없었다. 백지사설 결의 때엔 침묵을 지켰던 내가 오히려 한마디 했다. "회사의 입장도 이해할 수 있으나 이렇게 일방적으로 언론의 자유가 억압되고 있는데, 언론사가 말 한마디 못 하고 어떠한 형태로든 항의하는 의사 표시 하나 없다면 정말 언론인으로서 창피한 노릇이 될 것이다."라는 요지로 얘기했던 것 같다. 그러나 회사의 주장이 그대로 접수되어 언론자유 선언 지지 사설은 빠져 버렸고 딴 사설로 대체되었다.

김영삼 지지 운운한 대목에 대해서도 설명할 필요가 있을 것 같다. 김영삼 씨와는 고향이 같고, 학교 관계도 있고 해서 개인적으로 가까웠던 것이 사실이고 정치적으로 야당이었던 그를 지원도 했다. 야당으로 핍박을 받는 그를 동정하고 동조는 했으나 그렇다고 신문기자의 본분에서 벗어날 정도로 편향되어 있지는 않았다고 생각한다. 아무튼 A급으로 분류되는 바람에 나는 한때 모든 공직과 언론사 및 관련 단체, 사기업의 홍보 및 광고담당 요원으로의 취업이 영구 제한되었었다.

해직을 당하기 열흘 전쯤에 이른바 신 군부 세력으로부터 협력을 요청받은 사실이 있었다. 하루는 보안사의 이 모 대령이 나를 불렀다. 그는 거두절미하고 "우리 전 사장의 정치 고문이 되어 달라.”라고 말을 했다. 정치 문제에 대한 자문을 맡아 달라는 얘기인 것 같았다. 나는 “내가 옛날에 정치부 기자를 했지만 지금은 정치에 대해 아는 바가 없다.”라고 완곡하게 사양을 했다. 그는 “우리가 한번 제의한 것을 거절하면 안 되지요.”라고 의미심장한 말을 했다. 그 후 한두 번 더 술을 함께 할 자리가 있었지만 내 마음을 돌릴 수 없다고 판단했던지 며칠 뒤에 나는 해직을 당했다.

해직되기 바로 전에 삼성출판사에서 《當身은 中産層인가—韓國經濟의 神話와 實像》을 출판했다. 이 책은 판을 거듭해서 모두 1만 4천 권이 팔렸는데 경제 서적으로는 근래에 드물게 많이 나간 책이라고 했다.

논설위원으로 복귀

5년이 지난 1985년 4월에 다시 논설위원으로 복직을 했다. 나의 두 번째 복직을 두고 모두들 2전 3기의 기적이라고 말했다. 타의에 의해 한번 밀려난 기자가 복직하기란 극히 드문 일이었기 때문이다. 이러한 나의 드문 경력 때문에 경기고등학교 동창회가 발행한 〈경기인 백년사〉 중 언론계 편에서는 다음과 같이 기록하고 있다.

> 이형은 군부에 의해 두 차례나 퇴출을 당하면서도 끝내 붓을 놓지 않고 2전 3기로 언론계에 복직한 의지의 언론인이다. (생략) 자유당 치하에서 한국일보 정치부 차장(부장 대우)으로

활약한 그는 5·16 후 군부의 견제를 받은 끝에 미국으로 건너가 경제학을 전공한 뒤 한국일보 논설위원으로 복귀하여 편집국장 대리를 역임했는데 12·12 후 신 군부에 의해 두 번째로 퇴출되었다가 민주화 이후 다시 복귀했다.

그로부터 이십여 년이 지난 2007년에 나는 '귀하는 대한민국의 민주 헌정 질서에 기여하고 국민의 자유와 권리를 회복, 신장시켰다'라는 명목으로 민주화 운동 관련자 명예 회복 및 보상 심의위원회에서 민주화 운동에 관련된 증서와 약간의 보상금을 받았다.

신문사로의 복직은 나에게 큰 행운이었다. 복직한 후에는 정치와 경제 관련 사설을 담당했다. 모르기는 해도 한 사람이 정치, 경제, 사회, 국제 등 모든 분야를 두루 담당한 논설위원은 내가 처음이자 마지막이 아닐까 한다. 나는 1986년 5월부터 시사 칼럼의 집필을 시작해서 89년까지 '이형 칼럼'을 연재했고, 1988년 12월에는 시사평론의 글을 인정받아 제1회 대한언론인상(대한 언론인회 제정)을 수상했다.

만 61세가 되던 1992년 연말에 일단 정년퇴직을 한 후에 얼마 동안 계속 논설위원직을 유지하고 있었으나 반년 만에 자진 사퇴하였다. 1953년 3월부터 1993년 봄에 이르는 만 사십 년간의 기복 많은 기자생활이었다. 그리고 바람처럼 덧없이 흘러간 40년의 세월이었다.

/

민속

/

사투리

일제강점기는 말할 것도 없고 6·25 전쟁 전만 하더라도 서울 거리에서 제 고향 사투리를 듣게 되면 공연히 반갑고 친밀감마저 느꼈다. 그만큼 지방 사투리가 드물었던 셈이다. 일본의 시인 이시카와 다쿠보쿠(石川 啄木)의 시에 '고향의 사투리가 그리워 정거장의 인파 속으로 그것을 들으러 간다.'라는 것이 있는데 옛날에는 시골에서 도회지로 나온 많은 사람들이 그런 심정이 아니었나 생각된다. 고향을 떠나 살면서 고향을 그리는 정이 사투리를 그리워하게 만든 것이다.

6·25 전쟁 후 서울이 급속도로 팽창하면서 시골 사람들이 서울로 몰려드는 바람에 서울 거리에 사투리가 흔해졌다. 서울 인구의 약 3분의 1 강(强)이 호남 출신이고, 3분의 1 약(弱)이 영남 출신이라고 하니 서울 인구 중 세 사람에 두 사람 꼴로 호남 사투리 아니면 영남 사투리를 쓰고 있는 셈이 된다. 그래서 요즘엔 사투리에 대

한 콤플렉스가 많이 줄어들었지만 삼사십 년 전까지만 해도 시골 사투리는 서울내기들의 놀림감이었다. 평양에서 처음 상경한 어떤 촌뜨기가 서울에선 덩거장이 아니라 정거장이고, 뎐차가 아니라 전차라고 해야 한다는 말을 듣고 동대문을 종대문이라고 불렀다는 우스갯소리가 나왔을 만큼 시골 사람들의 사투리 콤플렉스는 심했었다.

지방마다 사투리가 있고 사투리에 따라 고향이 표출된다. 서울에 와서 아무리 오래 살아도 한번 박힌 사투리의 인(因)을 빼기란 여간 어려운 일이 아니다. 어릴 적 버릇 여든까지 간다지만 어릴 적에 익힌 사투리처럼 끈질기게 평생을 따라다니는 것도 없을 것 같다.

어느 언어학자는 "방언에는 방언이 조성하는 문화가 있다."라고 말한 적이 있는데 방언의 근원을 찾아 올라가 보면 아닌 게 아니라 그 방언을 만들어 낸 고장의 독특한 문화를 발견하기 일쑤이다. 그 지방만이 가지는 방언 속에 그 지방이 가지는 역사가 있고 고유의 문화가 있음을 실감하게 된다.

교통수단이 발달하고 TV의 보급과 표준어에 의한 국어 교육의 보편화로 각 지방 고유의 사투리가 차츰 자취를 감춰 가고 있다고 들었다. 독특한 악센트나 인토네이션도 옛날처럼 강하지가 않고 공식적인 자리에서의 인사나 연설에서는 표준말에 가까운 억양을 흉내 내는 사람이 눈에 띄게 많아졌다. 특히 순화력이 뛰어난 초등학교 어린이나 중학생들의 말투는 TV 사회자나 아나운서에게서 적지 않은 영향을 받고 있는 것처럼 보인다. 그러나 표준말 흉내 내기도 공식적인 자리에서나 해 보는 것이지 집에서나 사석, 개인끼리의 대화에서는 여전히 강한 사투리의 억양이 그냥 살아 있다. 다만 독특한 뜻을 가진 사투리가 날이 갈수록 표준어로 자리바꿈을 하고 있는 것은 어떻게 할 도리가 없는 모양이다. 가령 우리 시골의 경우, 그곳에서만 통용되던 행오리가 표준어인 잠자리로 바뀌고, 앵구가 고양이로 어느새 고쳐져 가고 있는 것을 보면 사투리의 표준어화가 얼마나 빠른 속도로 진행되고 있는가를 알 수 있다.

어떤 대학 교수가 "사투리 사전을 만들어 나라의 문화를 더욱 풍요롭게 하자."라고 신문 지상에 제의한 것을 보았지만 설사 사투리 모두가 다 그렇지는 못하더라도 바로 그 사투리가 아니면 표현할 수 없는 특유의 뜻을 지닌 사투리는 되도록 많이 보존해서 표준어화 시킬 필요가 있을 줄로 안다. 그렇게 함으로써 우리 국어는 풍부한 유사 어휘를 보유하게 되는 것이다. 우리 주변에는 다양한 토속어들이 표준어가 되지 못했다는 한 가지 이유로 사장되어 가고 있으며 그렇게 사장된 토속어는 머지않아 사어로 화할 운명에 놓여 있다.

우리 시골인 통영 사투리만 하더라도 사어화 시키기에는 너무나 아까운 어휘들이 수두룩하다. 몇 개만 소개를 하자면 에탈궂다(언행이 싱겁다), 시푸다(대수롭지 않다), 대라지다(건방지다), 차리밧다(장난기가 많다), 오꿋잖다(심술궂다) 등이다.

다른 여러 지방의 사투리도 마찬가지이다. 사어화시키기에 아까운 사투리의 거의 모두가 딴 어휘로는 그 독특한 정감을 전할 수 없는 것들이 대부분이다. 이렇게 보존 가치가 충분한 것들은 살려서 활용하는 것이 우리말의 다양성을 기할 수 있는 좋은 길이 되리라고 생각한다.

연

요즘도 통영에서는 음력 대보름을 앞두고 하루나 이틀, 날을 잡아 연날리기 대회를 열고 있다. 그만큼 통영은 옛날부터 연날리기가 성한 곳이었다. 우리가 어릴 적만 해도 해마다 동지가 지날 무렵부터 어른 아이 할 것 없이 마을 뒷산이나 좀 높은 언덕배기 아니면 해변가에서 연을 날렸는데 연줄 끊어먹기 시합이 볼만했다. 때로는 동네 대항이 벌어져 명정리의 귀발이연과 정양리의 머리연이 어울리고 동피랑의 눈쟁이연과 동충의 가오리연이 어울렸다.

이젠 아련한 추억이 돼 버렸지만 연 날리는 계절이 다가오면 동네의 초등학교 상급반 아이나 골목대장이 동네 꼬마들을 불러내 연줄에 사금파리 가루 먹이는 작업을 지시했다. 이를 백사먹이기라고 했는데 바닷가 모래밭에서 주워 온 사금파리를 빻고 갈아서 가루로 만든 것을 부레를 먹인 연줄에다 입히는 작업이다. 헌 냄비나 깡통에 민어나 조기, 대구 같은 생선의 부레와 찹쌀 한 줌을 넣고 삶은 풀이 부레풀이다. Y 자로 된 막대기로 연줄이 부레풀이 든 깡통을 지나도록 누르고 있으면 그 옆에 꼬마 한둘이 헝겊에 담은 사금파리 가루를 두 손으로 받쳐 들고 부레풀 깡통을 거쳐 나온 연실이 그 속을 통과하게 만든다. 한쪽에는 실타래를 들어주는 아이가 있고 다른 한쪽에는 얼레를 감는 아이가 있는데 가루가 떨어지지 않을 만큼 천천히 그리고 적당히 말려서 감는 것이 일종의 기술이었다. 연실의 강도를 높이기 위해 부레풀을 몇 번씩 먹이기도 하고 치자 같은 생약재를 써 노랗게 실을 삶아 내는 경우도 더러 있었다. 요즘처럼 나일론이 없었던 시절이라서 어떻게 하면 연실을 잘 끊어지지 않도록 실하게 만드느냐 그리고 어떻게 하면 상대방 연줄을 잘 끊어먹게 실 발을 날카롭게 만드느냐 하는 것이 꼬마들의 연구과제였다.

연실이 제대로 준비되면 연을 날리게 되는데 그냥 날리기보다 연 싸움이 주목적인지라 끊어먹을 상대를 찾아 나선다. 연줄이 서로 얽힐만한 거리에 있는 연이면 누구의 것이건 상관하지 않고 싸움을 건다. 때로는 서로 동의를 해서 내기 시합을 하는 경우도 있지만 대개의 경우 아무한테나 그냥 싸움을 걸어가는 것이다.

싸움에 이기려면 연을 날리는 기술이 절대적이었다. 연줄을 위에서 걸치는 쪽이 십중팔구 이기게 되기 때문인데 그렇게 위쪽에서 덮치기 위해서는 연을 좌우상하 자유자재로 조종할 기술이 필요했다. 통영 연의 특색은 좌우로의 움직임이 뛰어나고 거꾸로 곤두박질을 하는데도 재주를 부릴 수 있다는 데 있었다. 남의 연줄을 위에서 걸치려면 상대방 연줄 위쪽으로 이 쪽 연을 끌고 가서 연을 계속 곤두박질을 시켜 줄이 겹쳐지면 바람에 따라 줄을 풀어 준다. 거의는 얼마 가지 않아 밑의 연의 줄이 끊어지고 말지만 양쪽 줄이 다 강할라치면 꽤 오랫동안 줄을 풀어야만 승부가 났다. 상대방 연줄이 끊어져 나갈 때의 스릴과 쾌감은 정말 겪어 보지 않은 사람은 도저히 알 수 없는 것이다. 대신 이쪽 연줄이 끊어져 나갔을 때 순간적으로 줄에 힘이 풀리면서 반응이 없어지는 것이 그렇게 허전하고 서운할 수가 없었다. 그러니만큼 위에서 곤두박질 해 오는 연을 피해 이쪽 연이 상대방 연 위로 가게 만드는 기술을 익히느라 모두들 열심이었다.

어느 쪽의 것이건 연이 떨어졌다 하면 구경하고 있던 대부분의 아이들이 일제히 떨어진 연을 잡으러 뛰기 시작한다. 떨어진 쪽은 남은 연실이라도 찾을 양으로 급히 얼레를 감아 젖히지만 풀린 연줄의 거의 전부가 도중에서 낚아채는 아이들 몫이 된다. 춤을 추듯이 바람에 실려 떨어지는 연을 줍겠다고 달음박질을 치던 애들 중에는 연만 쳐다보고 뛰다가 낭떠러지에서 떨어져 발을 분지르는 친구도 있었고 웅덩이에 빠지거나 장애물에 부딪쳐서 크게 다치는 친구도 없지 않았다.

나는 어릴 적부터 연날리기를 좋아했지만 얼레질을 하는 것이 서툴렀다. 아무리 연습을 해도 강한 바람을 받는 연을 제대로 다룰 수가 없었다. 얼레질이 서투니 연 싸움은 엄두조차 내지 못했고 그저 혼자서 연을 날리거나 연 싸움을 하는 친구들 뒤를 졸졸 따라다니면서 심부름을 해 주는 것이 고작이었다. 그래도 음력설이 가까워지면 아버지를 졸라서 연을 만들어 받았다. 아버지는 걸쌈연(연 싸움)도 잘하셨지만 연을 만드는 데도 대단한 솜씨를 가지고 계셨다.

연 만들기는 그리 쉬운 작업이 아니다. 먼저 창호지를 원하는 연의 규격대로 재단해서 가운데다 동그란 구멍을 뚫고 원하는 문양을 그려 넣는다. 연의 크기에 맞게 대나무를 잘라 다섯 살대를 다듬은 다음 쌀(米) 자로 이맛살(연의 머리 부분), 귓살(대각선 살), 기둥살(중앙에 세로로 붙는 살), 가로살(중앙에 가로로 붙는 살) 순서로 붙인다. 연이 잘 날고 못 날고는 전적으로 연 만드는 솜씨에 달려 있었다. 아버지의 연 만드는 솜씨가 하도 좋아서 연을 만들어 달라고 부탁하는 사람들이 많았다. 동네 사람들의 부탁을 받고 연을 만들어 주는 경우가 한두 번이 아니었다. 어느 해인가는 내가 졸라서 연을 넉넉하게 만들어 내가 몰래 팔기도 했는데 소문이 나서인지 연은 곧잘 팔렸다.

여담이지만 그때 어린이들 사이에는 구슬치기 놀이가 한참 유행이었다. 유리로 된 직경 2센티 남짓한 구슬을 서로 맞혀서 잡아먹는 놀이였다. 때가 일제강점기라서 우리는 이 놀이를 타마(구슬)치기라고 불렀다. 열 살 안팎이었던 나는 열심히 구슬치기를 했지만 이기는 일은 별로 없었고 밤낮 지기만 하는 편이었다. 얼마였는지는 잊었으나 연을 판 돈을 가지고 나는 구슬을 샀다. 아마 한 번에 20개 내지 30개 정도가 되었던 것으로 기억하는데 20개의 구슬을 잘 가면 이틀, 아니면 그날로 잃어버리곤 했다. 연을 생각하면 구슬이 연상되는 연유가 이런 것이다.

연은 그 옛날에 통신 연락을 하는 수단으로 사용되기도 하고 임진왜란 때는 연의 무늬 모양으로 군호와 군령을 삼았다는 얘기도 전해진다. 아닌 게 아니라 귀바리, 까치당가리, 수리당가리, 눈쟁이, 바지기, 치마연 등 수십종이나 되는 연의 형태와 빛깔, 모양, 점 등을 사용하면 먼 곳에서도 일목요연하게 이를 구분할 수 있어서 훌륭한 군호가 되었음직하다.

연은 정월 대보름날까지만 날렸다. 정월 대보름이 지나고서도 연을 날리면 좀 덜떨어진 친구 취급을 당했고 어른들로부터는 꾸지람을 들었다. 그래서 모두들 대보름날 밤이면 달집을 태우면서 송액영복(送厄迎福)이라고 글을 써 붙인 연들을 밤하늘 멀리 날려 보내곤 했던 것이다. 아직도 이 모든 것들이 한 폭의 영상처럼 소중한 추억으로 머릿속에 남아 있다.

이중과세

일 년에 새해를 두 번 맞고 설을 두 번 쇠는 것이 당연한 것처럼 되고 있다. 양력설에도 놀고 음력설에도 놀고, 노는 날이 많아서 좋을지는 모르나 한 해에 설을 두 번 쇠는 것이 결코 바람직한 풍습일 수는 없다. 구정을 공휴일로 정했을 당시만 해도 이중과세의 폐습을 지적하는 소리가 높았는데 이제는 그 같은 반대의 소리마저 자취를 감추고 말았다. TV 같은 데서는 구정 설날 특집이다 대보름놀이 마당이다 해서 설 분위기를 고조시키고 있으며 결과적으로 이중과세를 장려하는 듯한 인상마저 주고 있다. 양력설 때 송년 특집과 새해맞이 프로그램 등을 방영해 놓고 한 달 남짓 후인 음력설에도 같은 설맞이 프로를 내보내는 것은 보기에도 어색하다.

중국 사람들이 구정을 성대히 지내는 것은 세계적으로 유명하지만 중국에서도 일상생활에서 사용되는 월력은 양력이다. 홍콩이나 대만 등지에서는 회사에 따라 구정에 열흘간, 2주간씩 노는 회사도 있다지만 법정 휴일은 그보다 훨씬 짧다. 또 중국 본토에서는 우리나라처럼 휴일을 3일간으로 정하고 있으나 과세 분위기가 예전처럼 대단한 것은 아니라고 듣고 있다. 어업에 종사하거나 농사를 짓는 농어촌에서 물때나 절기를 따지는 것은 이해가 가는 일이다. 그러나 물때와 절기 때문에 꼭 음력설을 쇠야 한다는 법은 없다. 사실 우리나라에서 음력설을 공휴일로 정한 것은 구정에 대한 일반국민들의 향수를 달래고 구정에 시골집으로 가고 싶어 하는 도시 근로자들의 망향 본능을 만족시켜 주기 위해서였다.

물론 전래의 풍속을 살리고 조상 숭배의 효 사상을 고취하자는 뜻도 있었겠지만 민심 이탈에 초조해 있던 당시의 군사 정권이 국민의 환심을 사기 위해 구정의 공휴일화를 서둘렀던 것이 아닌가 짐작되는 구석이 없지 않다. 이중과세의 비난을 모면키 위해 당시의 정권은 구정을 '민속의 날'이라는 구차한 이름으로 부르더니 나중에는 공공연히 설날로 이름을 고치고 음력설 명목의 공휴일을 3일간으로 늘려 놓았다. 음력설의 공휴일 설정으로 그때까지 겨우겨우 정착돼 가고 있던 양력설이 하루아침에 뒷걸음질을 치고 말았으며 양력설 정착에 애쓰던 정부 정책도 공염불로 돌아갔다. 만약 정부의 그러한 시대 역행적 조치가 없었더라면 지금쯤 우리나라에서도 양력설이 제대로 자리를 잡았을 것이 틀림없다.

명치유신 이후 양력으로 전환한 일본은 시종일관된 정책으로 양력을 국민생활 속에 뿌리내리게 했다. 일제 통치 때는 한국인에게도 이 양력설 쇠기를 강요하다시피 했는데 그 통에 우리나라에서는 양력설을 일본설, 음력설을 우리설이라고 하면서 양력설 쇠기를 기피하는 풍조가 있었다. 양력설이 일본설이 아님은 명백한 사실이나 일본에 대한 잠재적인 저항 의식이 그들이 지내는 양력설을 외면토록 하고 한국 사람들로 하여금 음력설에 집착하게 만들었을지 모른다. 그리고 그러한 음력설 선호 경향은 해방 후에도 그대로 남아 음력설이야말로 우리의 설이라는 잘못된 인식이 불식되지 못하고 있는 것 같다.

옛 것을 지키자는 데 반대할 사람은 없다. 그러나 음력설에서 정월 대보름으로 이어지는 일련의 행사를 하나의 세시 풍속으로 유지하는 것과, 이를 마치 우리의 참 설인 양 고집하고 공적으로는 양력, 사적으로는 음력설을 쇠는 이중과세의 폐단을 고착시키는 일은 별개인 것이다.

일본처럼 양력화를 한답시고 음력 팔월 대보름날인 추석을 한참 더운 양력 8월 15일에 오봉이라고 해서 축제를 가지는 것은 좀 우습지만 추석 때와는 달리 음력설과 대보름 행사는 절기가 비슷한 양력설에 행해도 큰 지장이 있을 것 같지가 않다. 음력설과 대보름 행사를 고스란히 양력설로 옮기면 되는 일이다. 양력설이다 음력설이다 해서 신년 초부터 생활의 리듬을 흐트러뜨리는 것도 바람직스럽지 못한데 하물며 이중과세의 폐단으로 과소비 풍조가 조장되고 장기간의 휴무로 생산 활동에 지장을 초래한다면 더욱이나 안 될 말이다. 한 해의 시작을 신정으로 기점 삼는 정상적 생활 질서가 확립되어야 마땅하다. 이중과세는 없어져야 한다.

음식문화

어느 나라에 가건 대중식당엘 가 보면 대충 그 나라의 문화 수준을 알 수 있다고들 한다. 서민층이 주로 찾는 대중식당은 나라 따라 그 분위기나 식사 습성이 판이하게 다르기 마련이다. 제각기 다른 식생활 관습, 식사하는 매너 등에서 그 나라 시민 의식의 성숙도나 삶의 질에 대한 수준 같은 것을 발견할 수 있다는 얘기이다.

굳이 먼 나라까지 갈 것도 없이 동양 3국간의 차이를 비교해 보더라도 그 같은 사실은 금세 알게 된다. 같은 동양권이면서 우리와 일본, 중국 세 나라의 음식문화는 각기 다른 특색을 지니고 있다. 일본의 상차림은 깔끔하고 오밀조밀하다. 반찬도 조금씩 담아 되도록 남기는 일이 없도록 한다. 어느 시골 조그마한 식당엘 가도 서의 깨끗하고 정돈되어 있는 것이 특징이다.

중국인들의 식탁은 대부분의 경우 푸짐하다. 그릇 가득히 담은 요리를 각자가 자기 앞 접시로 덜어서 먹는다. 일본만큼 깔끔하지는 않다 하더라도 이런 점에서는 식사하는 방법이 우리보다 앞서 있다는 느낌이 든다.

우리나라에서는 상다리가 휘어지도록 음식을 차리는 것이 예부터 내려오는 손님 대접 관습이었다. 요즘도 지역에 따라서는 서른 가지가 넘는 찬을 차려내는 식당이 없지 않다. 끼니를 찾아 먹기에도 어려웠던 옛날 같으면 모를까 오늘날까지 다 못 먹을 만큼 음식을 한 상 가득히 차려 놓는다는 것은 일종의 허례이며 심한 낭비가 아닐까 생각된다. 먹다 남긴 음식은 결국 버리게 되거나 딴 사람들 차지가 될 수밖에 없다. 말이야 바른 말이지 우리나라만큼 먹다 남은 음식을 많이 버리는 나라도 드물 것 같다. 벌써 오래전부터 물기 있는 음식 쓰레기의 처리 문제가 말썽이 되고 있거니와, 우리의 음식 문화 자체가 음식 쓰레기의 양을 늘리게 하는 원인이 되고 있는 셈이다.

식당에서 손님들이 젓가락질을 한 반찬은 버리는 집도 있지만, 다시 딴 손님 밥상으로 올리는 집이 허다하다. 버리게 되면 그 양이 만만치 않고 재사용하게 되면 손님들의 비위를 상하게 만들기 십상이다. 또 간혹 뷔페식당엘 가 보면 혼자서는 도저히 먹을 수 없을 만큼 음식을 가득 담아 와서 반쯤이나 먹다 남기는 사람을 자주 본다. 버리게 되는 음식도 음식이려니와 필요 없이 음식 욕심을 내는 사람들의 교양부터가 의심스러워질 지경이다.

요리 강사라는 사람들이 찌개나 국의 간을 보는데 작은 접시에

다 국물을 떠서 맛을 보지 않고 쓰던 숟가락을 그냥 넣어서 맛을 보고는 남은 국물을 도로 냄비에다 따라버리는 광경을 자주 본다. 외국 같으면 질색을 할 일이다. 그보다도 찌개 냄비 하나를 가운데 두고 많은 사람들이 함께 숟가락질을 해대는 모습도 남 보기에 보기 좋은 것이 되지 못한다. 찌개 국물에 여러 사람의 침이 섞여드는 것도 비위생적인 데다가 요즘처럼 B형, C형 간염이 유행하는 시기엔 병을 옮기는 매개 행위가 되기에 이 같은 관습은 더욱 못마땅하다.

이 밖에도 음식문화와 관련된 우리들의 나쁜 버릇들은 한두 가지가 아니다. 술잔 돌리기가 그렇고 입에 음식을 가득 넣은 채 신이 나서 말을 하는 버릇도 그렇다. 식당 같은 데서 아무 그릇에나 마구 담뱃재를 터는 사람, 손이나 닦으라고 내 놓은 물수건으로 얼굴까지 닦고 심지어는 횡 하고 코를 풀어대는 사람, 아무리 맛이 있기로서니 주위가 요란스럽도록 쩝쩝 소리를 내면서 먹는 사람, 나이프나 포크를 든 채 손짓을 해 가며 대화를 하는 사람 등은 일단 그 버릇부터 고치는 것이 문화인이 되는 첫 과정이 아닐까 한다. 이런 모든 것들이 그 나라의 음식 문화, 나아가 나라 자체의 총체적인 문화 수준을 가늠하는 바로미터가 될 수 있는 것들이다.

추석

추석은 우리나라 최대의 명절이다. 농(農)이 천하의 대본(大本)이었던 옛날에는 말할 것도 없거니와 사회가 산업화, 도시화된 오늘날에도 추석은 여전히 우리들 생활에 큰 비중을 가진 명절로 남아 있다.

달 밝은 가을밤이라 하여 추석이다. 곡식이 익고 추수가 멀지 않은 데다가 날씨는 덥지도 춥지도 않으며 달은 밝아 사람의 마음을 밝게 해 주는 계절의 한가운데에 추석이 자리 잡고 있는 셈이다. 천고마비(天高馬肥)라는 성어에서 알 수 있듯이 이즈음엔 하늘이 드높고 그 드높은 만큼 공기가 맑다. 이런 계절의 하루를 잡아 실컷 놀고 즐기고 싶은 마음이 생기는 것은 예나 지금이나 한결같은 인지상정(人之常情)이라 할 것이다.

옛날에 사대부 집안에서는 설날, 한식, 중추, 동짓날이면 산소를 찾아 제사를 지내는 것이 상례였는데 이중 설날과 동지에는 간혹 산소를 찾지 않는 수가 있었어도 중추날과 한식날에는 어김없이 산소를 찾았다고 한다. 그러나 이렇게 일 년에 네 번 내지 두 번 산소를 찾는 것은 살림이 넉넉한 집안에서나 할 수 있었던 일로 가난한 집에서는 대체로 일 년에 한 번 추석에만 산소를 찾아 차례를 지냈던 것으로 알려져 있다. 추석이면 가난한 집안에서도 쌀로 술을 빚고 닭을 잡고 온갖 과일을 차려 푸짐하게 먹고 즐기면서 놀았다는 것이 《동국여지승람》이나 《동국세시기》에 잘 소개되어 있다.

또 《열양세시기》에 나오는 유자후의 글에 "병졸, 노예, 고용인, 거지들도 모두 부모의 산소에 성묘하게 되는 것이 이달뿐이라"라고 적혀 있는 것을 보면 중국에서도 중추는 큰 명절이고 조상을 섬기는 날이었음을 알 수 있다. 8월 가위(가배, 嘉俳)가 우리나라 최대의 명절로 자리 잡은 것은 신라국 초부터의 일로 알려져 있다. 여인들의 길쌈질을 장려하기 위해서 서울 안의 여자를 두 편으로 나누어 왕녀를 주장으로 하고 7월 15일부터 길쌈내기를 시작, 한 달이 차는 8월 가위에 승부를 가리게 했다. 지는 쪽이 이긴 편에게 음식을 차려서 대접하고 모두 노래와 춤으로써 즐겼다고 하니 온 나라가 떠들썩한 축제 분위기였을 것으로 짐작이 간다.

우리나라 속담에 "더도 말고 덜도 말고 1년이 늘 한가위만 같아라."라는 것이 있는데 먹고 살기가 힘겨웠던 옛날 사람들에게는 그만큼 배불리 먹고 노는 일이 절실하고 간절한 소원이었을 것이 분명하다. 끼니 걱정이 거의 없어진 요즘 세상에서는 집안 식구들 모두 무탈하고 바라는 일들이 잘 이루어지도록 달님에게 비는 것이

전부이다. 아니면 추석 때 간절한 소원이 고작해야 고속도로의 체증이나 없어지고 귀성 버스나 열차표 사는 데 어려움이 없어졌으면 하는 정도가 아닐까 한다. 매년 설 때와 추석 때면 영락없이 민족의 대이동이 일어나는 것이 이곳 한국의 모습이다. 민족의 대이동이라고 해서 무슨 거주하는 곳을 옮기거나 이민을 간다는 것이 아니라 고향으로 성묘를 가고 시골에 계신 부모를 뵈러 고향으로 가는 도시 거주자들의 행렬이 수일간 줄을 잇는 민족의 대이동인 것이다. 자가용이 늘어나면서 차의 행렬은 더 길어지고 길에서의 정체도 심해졌다. 내려갈 때는 내려갈 때대로 고생이고, 올라올 때는 올라올 때대로 고생이라는 것을 뻔히 알면서 그래도 고생을 아랑곳 하지 않고 지칠 줄 모르는 귀성의 행렬이 되풀이되고 있다. 이쯤 되면 이러한 귀성행각을 미풍양속이라고 해야 할지 타성이 낳은 폐단이라고 해야 할지 모를 지경이다. 이러한 자식들의 귀향길 고생을 딱하게 여기는 부모들이 요즘에는 오히려 서울이나 도시의 아들 집으로 올라가 차례를 지내는 사례를 흔하게 보게 되었다. 이것 역시 민족 대이동의 한 풍경이라고 할 것이다.

물론 우리의 명절을 맞아 성묘를 하고 고향에 계신 부모를 찾는 일은 좋은 일이다. 그러나 그것이 상당한 경제적 낭비를 낳고 사회적 손실이 된다고 하더라도 그냥 긍정적으로만 받아들여야 할 것인지 재고해 봄직하다.

묘소

조상의 산소를 살피는 것이 자손 된 도리인 줄은 알지만 바쁜 도시생활에 시달리다 보면 저도 모르게 묘소 관리를 소홀히 하기 쉬운 것이 요즘의 현실이다.

몸은 비록 객지에 있으나 마음을 고향 산천에 두지 않는 사람이 몇이나 될 것인가? 틈만 나면 자주 고향을 찾고 싶은 뜻이야 누구나 간절하겠으나 문득 돌이켜보면 고향을 찾지 못한 지 수년이 되는 경우가 허다하다. 고향을 찾지 못하니 산소도 수년째 돌보지 못하게 되고 생각날 때마다 송구스럽고 죄스러운 마음 그지없어진다. 고향을 등지고 객지에서 생업의 터전을 잡은 분들 중 많은 분들의 심정이 이러하리라 짐작된다.

세태가 바뀌어 요즘엔 부모님 모시기조차 꺼려하는 젊은이들이 많이 늘어나고 심지어는 용돈 아쉬움에 부모를 다치게 하거나 시역한 불륜아까지 생겨나는 마당에 자주 조상의 산소를 살피지 못하는 것이 무슨 그리 큰 불효가 되겠느냐고 강변할 사람이 있을지 모른다. 그래도 아직 조상을 숭상하고 어버이를 섬기는 것이 이 나라의 인륜이요 삶의 규범임을 누구도 부인하지 못할 것이다.

조선조 말기까지만 해도 우리나라에서 삼년상은 엄연한 국속이었다. 부모가 돌아가시면 3년 동안 거상을 입는 것이 삼년상이다. 삼년상은 삼년초토(三年草土)라고도 해서 엄한 선비 집에서는 3년 동안 부모 묘소 옆에 거적을 두른 움막을 짓고 누더기 옷을 걸친 채 그 속에서 거상을 하는 것이 상례였다. 거상의 기간을 3년으로 한 것은 자식이 나서 부모의 품을 벗어나는 동안이 3년이라고 해서 이 동안 상제 노릇을 하는 것이 당연하다는 유교의 이론에서 나온 것이다.

기왕 삼년상 말이 나온 김에 기록을 살펴보자면 삼년상은 이미 삼국 시대부터 있었다고 전해지나 일반 백성이 다 그랬던 것은 아니고 고려 시대 때만 해도 부모의 거상은 백일에 벗는 것이 보통이었다. 공민왕 16년에 간관 이색의 청으로 백성 모두에게 삼년상을 지내라는 영을 내렸으나 철저히 시행되지 아니하였으며 조선 시대에 와서는 사대부 집안만 대개 삼년상을 지내고 백성은 여전히 백일상을 지켰다. 그러던 것이 중종 11년 조광조 일파가 유교적 정치 개혁을 한답시고 상하 없이 전 국민에게 삼년상 지키기를 명령, 강하게 독찰하는 바람에 그로부터 차츰 삼년상이 국속으로 자리를 잡게 되었다고 한다.

이 같은 삼년상 풍습은 유교의 번문욕례(繁文縟禮)가 우리의 생활을 번거롭게 하고 생활의식을 형식화시킨 대표적인 것의 하나이거니와, 이러한 비현실적이고 아무 쓸모없는 생활양식이 오늘날까지도 우리의 일상생활을 속박하고 있는 사례를 우리는 주변에서 흔하게 보고 있다. 특히 관혼상제와 같은 순 형식적인 예절에서 우리는 명분에 치우친 유교의 폐해를 아직도 목격하게 되는 것이다. 명분에다, 형식에다 요즘엔 물질만능주의까지 겹쳐서 호화 혼수, 호화 분묘의 말썽을 빚고 있는 작금의 한심한 세태를 보면 알 수 있다.

말이 좀 옆으로 흘렀지만 이렇게 조상 숭상 사상이 끔찍했던 우리 국민의 의식 구조가 아무리 세상이 바뀌었다고 해서 하루아침에 사그라질 리는 없다고 본다. 객지 생활에 바쁜 몸이기는 하나 자손으로서 고향 선영에 누워 계신 조상님의 묘소가 언제나 염려되고 혹시라도 성묘를 거르기라도 하는 해에는 일 년 내내 죄스럽고 께름칙한 마음을 떨쳐 버리기 어려울 것이 뻔하다. 나이가 드신 이일수록 더욱이나 그러할 것이다. 한 해나 두 해 묘소를 돌보지 못하다가 모처럼 고향을 찾아 선산에 성묘할 때 조상의 묘소가 임자 없는 무덤처럼 황량해져 있다면 자손된 사람으로 마음이 좋을 리 만무하리라 생각된다. 또 잡초가 무성한 조상의 묘를 보고 남들이 혹시 자손이 끊긴 집안이 아닌가 오해하는 일이 생긴다면 그것도 바람직한 일일 수 없다,

조상을 섬기는 데서 자손이 복을 받을 수 있다는 믿음은 오랫동안 일종의 신앙처럼 굳어져 버린 우리 전래의 사고였지만 이러한 사조가 언제까지 전승될 것인지는 아무도 장담하기 힘들어졌다. 이미 젊은이들 사이에는 숭조상문(조상과 가문을 숭상하는 일)의 필요성은 고사하고 그 뜻조차 모르게 되고 있으니 하는 말이다.

혼인풍속

혼인 풍습이란 하나의 사회 관행이라고 할 수 있다. 오랜 세월을 내려오면서 우리의 생활 정서에 맞고 가치관과 기능 면에서 많은 사람들의 공감을 받아야만 관행은 비로소 그 사회의 전통으로 굳어지고 풍습으로 정착을 할 수 있게 되는 법이다.

그러한 전통으로서의 우리나라 혼인 풍습이 근래에 와서 크게 변질되어 가고 있다. 우리의 전통과는 무관한 출처 불명의 혼속이 생기기도 하고, 본래의 뜻과는 전혀 다른 방향으로 변형된 관습이 성행되고 있기 때문이다.

예식비로 수천만 원이 들어가는 호화 결혼식이 우선 그 대표적인 것이다. 창경궁이나 덕수궁에서 찍는 결혼 기념사진이 출장 촬영비, 앨범, 대형 액자 해서 자그마치 수백만 원을 호가하고, 한 번 입고 그만인 신부 드레스 한 벌 맞추는 데 수백만 원, 맞추지 않고 빌리더라도 백만 단위의 돈을 내야하며, 피로연에 수천만 원을 들이고 있다 하니 언제부터 우리의 혼인 풍습이 이렇게 돈으로 바르는 돈 자랑 판으로 변했는지 알 수 없는 노릇이다.

우리 속담에 "혼인치레 말고 팔자치레 하랬다."라든지 "이고 지고 가도 제 복 없으면 못 산다."라는 것이 있는데 이것이 모두 호화로운 잔치를 하고 예물을 많이 해 간다고 꼭 잘 살 수 있는 것은 아님을 빗대 말하는 말들이다. 옛날에도 선채라고 해서 신랑 집에서 신부 집에 보내는 채단이 있었지만 채단은 신부의 치마, 저고릿감인 청색, 홍색의 두 가지 비단이었다.

경상도나 전라도 등 남쪽의 일부 지방에서는 송복이라고 남자 집에서 여자 집에 사주단자를 보낸 다음 여자 집에서 택일이 오기 전에 몇 가지 물품을 보내는 풍습이 있었다. '짐 보내기'라고도 하고 이바지 또는 봉치라고도 하는 이 송복은 남자 집에서 날을 정하여 여자 집에 옷감, 이불감, 솜, 누룩, 소금, 쌀, 광목 등을 보내는 것인데 보내는 품목들은 남자 집이 작성해서 중매인이 이를 여자 집에 전달하는 것으로 되어 있었다. 이것이 후세에 함을 보내는 풍습으로 정착되고 전달하는 사람이 중매인 대신 신랑 집 하인들이 함을 메고 가는 함진아비로 바뀐 듯하다.

함진아비가 마른 오징어에 구멍을 뚫은 탈을 쓰고 신부 집 사람들과 함 값 흥정을 하는 것은 송복 풍습이 나쁘게 변질된 혼속 중의 하나이다. 함 값이라는 말 자체가 언제부터 생겨났는지는 알 수 없으나 원래 함을 지고 온 하인배들에게 신부 집에서 수고의 대가로

약간의 음식물과 노자를 주던 관습이 어느새 함진아비들이 함을 담보 삼아 정식으로 함 값을 요구하는 관행으로 변했고, 함 값의 다과를 놓고 신부 집의 진을 뽑는 흥정의 도구로 화해 버렸다. 함 값 때문에 언쟁이 오가고 심지어는 그 다과가 문제 되어 신혼부부 사이에 파란이 일어난 사례까지 있었다니 이제 함 값 흥정은 공공연한 악습의 하나로 굳어진 셈이다.

예물만 하더라도 그렇다. 예물이란 옛날에는 신부가 시집 식구들에게 작은 정을 표하던 예의적인 것이었는데 근래에는 신랑 집에서 값비싼 혼수 품목을 적어 공공연히 신부 집에 요구하기에 이르렀다.

혼수를 제대로 해 오지 못했다고 새로 들어온 며느리를 구박하는 시어머니가 있는가 하면 혼수의 다과 때문에 신부와 장모한테 폭행을 휘두른 사위까지 생겨나는 판이라 혼수의 적고 많음이 신부의 값어치를 정하는 무슨 잣대처럼 작용하는 꼴이 된 것이다.

이러한 악습은 갑자기 졸부가 된 사람들이 부를 과시하기 위해 시작한 것이 아닐까 짐작되거니와 요즘 들어서는 일부 중류층에까지 악습이 번지고 있다는 데에 문제의 심각성이 있다. 함 값이나 혼수비가 신랑 측보다 신부 측에 더욱 부담을 주고 곤혹스러움을 강요한다는 사실부터가 도시 이치에 맞지 않는다. 도리로 따지자면 곱게 키운 남의 집 귀한 딸을 자기 집으로 데려오는 신랑 측이 오히려 그간의 신부 집 수고에 고마움을 표시하는 것이 타당하다고 보이기 때문이다. 그래서 지구상에는 신부 측이 신랑 집으로 지참금을 가져가는 관습보다 신부를 맞이하는 신랑 집에서 후한 예물을 신부 집으로 보내는 것이 혼속으로 정착돼 있는 나라가 더 많은 것으로 알고 있다.

아무튼 이와 같이 혼수 규모가 커지고 결혼 비용이 늘어나면서 생겨난 것이 결혼 산업이다. 결혼 산업이라는 신종 산업이 이제는 급성장하는 유망 업종으로 자리를 굳히고 있으니 우리의 혼인 문화가 얼마나 변화하고 있는지 짐작이 갈 만하다. 업계의 추정에 의하면 서울을 중심한 수도권만 하더라도 연간 14~15만 쌍이 결혼을 하고, 이들을 대상으로 한 혼수 시장의 규모가 3조 원 안팎이 될 것이라고 한다. 전국적으로는 연간 30~40만 쌍 가량이 결혼을 하고 이들이 소비하는 혼수 비용이 줄잡아 4~5조 원은 될 것이라고 보고 있다.

결혼 산업의 양상도 다채롭다. 체인망을 갖춘 웨딩드레스 집이 등장하는가 하면 예식장은 대형화, 기업화하고 있다. 백화점 혼수상담센터 같은 데서는 혼수 상담에서부터 예식장, 폐백음식, 신혼여행에 이르기까지 모두를 패키지로 묶어서 파는 종합 결혼 상품을 내놓고 있으며, 현악 3중주나 피로연, 여흥, 야외 결혼식의 알선 등을 취급하는 결혼 이벤트 업체와 결혼식 대행업체가 호황을 누리고 있는 중이다.

이러한 종합 결혼 상품은 대개가 사치와 과소비를 부추기는 결과를 낳고 있다. 물론 분별력 있게 혼수 상품을 선택할 수 있으면 별 문제 없겠으나 많은 경우 판매자들이 권유하는 것을 욕심 따라 구입하다 보면 보통 1천5백만 원에서 2천만 원짜리 백화점 종합 상품을 사는 경우가 허다하다는 얘기이다.

혼수 시장이 기업화하고 패키지 서비스가 유행하는 현상은 순기능과 역기능 두 가지 면을 가지고 있다고 본다. 먼저 긍정적인 측면은 이곳저곳을 오가지 않고 한 곳에서 모든 준비물을 마련할 수 있으니까 편리하고, 상품에 대한 정보를 비교적 정확하게 얻을 수 있어 비교 선택이 용이하다는 점 등이다.

역기능으로는 판매자가 짠 혼수 품목인 만큼 과잉 구매를 유도하도록 되어 있는 탓에 결과적으로 과소비를 부추기고 "평생에 한 번뿐인데."라는 심리적 작용으로 패키지 상품 중 가장 비싼 것을 선택하기 쉽다는 점 등을 들 수 있다.

그렇게 고르다 보니 호화 혼수로 낙착되는 폐단도 생길 수 있다. 백화점 같은 데서 선보이는 고급 결혼 상품은 "이 정도의 혼수는 해야 한다."라는 은근한 부추김을 사는 사람한테 주기 쉽다. 요즘 젊은 세대들이 극도로 편하고 편리한 것을 찾는 통에 혼수 시장의 대형화는 앞으로도 계속될 것으로 예견되는데 그 바람에 퇴조하고 있는 것이 재래시장의 혼수 점포들이다. 우리의 결혼 문화가 이렇게 사치스러워져도 좋은 것인지 걱정스럽다.

인륜대사인 혼인을 허황된 혼수 비용 문제로 말썽을 빚는 나라,

신부의 자리를 혼수의 다과로 평가하려는 나라를 문화적으로 선진화된 나라라고 말하기는 힘들지 않을까 한다.

김치

우리가 어릴 적만 해도 시골에서 학교로 도시락을 싸 오는 애들의 태반이 도시락 반찬으로 김치를 싸 왔다. 딴 반찬이 곁들여지는 것은 극히 드물었고 무김치가 아니면 배추김치 거기에다 된장이나 고추장을 약간 싸 오는 통에 점심시간 때면 온통 김치 냄새가 교실에 진동했다. 좀 잘산다는 집 아이라야 콩자반에 무장아찌를 몇 조각 넣어 왔고 달걀 삶은 거나 계란말이, 자반, 쇠고기 장조림 같은 것은 그야말로 가뭄에 콩 나듯이 드물게 구경할 수 있었다. 어쩌다 제사를 지낸 집 아이가 부침개라도 가져올라치면 옆자리 애들이 한 조각씩 얻어먹느라고 야단 질을 하던 기억이 선하다. 그때는 요즘과 같은 보온밥통이 없었던 때라 겨울에는 난로 통 위에 교대로 도시락 상자를 얹어 두곤 했는데 데워진 도시락의 김치는 더 유난스럽게 냄새를 피우곤 했다. 그중에서도 난로 통 바로 위에 놓인 도시락은 그 위로 겹겹이 놓인 도시락들 때문에 밥이 눌러 붙고 김치가 약간 타면서 김치찌개 끓이듯 한 냄새를 마구 풍겼다.

김치 냄새를 싫어하는 일본인 교사들은 점심시간엔 말할 것도 없고 점심을 먹고 난 후 교실 창문을 활짝 열어 충분히 환기를 마치기 전에는 교실에 들어오기를 싫어했다. 아마 뜻대로만 할 수 있었다면 김치 반찬의 지참을 금했을 것이 분명한데 김치 반찬은 고사하고 도시락조차 싸 오지 못하는 애들이 한 학급에 3분의 1을 넘을 정도로 모두들 살기 힘든 시절이라서 김치 아닌 다른 반찬을 싸 오라고 강요할 수 있는 상황은 못 되었다. 흰 이밥만 싸 오는 애는 헤아릴 수 있을 만큼 적었고, 태반이 보리밥이나 잡곡밥을 싸 왔으며 밥 대신 고구마를 싸 오는 애들도 언제나 네댓 명은 있었다.

그렇게 일본인 교사들이 싫어하던 김치였는데 요즘 와서 김치를 찾는 일본인들이 날로 늘고 있다고 들린다. 너무 강한 냄새를 풍겨 때로 역겨울 수가 없지는 않지만 맛이야 김치만큼 맛있는 야채절임이 없다 보니 김치 맛에 매혹되는 일본인이 생겨나는 것도 무리는 아니겠다. 한번 맛을 붙이고 나면 좀체 잊기 어려운 것이 김치이다. 그래서 김치 담그기 연수를 위해 한국으로 원정 오는 일본인도 적지 않은 모양이다.

일본 사람들은 원래 상술에 밝다. 지금은 미국 도처에 한국 식당이 있고, 한국 식료품 가게가 지천으로 있지만 내가 살던 60년대 말까지만 해도 미국에서 김치를 구경하기란 매우 어려웠다. 어쩌다 일본 식료품 가게에 들르면 병에 담근 김치와 캔으로 된 김치를 팔고 있었는데 대부분이 일본산이거나 미국에 사는 일본인이 만든 것들이었고, 하와이 거주 한인들이 만든 김치는 퍽 드물었다. 김치 없이는 못 사는 한국인의 기호를 알고 일인들이 오히려 먼저 김치 장사에 나섰던 것이다.

이 같은 일인들의 상술은 한때 김치의 원조국인 한국을 제쳐 두고 김치의 규격을 자기네들 멋대로 정해서 세계의 공인을 얻어 내려는 움직임까지 엿보였다. 김치도 수출품 대열에 끼어들려면 다른 식료품들과 마찬가지로 그 성분을 레이블에 명시해야 할 판인데 그것을 일인들이 먼저 규격화해서 일제 김치로 세계 시장을 석권해 보겠다는 야심을 품고 있었던 모양이다. 김치만 해도 수십 종류를 가지고 있는 한국인들에겐 정말 어처구니없고 웃기는 노릇이지만, 그렇다고 그냥 웃고 넘길 일만은 아닌 것 같다.

일본에는 소금에 절인 무와 배추를 고추, 파, 마늘, 생강, 젓갈 등 갖은 고명으로 버무려서 담그는 우리의 김치 같은 것이 없다. 고작 있다는 것이 다꾸앙(단무지)과 나라즈케(장아찌의 일종) 정도이고 날배추를 썰어서 절인 것을 간장에 찍어 먹는 오싱꼬가 있다. 지방에 따라 몇 가지 야채를 소금에 절여 발효시킨 것이 있기는 하지만 다꾸앙이나 나라즈케만큼 전국적으로 보편화된 것들은 아니다. 예를 들어 각종 여름 야채와 시소(우리말로 차조기)를 소금으로 발효시킨 시바즈케나 가지를 술찌끼에 담가 발효시킨 것 그리고 각종 야채를 간장과 미림, 설탕 등 조미료로 간을 맞춘 장아찌 종류의 후

꾸진즈케 등이 있는데 이런 것들을 우리의 김치와 같이 치부할 수는 없는 노릇이다.

중국만 해도 우리 입에 잘 맞는 사천 특산의 자싸이(搾菜), 배추를 발효시켜 시게 만든 수안싸이(酸菜), 소금으로 절인 파오싸이(泡菜)와 얀싸이(鹽菜), 자리공으로 담근 시안싸이(莧菜), 무를 맵게 담근 라싸이(辣菜), 그 외에도 동싸이(冬菜) 등 종류가 꽤 있다. 앞에서 적은 다깡과 나라즈케는 지방에 따라 담그는 방법에 약간의 차이는 있으나 다깡은 설말린 무에다 쌀겨와 소금을 넣고 커다란 통나무 통에 넣어 돌로 눌러 두면 만들어지는 것이며, 나라즈케는 청주 술찌끼에다 오이 같은 야채를 담가서 발효시킨 오이절임이다. 둘 다 사람의 손이 비교적 덜 가는 것들이라서 깊은 맛이 무궁무진한 김치와는 비교가 되지 않는다.

일본의 고지린(廣辭林)이라는 사전을 보면 김치란에 "조선의 야채절임의 총칭이며 일명 조선절임이라고도 한다."라고 되어 있다. 이것만 보더라도 김치가 한국을 대표하는 한국 고유의 반찬임을 알 수 있는데 이 대표적인 한국 김치를 세계에 대신 팔겠다고 나선 일인들의 약삭빠른 상혼에 감탄을 금할 수가 없다.

사회만평

괜찮아

많은 사람들이 한국 사회의 '괜찮아 병'을 염려하고 있다. 괜찮아 병이란 나쁜 뜻에서의 적당주의를 의미하는 것으로서 그 증세가 이미 고질화되어 불미스런 크고 작은 사고의 원인으로 작용하고 있다. '괜찮아 병'이라는 병명을 처음 발설한 자는 한국에 주재하는 어느 일본 신문의 특파원이라고 듣고 있거니와 그가 지적한 '괜찮아 병'은 한국 사회의 무책임성 내지는 책임 회피 경향을 흉보는 내용이었던 것으로 기억한다.

일본인 기자의 지적이 아니더라도 적당주의의 폐해에 대해서는 우리 스스로가 벌써 오래전부터 자각하고 있어야 마땅했다. 적당히 얼버무리고 아무렇게나 마무리 지었던 부실공사 탓에 와우아파트 붕괴가 있었고, 성수대교가 무너졌으며, 삼풍백화점 붕괴가 발생했다는 사실은 누구나 알고 있다. 아무도 안 보니까 괜찮고, 남들도 하니까 괜찮고, 내 책임 소관이 아니니까 괜찮다고 치부하는 '괜찮아' 버릇이 결국 쌓이고 쌓여서 대형사고로 이어졌을 것이 틀림없기 때문이다. "철근 하나를 빼먹는 것쯤이야 대수일까? 시멘트를 규격보다 조금 덜 썼을 뿐인데 설마 어떻게 되려고? 이 정도의 불량품이 몇 개 섞였다고 표가 날까? 괜찮아, 괜찮아……." 이러한 모든 것들이 오늘날 우리 사회가 앓고 있는 '괜찮아 병' 증상의 대표적인 것들이다.

비단 와우아파트나 성수대교, 삼풍백화점 붕괴와 같은 사고뿐만 아니라 전직 대통령의 비자금 사건이나 그 외의 크고 작은 공무원의 비리, 각종 사회 부조리와 환경오염 행위, 공중도덕의 부재 현상 등이 모두 근원적으로 따져 들어가면 괜찮아 병에서 파생되어 나온 범법 행위임을 알 수 있다. 한때 수감되었던 몇몇 전직 대통령들도 전부터 받아 온 관행이니까 얼마쯤 뇌물을 받아도 탈이 없겠지 하고 거액의 돈을 받아 챙겼을 것이 틀림없고 남이 안 보도록 공업 폐수를 마구 강으로 흘려보내는 공해 사범이나 중앙선을 넘어 앞차를 앞지르기하는 교통 사범도 정도의 차는 있을지언정 결국 아무도 본 사람이 없으니까 이쯤이야 하는 '괜찮겠지' 심리가 작용해서 범행을 저질렀을 것이 분명하다.

전에 국내 대기업에서 일하는 종업원과 일선 공무원 등을 대상으로 우리 사회가 급히 개혁해야 할 문제가 무엇인가를 조사한 결과, 괜찮아 병과 적당주의를 고치는 것이 급선무라고 답한 사람이 놀랄 만큼 많았다고 들었다. 그만큼 많은 사람들이 우리 사회에 만연하고 있는 적당주의의 폐해를 절감하고 있다는 증거라고 하겠는데, 말은 그렇게 하면서도 의식이나 행동은 여전히 적당주의에 안주하고 있다는 데 문제의 심각성이 있다.

경제만 해도 그렇다. 선진국 진입을 눈앞에 둔 우리 경제가 가장 걱정해야 하고 또 극복해야 할 과제가 이 같은 괜찮아 병이 아닌가 한다. 모든 과정을 잘 진행해 가다가도 마무리 단계에서 적당히 처리해 버리는 버릇 때문에 일 전체를 망치는 경우를 우리는 자주 목격한다. 좋은 재료, 좋은 색상, 좋은 재단으로 썩 훌륭한 와이셔츠를 만들어 놓고도 단추 구멍의 마무리가 나빠 불합격품으로 퇴짜를 맞는 일이라든가, 불량 부품 하나 때문에 기계제품 전부가 반품되는 일 등이 바로 그 같은 적당주의의 결과라고 봐도 틀림이 없을 것이다. 이러한 적당주의 병이 우리나라 제품의 품질을 저하시키고 기술 수준과 생산성을 저하시킴으로써 우리의 경쟁력을 떨어뜨리는 원인이 되고 있는 꼴이다.

모나지 않게 적당히 사는 것을 생활 철학으로 삼는 사람이 더러 있는 모양이지만 만약 그러한 생활 습성이 만사를 적당히 처리하고 넘어가는 적당주의로 이어진다면 결코 달가운 습성이라고 말할 수 없다. 그러한 습성은 어떤 형태건 간에 우리 사회 전반에 해를 끼치게 될 것이 틀림없기 때문이다. 한때 모든 일에 편향되지 않고 대인관계에서 모나지 않은 자세를 중용이라는 이름으로 값어치 있는 덕목처럼 치부하기도 했다. 그러나 과격을 피하고 만사를 원만

하게 수습하는 생활 자세와 만사를 적당히 얼버무리는 적당주의는 엄연히 다르다는 것은 명료하다. 중용을 적당주의와 혼동해서는 안 될 일이다. 우리 경제를 좀먹을지도 모를 타성화된 '괜찮아 병'은 하루속히 치유되어야 마땅하다.

과욕

다다익선이라는 말이 있긴 하지만 많은 것이 반드시 좋은 것만은 아닌 경우도 많다. 많은 것도 많은 것 나름이다. 무슨 일이건 지나치면 좋지 않은 결과를 빚기 쉬운 법이어서 술이 그렇고 색이 그렇다. 돈도 마찬가지이다.

무엇이든지 과(過) 자가 붙어 좋은 것은 별로 없는 것 같다. 그중에서도 과욕이 언제나 말썽의 근원이다. 과유불급(過猶不及)이 아니라 지나침은 언제나 미치지 못한 것보다 못하다는 생각이 든다.

사람이 돈을 사랑하는 것은 시장 경제 사회에서 당연한 일이라고 할 수 있다. 돈이 있어야 생활의 윤택과 안정을 얻을 수 있고 사람이 사람 구실을 할 수 있게 되고 남한테 아쉬운 소리 안 하고 살 수 있기 때문이다. 돈이 곧 힘인 사회에서 돈 없는 사람은 흔히 사람대접도 받지 못하고 자칫 비굴해지기 일쑤이다. 사무엘 존슨은 "가난은 수치스러운 것이 아니라 단지 불편할 뿐이다."라고 말했다지만, 대부분의 돈 없는 사람은 불편과 함께 인간다운 위엄과 체면을 보장받지 못한 채 세상을 살아가고 있지 않을까 한다. 사실 돈은 아무리 많아도 짐이 되는 것도 아니고 귀찮은 것도 아니다. 오히려 그것은 생활에 안정을 주는 것이다. 그러기에 많은 사람들이 돈 벌기에 여념이 없고 심할 경우 돈 때문에 사기를 치거나 갖은 못된 짓을 저지르고 심지어 살인까지 하는 사례를 우리 주변에서 흔하게 보고 있다.

극작가 서머싯 몸은 돈에 관해 흥미 있는 말을 하고 있다. "나는 극작가로서 많은 돈을 벌게 된 것을 다행으로 생각하고 있다. 돈은 나에게 자유를 가져다 주었다. 돈이 없기 때문에 내가 정말 하고 싶었던 일을 할 수 없게 되는 경우가 생기지 않도록 나는 돈을 세심하게 사용했다. 돈만 내면 남이 해줄 수 있는 일까지 내 스스로 해야 하기에는 인생은 너무나 짧다고 생각해 왔다. 나밖에 할 수 없는 일만을 내가 한다는 사치를 누릴 수 있을 만큼 나는 부자였다." 그의 말은 모두가 실감하는 말들이다. 세상에는 "인생은 돈만으로 만사 해결될 수 있는 것이 아니다. 돈으로 살 수 없는 것, 돈보다도 무한히 귀중한 것이 있다."라고 말하는 도학자나 종교 지도자들이 있다. 사람의 생명이나 순수한 사랑 같은 것을 그 예로 든다. 돈이 만능이 아닐지니 그 말이 틀린 것은 아니다. 그러나 "인생은 돈이 전부가 아니다."라는 생각과 "인생이나 세상사 모두가 결국은 돈에 의해 좌우된다."라는 생각 중 어느 것이 더 현실적이고 어느 것이 보다 정직한 사고인지 가식 없이 음미해 볼 필요가 있지 않을까 한다.

벌써 오래전부터 웬만큼 돈을 가진 부유층이 온갖 수법을 다 동원해서 상속세를 덜 물고 증여세를 줄이기 위해 손을 쓰고 있다는 것은 널리 알려진 사실이다. 재벌만 하더라도 세법이 정한대로 거액의 상속세나 증여세를 내고 달리 또 큰돈을 벌어 보충하지 않으면 대를 물려 재벌의 자리를 유지하기란 쉬운 일이 아니다. 미국이나 유럽의 예를 보더라도 몇 대를 이어 내려오는 재벌이란 찾아보기 힘들고 그것이 오히려 정상으로 되어 있다. 우리나라처럼 상속으로 재벌의 자리가 흔들리거나 악화되는 경우가 없다는 것은 외국인의 눈에 오히려 이상하게 비쳐질지도 모른다.

재벌이라고 한다면 소유하고 있는 부의 크기가 보통 사람들의 상상을 넘는 규모일 것이 틀림없다. 그런 부를 갖고도 돈 줄어드는 것이 아깝고 안타까워서 변칙과 불법, 부정한 방법으로 돈을 지키기에 급급하고 있는 것 같다. 정말 그들에겐 돈이 문자 그대로 다다익선의 절대적인 존재라고 말할 수밖에 없다. 좋게 말해서 돈에 대한 애착이 그만큼 강한 것이겠으나, 다르게 표현하자면 돈에 대한 그들의 욕심이 너무 과하다고 말해야 할 것 같다.

사람의 경제 활동은 기본적으로 개인이 독립하는 데 충분한 재화를 얻는 행동이라고 정의하는 경제학자가 있다. 그 이상의 재화에 집착한다면 결과적으로 사람의 눈을 멀게 하며 무의미하고 불

필요한 번거로움만을 초래한다고 그는 말한다. 일본의 어느 사회학자도 "사유재산은 자신의 심신을 안락하게 만드는 선에서 족한 것이지 그 이상의 것을 추구한다면 물질의 노예가 되고 만다."라고 말한 적이 있는데 이 두 사람의 말은 결국 돈의 필요성은 인정하나 지나친 욕심은 피해를 가져다 줄 뿐이라는 것을 강조한 것이라고 풀이할 수 있다.

매일매일을 가난에 시달리다 보면 자신을 가꾸고 돌볼 여유를 잃고 인간으로서 향유해야 할 자유마저 잃게 될 가능성이 커질지 모르나 그런 한계에서 해방될 만큼의 부만 얻는다면 더 이상의 욕심을 부리지 않는 것이 온당하지 않을까 하는 생각이 든다. 문제는 어느 선에서 만족하느냐 하는 것이 되겠는데 사람에 따라 만족도의 높낮음은 있을지 몰라도 상식적으로 과욕이라는 주위의 평을 듣지 않는 선에서 마무리 지어야 할 문제가 아닌가 한다. 과욕은 결국 허욕임을 깨달을 수 있을 만큼 우리도 현명해졌으면 좋겠다.

내 탓이오

한때 '내 탓이오' 운동이라는 것이 선을 보인 적이 있다. 자동차 뒤창에 '내 탓이오' 스티커를 붙이고 다니는 차들까지 등장했었지만 불과 한 해를 넘기지 못하고 시들해져 버리고 말았다.

'내 탓이오' 운동은 말하자면 일종의 의식개혁 운동이다. 대부분의 사람들이 자신이 져야 할 책임을 지지 않으려는 경향으로 흐르고 있은 탓에 아마 이러한 운동이 전개되었던 것 같은데, 자신의 책임을 기피하려 하니까 자연 그 책임을 남에게 전가하는 버릇이 생기고, 만사를 내 탓이 아닌 남의 탓으로 돌리는 사회 풍조를 조성해 내지 않았나 하는 생각이 든다. 옛 속담에도 "잘되면 제 탓, 못 되면 조상 탓."이라는 말이 있는 것을 보면 '남의 탓' 버릇은 예부터 있던 우리 사회의 습성이었던 모양이다.

권리에는 의무가 따르게 마련이고 그 의무 속엔 자기가 저지른 언행에 대한 책임을 지는 것이 포함돼 있어야 한다. 따라서 자기가

져야 할 책임을 회피하는 행위는 자기가 누릴 수 있는 권리를 포기한다는 의사 표시이기도 한데, 권리는 권리대로 누리면서 책임만 회피하려 하는 데에 문제가 있다고 하겠다.

지난날 우리들은 많은 공인들의 무책임한 언행들을 수없이 보았다. 공약을 공공연히 어기고도 위약의 원인을 남의 탓으로 돌리는가 하면 큰 비리를 저지르고도 자신은 그저 관행에 따랐을 뿐이라는 발뺌을 늘어놓곤 했다. 너무나 보편화되어 있던 관행 탓인지, 범법 행위에 대한 주변의 무관심과 지나친 사회의 관용 버릇 탓인지 비리를 저지른 많은 공인들이 자리를 그냥 보전하거나 아니면 일단 그 자리에서 물러났다가 어느새 다시 다른 고위직에 발탁되는 경우를 한두 번 보아 온 게 아니다. '내 탓이 아닌 남의 탓'이라는 그들의 강변이 통했다고 볼 수밖에 없다.

사람에겐 원래 자기 편한대로 만사를 이해하고 해석하려 하는 경향이 없지 않다. 자기 정당화가 가능하도록 무슨 일이든 꾸미거나 마무리 지으려 하는 것이 어쩌면 인간 본능의 약한 일면일지도 모른다. 자기가 한 언행에 책임지지 않으려는 경향도 따지고 보면 이러한 인간 본능의 약한 일면이 반영된 것이라고 할 수 있다. 자기 잘못에 대한 변명은 끝없이 늘어놓으면서 남이 하는 변명은 묵살해버린다거나, 자기가 저지르는 비위에는 둔감하면서 남의 비위는 샅샅이 후벼 낸다거나 하는 공인의 작태를 우리는 흔하게 보고 있다. 설사 공인이 아니더라도 우리 주변에는 자기는 질투를 하면서 남의 질투는 경멸하고, 자기는 제멋대로 행동하면서 남의 일엔 곧잘 간섭하기를 좋아하고, 자기가 남의 감정을 다치게 해 상대방이 화를 내면 그의 소견이 좁아서 그렇다고 나무라면서 남이 자기 감정을 건드릴 때는 열화와 같이 화를 내는 사람들이 의외로 많음을 알 수 있다. 결국 우리 주변 사람들의 이러한 극히 일상적인 생활 타성 내지는 생활 철학이 '내 탓'은 선반에 얹어 두고 '남의 탓'으로만 모든 허물을 돌리려는 사회 풍조로 발전돼 나왔음직하다.

자기를 사회 구성원의 한 사람으로 인식하기에 앞서 사회나 주위보다 우선 자기 자신부터 생각하고 자기의 이익을 딴 무엇보다도 먼저 우선시키는 결과가 곧 공사의 혼동과 책임지기를 기피하는 네 탓 타령으로 이어졌다고 보면 될 것 같다. 자기를 탓할 줄 아는, 다시 말해 책임을 질 줄 아는 시민 의식의 개혁이 절실하다.

신바람

사람이란 좋은 일이 있을 때 신이 나게 마련이다. 신이 나면 흥이 일고 흥이 일면 만사가 즐겁다. 신이 나서 하는 일은 그래서 고달프지도 않고 고단하지도 않다. 신바람 나는 경제, 신바람 나는 사회를 만들자는 얘기는 기회 있을 때마다 들리는 단골 구호처럼 되어 있다. 신바람 나는 사회는 쉽게 말해 살맛 나는 세상이다. 살맛이 있으려면 사는 재미가 톡톡히 있어야 하겠고 산다는 것에 보람을 느낄 수 있어야 하겠다.

신바람 나는 삶을 위해서는 여러 가지 조건들이 갖추어져 있어야 한다. 우선 경제적으로 넉넉한 생활의 보장이 필요하다. 넉넉한 것까지 바라기가 힘들다면 하다못해 쪼들리지 않는 생활은 보장될 수 있어야 한다. 나라 전체로 볼 때 경제가 침체되어 있고 복지가 뒷전에 밀려 있는 상황에서는 신바람 나는 사회는 이루어질 수가 없다. 신바람 나는 사회의 전제가 신바람 나는 경제여야 하는 이유가 이런 데 있다.

경제적인 것 못지않게 필요한 것이 안정이다. 사회적 여건과 분위기가 정돈되어 있지 않고서는 느긋하고 편한 생활의 안정이란 기대하기 어렵다. 개인의 편안함은 사회의 편안 위에서 성립된다. 사회가 편해지기 위해서는 그 기반이 확고해야 하고 확고한 기반은 질서의 확립에서 얻어진다. 질서는 결국 준법정신의 문제요 시민 의식의 문제이다. 위로는 법 질서, 치안 질서에서부터 밑으로는 사소한 공중도덕에 이르기까지 질서가 잡히지 않는 사회는 혼란의 사회일 수밖에 없고 혼란은 불안을 조성한다. 불안한 생활이 편하고 살기 좋은 생활일 수는 없으며 때로는 산다는 것 자체가 부담일 수도 있다.

질서란 말하자면 집단생활의 구성원이 서로 지키기로 다짐한 약속이다. 구성원 모두가 집단생활을 원활히 영위해 나가기 위해 이 정도는 지켜야 하겠다고 마련한 최소한의 규범이다. 우리가 살기 편하고 불안 없는 생활을 유지해 나가려면 질서를 지키는 길밖에 없으며, 또 질서가 지켜져야만 사회가 탈 없이 움직여 나간다고 할 수 있다.

우리가 지켜야 할 질서 속에는 사회가 공동으로 인정하는 도덕적 율법도 포함된다. 살맛 나는 사회에서는 '게임의 룰'이 철저히 지켜져야 한다. 게임의 룰은 기회의 균등과 평등의 권리를 보장해 주는 것이다. 따라서 게임의 룰이 없는 곳에서는 자신의 권리와 이익 추구만이 판을 치고 남의 권리나 이익은 돌볼 겨를이 없어진다. 나의 이익을 위해서는 공익이나 타인의 이익을 희생시켜도 좋다는 사고방식이 팽배해진 사회에서는 집단생활의 공동체 의식은 상실되고 만다. 공동체 의식과 공익 정신이 결여된 사회는 필연적으로 질서가 경시되고 부조리, 불합리성 등 사회 병리 현상의 심화로 이어진다. 살맛 나는 세상과는 거리가 먼 사회이다.

삶을 신바람 나게 만들려면 각자가 가진 능력을 정당하게 평가하고 대접해 주어야 한다. 흔히 가치 기준이 혼탁한 사회에서는 평가 받아야 할 사람이 부당한 대접을 받고 평가 받지 못할 사람이 엉뚱한 혜택을 누리기 쉽다. 이러한 가치관의 전도는 열심히 사는 사람의 기를 죽이고 착하게 살려는 사람의 의욕을 저하시키는 요인이 될 수 있다. 투기나 이권 행위로 부당하게 번 돈을 과소비하는 행위도 우리의 비위를 건드리기에 충분하다.

사촌이 논을 사도 배가 아프다는 속담이 있다. 하물며 사촌도 아닌 남이 손쉽게 번 돈을 흥청망청 쓰는 것을 보면 배알이 뒤틀리는 것이 인지상정(人之常情)이다. 이 못마땅하다는 의식의 밑바닥에는 일종의 부러움이나 시기가 없으란 법도 없다. 그리고 그와 같은 시기는 사회에 대한 불만과 일에 대한 의욕 상실을 낳게 하기 일쑤이다.

신바람 나는 사회, 신바람 나는 세상을 만들기 위한 작업의 시작이 비리와 불합리의 시정, 다시 말해 부정부패의 척결이어야 한다는 소이가 이러하다.

뒤를 돌아보는 지혜

세상 살아가면서 때로 뒤를 돌아볼 줄 아는 마음의 여유를 가진다는 것은 퍽 중요한 일이다. 뒤를 돌아본다는 것은 자기가 하고 있는 일을 자성한다는 뜻도 되겠지만, 잠시 시간을 내어 자신의 지난 일을 정리하는 시간을 가지는 것으로도 생각할 수 있다. 무슨 수신 교과서 같은 소리를 하자는 것이 아니라 이것이 곧 세상 살아가는 지혜가 아닐까 하는 생각에서 하는 말이다.

흔히 사람은 앞으로 나가기에 바빠서 뒤를 돌아보기를 게을리 한다. 숫제 돌아보는 것을 잊거나 돌아보기를 싫어하는 사람도 많다. 나이가 젊을수록 그런 경향이 많고 자신이 많은 사람일수록 과거에 별로 집착하려 하지 않는다. 과거에 집착하지 않는 버릇은 어느 의미에서는 좋은 버릇일 수도 있으며 앞만 내다보고 냅다 달리는 것이 때로 바람직한 결과를 낳을 수도 있다. 그러나 달리는 것을 잠시 멈추고 자기가 하고 있는 일, 또는 지난 행적 등을 살피는 일이 스스로에게 퍽 유익한 경우가 많음을 우리는 경험을 통해서 알고 있다. 2보 전진을 위한 1보 후퇴라고 해도 좋고, 방향 조정의 필요성 여부를 점검할 수 있는 기회라고 해도 좋다. 만약 자기가 걸어가고 있는 방향이 빗나가 있다면 초기에 잡는 일처럼 중요하고 급한 일은 없다.

시간이 가면 갈수록 빗나간 방향은 더 큰 각도로 본시 궤도에서 벗어날 것이고 너무 빗나가 버리면 다시 되돌려 놓기가 어려워진다. 과오나 시행착오만 하더라도 싹이 튼 지 얼마 되지 않았을 때에 잘라 버리든지 고치도록 해야지 자칫 기회를 놓치고 나면 돌이킬 수 없을 만큼 최악의 결과로 내닫는다. 세상 살아가면서 가끔 한 번씩 뒤를 돌아볼 줄 알아야 한다는 말이 바로 스스로를 감시하고 체크하는 기회를 가져야 한다는 말이라고 할 수 있다.

병도 초기에 발견해서 고쳐야 완치될 수가 있다. 병을 초기에 발견하기 위해서는 자주 진단을 받는 길밖에 없다. 사람이 뒤를 돌아보는 것은 의사한테 진단을 받는 것과 마찬가지 효과를 가진다. 진단 결과 몸에 아무런 이상이 없을 수도 있지만 커다란 이상이 발견되기도 한다. 이상이 없으면 없는 대로 건강에 대한 자신감과 마음의 평온을 얻을 수 있어 좋고, 있다면 물론 초기에 고칠 수 있게 되어서 더욱 좋다. 스스로를 자성하고 자기 행동을 점검하는 행위는 자기 자신에게도 유익한 일이 되지만 이웃이나 사회를 위해서도 유익한 일이 된다.

남에게 큰 영향을 끼칠 수 있는 위치에 있는 사람 같으면 더욱이나 그러하다. 사람이면 누구나 주위 사람들한테 크고 작은 영향을 끼치게 마련이지만 권력을 가진 사람이나 권력 주변에 있는 사람, 권력의 심부름을 하는 사람들의 행실이 일반 국민이나 사회에 끼치는 영향은 대단하다. 이들의 사고방식이나 행동이 바르게 잡혀 있지 않을 경우 국민이 입는 피해는 이루 말할 수 없을 정도이다. 끊임없이 고발되고 있는 권력형 비리의 실상을 보더라도 그 피해가 얼마나 심각한 것인가를 짐작할 수 있을 줄로 안다. 비리를 저지른 사람들이 단 한 번이라도 자기가 무슨 짓을 하고 있으며 자기의 하는 짓이 옳은 일인지 그릇된 일인지 성찰해 보는 지혜를 가졌더라면 오늘과 같은 낭패와 망신은 당하지 않을 수 있지 않았나 하는 생각이 든다.

자기의 위치, 자기 능력의 한계 등을 정확히 안다는 것은 자기 분수에 넘치는 짓을 하지 않는 데에 결정적 도움을 준다. 흔히 많은 사람들이 자기 능력을 스스로 과대평가하고 남들 보기에 실소거리밖에 되지 않는 자만심을 가시화시키는 경우를 보지만, 이런 사람일수록 자신의 지난 행적을 돌이켜 볼 줄 모르는 사람이며 자신의 실체가 무엇인지 깊이 생각해 보려 하지 않는 사람임을 알 수 있다.

나라와 국민을 이끌어 갈 재목도 되지 못하면서 그리고 정치를 할 능력도 없으면서 어쩌다 우습게 권력을 잡아가지고는 나랏일을 난도질한 위인들이 있다면 그런 자들이 바로 이 범주에 속하는 사람들이다. 자기의 분수를 모르고 주제넘은 짓을 한 결과가 자신들 뿐만 아니라 이 나라와 모든 국민에게까지 막심한 피해와 후유증을 안겨다 주었으니 공인된 사람의 자질, 자성할 줄 아는 몸가짐이 얼마나 중요한 것인가를 알만할 것이다.

자기의 분수를 아는 사람만이 겸손할 줄도 아는 법이다. 겸손이 없으면 눈앞에 보이는 것이 없어진다. 자기만이 옳고 자기만이 잘난 것 같은 착각 속에서 세상을 살아간다. 만사에 자기밖에 모르니 자연 자기중심주의, 이기주의자가 될 수밖에 없다. 우선 자신부터를 앞세우고 자신의 이익을 찾는 것을 당연한 것으로 여긴다. 뒤를 돌아볼 줄 모르는 사람은 목을 길게 빼어 먼 앞을 내다볼 줄도 모른다. 시야가 좁고 안목이 없기 때문에 곧잘 가까운 친인척이나 찾고 지연과 학연을 중시한다. 지난날의 독재 정권이 조성했던 폐습의 전형적 폐단이 바로 그런 데서 나온 것들인데, 그 근원을 따져 올라가자면 자기 자신을 알지 못했던 탓으로 귀착되고 그것은 다시 자신을 성찰하는 것을 게을리 한 탓으로 돌릴 수 있다. 수시로 뒤를 돌이켜 보면서 빗나갔을지도 모를 자신의 궤도 수정에 노력하지 않는다면 웬만큼 똑똑하고 사려 있는 사람도 모르는 새에 궤도에서 벗어나기 쉽다. 이런 터에 별로 특출한 능력이 없는 범인들이야 더 말할 나위도 없다.

예를 권력형 비리에다 잡아 보았지만 일반 공무원의 경우에 있어서도 잘못 처신했을 때 나타나는 결과는 앞의 것과 별로 다를 바가 없다. 자기에게 주어진 얼마 되지 않는 권한을 나쁜 방향으로 최대한 이용하려 드는 공무원들을 우리는 주변에서 자주 목격한다. 사소한 것으로는 대민 창구에서의 급행료에서부터 큰 것으로는 정실에 얽힌 인사, 수뢰, 독직 사건에 이르기까지 권한 남용의 크고 작은 예는 허다하다. 이 같은 공무원에 의한 비리 사건도 자기의 위치나 본분을 정확히 파악하지 못하는 사람들에 의해 저질러지는 것이고 그렇게 분수를 망각하는 원인은 수시로 자기 자신을 점검하고 자신의 하는 일을 되돌아볼 줄 아는 버릇을 못 가진 데 있다.

사람은 부끄러움을 아는 유일한 동물이다. 수치심이란 자신의 언행에 대한 잘잘못, 도덕적 기준에의 부합성 여부를 판단할 줄 알아야만 생겨나는 것이다. 물론 도덕적 기준은 시대와 장소에 따라 약간씩 달라질 수 있고 풍속, 전통, 생활양식, 지적 수준에 따라 변화되기도 한다. 그러나 주어진 여건 아래 사회적 합의사항으로서의 도덕률은 이른바 상식의 선에서 크게 벗어나지 않는 법이다. 주어진 도덕관을 바탕으로 해서 부끄러운 짓을 하지 않으려면 자기 스스로를 냉정한 눈으로 평가할 수 있는 능력과 습성이 있어야 하겠다. 이것이 곧 뒤를 돌아보는 마음의 여유이며 생활하는 지혜이기도 하다.

한탕주의

아주 오래된 옛날에 '만약에 백만 원이 생긴다면…….' 하는 노래가 유행한 적이 있었다. 1920~1930년대에 한참 유행했던 노래니까 벌써 한 90년 전의 일이다. 당시의 백만 원이라면 지금 돈으로 족히 백억 원이 넘는 값어치를 가진 것이니까 분명히 꿈같은 얘기를 노래한 것이라고 할 수 있겠는데, 사람들 중에는 그러한 꿈을 현실에다 연계시키려 하는 엉뚱한 욕망을 가지는 이가 드물지 않다. 그 같은 엉뚱한 욕망을 추구하는 방법이 바로 일확천금을 노리는 투기와 사행 행위라고 할 수 있다.

많은 학자들이나 전문가들이 인정하고 있듯이 우리 경제는 구조적으로 꽤 심한 투기적 병리를 안고 있다. 생산적 투자를 위한 여건이 충분히 마련되어 있지 못한 곳에서는 돈이 투기로 몰리기 일쑤이고, 사회가 불안정하면 할수록 한탕을 노리는 일반의 사행 심리는 자극을 받기 쉽게 되어 있기 때문이다.

더욱이 경제가 급속도로 성장하고 서양의 물질문명을 받아들이는 과정에서 그 나쁜 면만을 흡수한 물질 제일주의, 배금사상 같은 바람직하지 못한 풍조에 깊이 물들게 되면서 그러한 경향은 한층 더 빨리 번져가고 있는 중이다.

과거의 경험을 통해서 보더라도 일확천금이 가능했던 각종 투기 행위가 없지 않았고 지금도 가끔 심심찮게 성공하고 있는 것을 본다. 땅 장사나 집 장사를 해서 졸지에 갑부가 된 사람들도 많고, 증권을 해서 한밑천 톡톡히 잡은 사람도 적지 않다. 어쩌다 거액의 복권에 당첨돼 몇십억 원을 하루아침에 손에 쥔 사람도 있다. 주위에서 투기로 재미를 본 사람이 쉽게 눈에 띄는데 '나도' 하고 한 번쯤 투기에 뜻을 가지는 사람이 생기게 되는 것은 차라리 당연하다고 하겠다.

가장 흔한 투기 행위는 말할 것도 없이 부동산 투기이다. 증권도 정상적인 배당이나 유·무상 증자를 통한 수익을 바라기보다는 단기차익을 노리는 투기성 투자의 경향이 농후한 것으로 알고 있다.

매점매석 행위를 이용한 투기도 있는가 하면 도박에 가까운 각종 신종 투기 방법도 새로 고안되어 선을 보이고 있다고들 한다. 투기란 대체로 공급이 수요를 따르지 못할 때 발생하기 쉬운 것이다. 흔할 때 사 두었다가 귀할 때 팔아서 큰 이득을 얻는 것을 꼭 투기 행위로만 볼 수 없는 경우도 있긴 하지만 농작물의 밭떼기 선매 행위 등은 도박성이 농후한 투기 행위로 볼 수밖에 없으며 개발 계획에 대한 정보를 미리 알아내고 헐값에 땅을 매점하는 행위 등은 질이 나쁜 사기성 투기의 표본 같은 것이라고 해야 할 것이다.

개인과 마찬가지로 기업도 한탕을 노리는 데 있어서는 마찬가지이다. 생산성을 높여 정상적인 수입 증대를 추구하는 기업보다 정치적 배경을 이용해서 권력과 결탁하는 기업이 오히려 더 번창하는 경제 풍토를 보더라도 이 같은 사실은 증명된다.

수많은 부실기업의 실태에서 볼 수 있듯이 너무나 큼직큼직한 부정행위들이 우리 주변에는 수없이 널려 있다. 이와 같이 자본 축적의 과정부터가 비정상적인 사회에서는 돈벌이에 대한 올바른 가치관이나 도덕관 자체가 뿌리 내리기 어렵게 되어 있고, 그러한 올바른 도덕관과 가치관이 없기 때문에 그릇된 한탕주의는 더욱 극성을 부리게 되는 것이다. 투기는 두말할 필요도 없이 비생산적이며 '돈 놓고 돈 먹기'식의 도박과도 일맥상통한다. 투기하는 심리는 요행을 바라고 일확천금을 꿈꾼다는 점에서 투전판의 그것과 다를 것이 하나도 없는 것이다.

돈벌이에는 올바른 벌이와 그릇된 벌이가 있다. 서양에서는 부에 대한 선악의 구별이 비교적 명확한 편이다. 정상적인 상행위를 하거나 노력을 해서 떳떳하게 얻어진 부는 좋은 부이고 탈세나 뒷거래 행위 등으로 번 돈은 죄악으로 간주된다. 시장 원리의 적용 여부와 공개된 공정성이 부에 대한 선악의 평가 기준이 되고 있는 셈이다. 그러나 우리나라에서는 어떤 수단으로 돈을 벌었건 간에 일단 벌고 나면 부자로 행세하고 부자로 응분의 대접을 받아 왔다. 아마 이러한 배경이 비정상적 방법을 써서라도 돈을 벌어야 하겠다는 일확천금 사상의 밑바닥에 깔려 있을지도 모를 일이다.

투기 행위는 사회적으로 하나도 새로운 가치를 추가시켜주는 것이 되지 못할 뿐 아니라 오히려 막심한 경제적 폐해를 낳았다. 부당한 방법에 의한 부의 편재 현상으로 사회적 위화감을 조성하고 탈법, 탈세가 예사로 행해지며 그곳에서 생긴 돈은 대부분 지하 경제로 흡수되어 정상적인 경제 운용을 저해하는 악순환을 거듭하게 된다. 투기가 비정상적인 경제 행위인 만큼 투기를 통해 한쪽에서 돈을 버는 사람이 있게 되면 다른 한쪽에선 반드시 손해 보는 사람이 생기기 마련이다.

정상적인 경제에서는 돈이 생산에 투자되어 새로 창조되는 부가가치를 통해 이윤을 얻게 되어 있는 데 반해 투기는 새로운 부가가치를 생산해 내는 것과는 아무런 상관이 없는 행위이다. 예를 들어 땅이건 아파트건 기타 물품이건 누군가가 큰 횡재를 했으면 한쪽에선 싸게 살 수도 있었던 땅이나 아파트, 물품 등을 그만큼 비싸게 사야 한다. 투기로 횡재를 한 사람 때문에 실수요자만 부담이 늘어나 골탕을 먹게 되는 것이다. 인플레이션이 심했던 시절에는 의도적으로 투기를 하려는 사람이 아니더라도 돈의 값어치 유지를 위해 부동산 등을 사 둘 수밖에 없었고 그것이 결과적으로 투기를 한 꼴이 되는 수도 왕왕 있었다. 인플레이션은 빚을 진 사람이나 실물

자산을 소유한 사람에게 유리하게 작용하는 것이므로 환물 사상이 팽배해지고 그것이 투기를 조장하는 방향으로 작용하게 된다. 우리나라의 투기 현상은 지난날의 악성 인플레가 그 기틀을 잡아 주었다고 해도 지나친 말이 안 될 줄로 안다.

투기는 부를 배분하는 데 있어서도 역기능 역할을 담당했다. 부를 투기꾼들한테 집중시켜 정상적인 경제활동이 이루어졌다면 마땅히 사회복지 증진에 쓰일 수 있는 재원 마련을 불가능하게 만들기 때문이다. 세금이 걷히지 않으면 사회복지도 복지려니와 정당한 소득 분배도 어려워질 수밖에 없다. 물론 기업의 투기 행위에는 외견상 정상적인 생산적 투자를 하고 있는 것처럼 보이는 경우도 적지 않다. 생산 확장을 기한다는 이름 아래 필요 이상의 공장 부지를 확보해서 땅값이 오를 때 파는 행위라든지, 규모의 경제를 앞세우거나 유치산업 보호라는 명목 아래 독과점 산업을 형성하고 피해를 소비자에게 돌림으로써 비정상적인 이득을 보게 되는 경우 등도 그러한 범주에 속한다. 이때 기계나 시설 확장에 투자되는 돈은 분명히 정상적인 투자 활동같이 보이지만 내용적으로는 비생산적 성격의 영리 추구가 가미되어 있음을 부인할 수 없을 것이다.

지난날의 고도성장 과정에서 우리는 많은 생산 활동이나 투자 행위가 투기적 성격을 띠어 왔음을 목도했다. 또 그러한 투기적 요인이 실제로 고도성장을 이룩하는 데 하나의 큰 원동력이 되었다는 것도 인정할 수밖에 없는 경우가 있긴 하지만 고도성장의 결과가 부의 지나친 편재로 이어져 부익부 빈익빈의 현상을 초래한 것도 부인될 수 없다. 투기적 영리 활동이 정상적인 생산 활동에서보다 더 큰 수익성을 보장해 준다는 것을 알게 될 경우 다음 단계에서 그 수익금이 찾는 곳은 생산부문이 아닌 직접 투기이다. 그래서 투기의 악순환은 계속되는 것이다. 일확천금을 꿈꾸는 투기꾼들이 찾는 투기 대상은 보통 그 종류를 가리지 않는다. 돈을 벌 수 있다는 전망만 보이면 아무것에나 덤벼들고 그것으로써 한탕하고 나면 또 다른 대상을 찾게 된다.

일확천금의 꿈은 누구나 한 번쯤 가져 보는 것이다. 그러나 그 꿈을 꿈 아닌 현실에다 옮기려는 데서 문제가 생기는 것이고, 그렇게 실천에 옮기려는 풍토가 지나치게 성행한다는 데 문제의 심각성이 있는 것이다. 남이야 어떻게 생각하든, 남에게 어떠한 손해를 입히게 되든 나만 한탕해서 큰돈을 벌면 그만이라는 사고방식이 만연되어 있는 사회가 정상적인 사회일 수는 없다.

투기에 의해 번 돈의 상당 부분은 낭비와 직결되어 사치 풍조를 낳게 하고 그 결과 사회적 위화감을 심화시킨다. 땀 흘리며 성실히 일하는 사람들에게 일하는 의욕을 상실토록 만드는 것도 일확천금을 노리는 투기가 가지는 큰 해독 중의 하나라고 할 수 있다.

일벌과 베짱이

일에 열중해 있는 사람의 모습을 보면서 아름답다고 느낄 때가 있다. 열심히 일하는 모습이 삶에 대한 강한 의욕과 진솔한 자세를 보여 주는 것처럼 여겨지기 때문이다. 맡은 바 일에 열과 성을 다하다 보면 그 일에 충실해지고 충실한 만큼 일의 보람도 찾게 된다. 주위에서 능력을 인정받게 될 것이며 그에 걸맞은 보상도 받게 된다. 그런 사람이 많을수록 사회가 윤택해질 것은 정한 이치이다.

그러나 맡은 일을 열심히 한다고 해서 그 사람이 반드시 자신이 하는 일에 만족하거나 즐거움을 얻고 있다고 말하기는 어려울 것 같다. 하는 일이 마음에 맞지 않고 때로는 고달픈 경우에도 단순히 보수를 얻기 위해 열심히 일을 해야 하는 경우도 있을 것이고 딴 직업을 구하기 어려워서 어쩔 수 없이 그 일에 매달려 있는 경우도 있을 수 있다. 돈을 벌기 위해 일에 열중하고 그러다 보니 남들 보기에 바쁘게 살아가고 있는 것처럼 보이는 삶을 꼭 뜻있고 보람 있는 삶이라고 말하기는 어렵지 않나 생각된다. 설사 자신이 하는 일이 적성에 맞고 만족을 주는 일이라고 하더라도 일하는 것만을 인생의 전부라고 말할 사람은 아마 없을 것이다. 열심히 일한 결과가 물질적으로 윤택을 가져다줄지는 모르지만 정신적인 풍요까지 보장한다고 말할 수는 없다.

일이 인생의 전부가 아닌 이상 일 이외의 생활을 가져야 하는 것은 당연하다. 그리고 그러한 일 이외의 생활은 인생을 더욱 풍요롭게 만들어 줄 뿐 아니라 일 자체의 능률을 올리는 데도 크게 기여하게 된다. 여가를 어떻게 잘 활용하느냐 하는 것이 일 못지않게 우리 사회에서 중요한 의의를 가지는 이유가 여기에 있다.

여가를 순전히 놀이나 휴식만을 위해 사용하는 사람들이 우리 주변엔 많다. 물론 그것도 필요한 여가 활용 방법 중의 하나이고, 사람에 따라서는 놀이와 휴식이 생활을 즐기는 최상의 방법이라고 치부하는 사람도 있다. 놀이나 휴식이 새로운 에너지 축적의 수단이 될 수 있다는 것을 부인할 생각은 없으나, 일하지 않는 시간을 단순히 놀이와 휴식만으로 채워 버리기엔 우리네 삶이 좀 더 값진 것이 아닌가 하는 생각을 하게 된다. 시간이 나는 대로 낮잠을 자는 것도 좋고 친구와 어울려 술을 한잔 드는 것도 좋고, 음악을 듣거나 영화를 보는 것도 좋은 일이기는 하다. 그러나 일의 피로를 놀이나 휴식으로써만 풀 수 있다고 여긴다면 잘못이다.

여가 활용에는 놀이와 휴식 이외에도 여러 가지 취미생활이 있을 수 있고 그것이 우리의 생활을 풍요롭게 만드는 데 큰 도움을 주게 된다. 가벼운 운동이나 등산, 여행이나 화초 가꾸기, 특정 물품의 수집 등 열중할 수 있는 취미가 있다는 것은 일의 피로를 풀어줄 뿐만 아니라 일의 능률을 올리는 데도 일조를 할 것이 분명하다. 그러한 취미 가운데는 본업인 일 이상의 보람과 만족을 주는 것도 없지 않다. 초등학교 교사인 L 선생의 경우가 취미로 시작한 일이 본업 이상의 큰 성과와 보람을 얻은 좋은 예이다. 그의 취미는 전국 각지를 돌아다니면서 사라져 가고 있는 지방 민요를 수집하는 일이다. 녹음기와 필기장을 들고 방학 때만 되면 전국을 누빈 지 근 20년에 구전 받아 적어 둔 노트만도 궤짝 두 개를 넘고 있다. 그는 시간이 나는 대로 이를 정리해서 언젠가는 책으로 낼 희망에 부풀어 있다.

지금은 작고했지만 언론인이었던 Y씨는 표주박을 수집하는 것이 취미였다. 하나둘 모으다 보니 진귀한 골동품 표주박을 얻기도 하고, 삼십여 년 사이에 수백 개를 수집하게 되었는데 개중에는 가히 국보급에 해당되는 귀중한 것까지 포함되어 있었다. 그는 도자기와 연적 등에도 조예가 깊어 상당수를 수집한 것으로 알려졌지만 주 수집품인 표주박은 거의 전부를 국립박물관에 기증한 것으로 듣고 있다. 혼자서 소장하고 있기엔 수집품들이 너무 진귀한 탓도 있었겠으나, 어떻든 취미로 시작한 개인 수집품을 박물관에 기증할 정도라면 취미가 본업 못지않게 빛을 발한 경우라고 할 만하다.

일을 열심히 하는 것은 바람직한 일이다. 평생을 한눈팔지 않고 부지런히 그리고 바쁘게 일만 하는 삶을 탓할 사람은 아무도 없다. 더욱이 가난한 시대를 경험하고 일터 없는 쓴 기억을 가져 본 중년 이상의 사람들이 열심히 일을 해서 한 푼이라도 더 많은 수입을 올리고 한 푼이라도 더 저축을 하려 하는 심정은 이해되고도 남음이 있다. 이들의 대부분은 돈을 쓸 줄도 모르고 돈을 쓰려 하지도 않는다. 노는 것보다 일에 더 열심이며 따라서 생활을 즐길 줄을 모른다. 요즘 젊은이들이 웬만큼 수입만 확보되면 더 많이 일을 해서 수입을 늘리기보다, 자기 시간을 갖고 인생을 즐기려는 경향이 있는 것과는 상당히 대조적이다. 일만 아는 일벌과 노는 것에 더 열중하는 베짱이를 연상하게 된다.

환경이 사람의 사고방식을 결정한다고 볼 때 제각기 다른 환경에서 자란 다른 세대 간에 이견이 생기는 것은 당연하다고 하겠지만, 양쪽 모두가 삶의 본질에 대해 한번 진지하게 생각해 볼 필요가 있지 않을까 한다. 일밖에 모르는 세대는 과연 바쁘게 일만 하는 삶이 잘 사는 삶이고 옳은 삶인지 돌이켜 보는 마음의 여유를 가질 필요가 있다. 그렇게 일만 하는 삶이 종국적으로 누구를 위한 삶인지 생각해 봐야 한다는 얘기이다.

고되고 더럽고 어려운 일을 기피한다는 이른바 3D 기피 현상이 젊은 층으로 내려 갈수록 더 심하다는 것을 우리는 알고 있다. 약간의 돈의 여유만 생겨도 놀 궁리부터 하는 젊은이, 저축을 해서 집

같은 자산을 장만할 생각은 않고 유행하는 비싼 옷이나 자동차부터 사는 젊은이가 적지 않다. 늙은이들은 이러한 젊은 세대의 경향을 크게 못마땅한 것으로 여기고 있지만 자기 자신의 시간을 더 많이 가지고 좀 더 인생을 재미있게 살아 보겠다는 사고 자체를 덮어놓고 나무랄 수만은 없을 것이다. 다만 그렇게 마련한 귀중한 자신의 시간을 헛된 놀이나 육체적 쾌락을 위해서만 낭비한다면 무의미한 일이고 아까운 일이다.

자신의 돈과 시간을 더 많이 갖되 그 시간을 보다 유익한 일, 보람 있는 일에 쓸 수 있도록 하는 것이 깊이 있는 삶을 영위하는 수단이 될 것이며 생활에 여유를 갖게 하는 삶의 지혜이며 자세가 될 것이다.

역지사지

사람과 사람과의 관계처럼 미묘하고 복잡한 것은 없다. 크고 작은 공동체 생활 속에서 구성원 하나하나가 딴 사람의 생각이나 감정을 제대로 알아내고 이해하기란 어려운 노릇이다. 그렇다고 해서 남의 의사나 감정을 무시하고서는 공동체 생활이 성립되지 않는다.

역지사지(易地思之)란 서로 처지를 바꾸어서 생각하라는 뜻이 되겠는데 쉽게 풀이하자면 상대방의 처지를 이해해 준다는 것이 된다. 말이 상대방의 처지가 되어 생각해 주는 것이라지만 여간해서 잘 실천에 옮겨지는 것은 아니다.

《맹자》의 이루장구 하편을 보면 역지개연(易地皆然)이라는 말이 나온다. 처지와 경우를 서로 바꾸어 놓으면 사람이란 그 하는 짓이 서로 똑같아진다는 뜻이다. 역지사지란 역지개연의 이치를 긍정적으로 받아들이는 데서 비로소 가능해진다고 할 수 있다.

상대방의 처지가 되어 생각할 수 있는 여유를 가지기 위해서는 먼저 자기만이 옳고 자기의 생각만이 가장 합리적이며 보편적이라는 독단을 없애야 한다. 자기가 가진 척도로 남을 재고, 길어도 틀렸고 짧아도 나쁘다는 식으로 만사를 평가한다면 인간 사회의 상호 이해란 있을 수 없게 된다. 그래서 자기만을 앞세우고 자신의 생각만을 관철시키려 할 경우 인간관계는 풍파로 지새울 것이며 세상에는 싸움이 끊일 날이 없을 것이다.

장소와 시대가 달라지면 풍습이나 사물을 보는 눈이 달라지는 것은 당연하다. 각자의 자라난 환경에 따라 서로 습관도 다른 것이다. 사고의 깊이와 범위도 사람에 따라 달라질 수밖에 없다. 이러한 사고의 차이는 비단 인간과 인간 사이에만 한정되는 것이 아니라 지역과 지역, 단체와 단체, 나라와 나라, 더 크게는 서양의 동서(東西)에 따라서도 달라지게 마련이다. 개인 간에 이질적인 성장 과정이 있는 것처럼 나라와 나라, 동양과 서양 사이에도 이질적인 문화와 가치 체계의 차이가 존재하는 법이고, 같은 지역 속에서도 시대적 격리와 세대 차에 따라 서로 이해가 불가능할 만큼 사고방식에 차이가 생길 수 있다. 자라난 환경이나 문화적 배경이 서로 다른 경우 상대방의 사정을 이해한다는 것이 얼마나 어려운 것인가를 보여 주는 예를 어느 책에서 읽은 기억이 난다.

어떤 노부부가 큰 집에 딴 가족도 없고 해서 외국인 학생 하나를 하숙시킨 적이 있었다. 노부부 측으로는 적적한 것을 달래기도 하고 간혹 외출을 할 땐 빈집을 봐 주기도 해서 그 외국인 학생을 가족처럼 잘 대해 주었는데 학생도 참 친절한 분들이라고 감사하는 마음이 없지 않았다. 노부부는 하숙비도 싸게 받으며 잘해주고 있으니까 외국인 학생에게 은혜를 베풀고 있는 것으로 여겨 왔으며, 학생은 학생대로 두 내외의 적적함을 달래 주는 한편 간혹 빈집도 봐 주고 집안 잔일을 도와주고 있으니까 신세를 지는 것이 아니라 오히려 편의를 봐 주고 있는 것처럼 생각하고 있었다. 양쪽의 속마음은 이렇게 각기 달랐었다.

하루는 노부부의 가까운 친척집에 초상이 나서 그곳 일을 봐 주느라 외국인 학생한테 저녁을 차려 주지 못하게 되었는데 그 학생은 평소처럼 제때에 들어와서 밥을 달라고 했다. 노부부 측은 친척집 초상 때문에 바쁘다는 사실을 학생에게 말해 둔 터라 한 끼쯤은 외식을 하고 오겠거니 여겼으며 그 외국인 학생은 아무리 바쁘더라도 자기한테 밥은 준비해 주어야 한다고 생각했던 모양이다. 학생은 학생대로 기분이 상했지만 지금까지 아들처럼 잘 대해 주었던 노부부는 밥을 달라는 그 학생의 어처구니없는 몰이해에 화를 낸 끝에 집을 나가라고 요청했다. 결국 그 학생은 노부부의 사정을 이해해 주지 못했던 것이며, 당연히 이해해 줄 것으로 기대했던 노부부는 '이해해 주지 못하는 외국인'이 있을 수 있음을 알지 못했던 셈이다.

이 경우 상식적으로는 아무리 사고방식이 다른 외국인이라 할지라도 학생의 생각이 너무 짧았었다고 말해야 되겠지만, 설사 외국인이 아니더라도 요즘 사람들 중에는 상대방의 사정을 전혀 도외시하고 자신의 생각만을 내세우는 사람이 적지 않은 것으로 알고 있다. 서로가 상대방의 처지가 되어 생각한다는 것이 이렇게 어려운 법이다.

20세기 초엽, 독일의 한 미술사가 베링거는 "근본적으로 전혀 사고방식이 다른 사람이나 서로 판이한 문화, 판이한 시대정신을 가진 사람을 이해하기 위해서는 먼저 자기 생각과 다른 상대방의 사고방식, 상대방의 문화적 배경, 다른 세대의 정신적 바탕을 인식하고, 연후에 자신이 옳다고 생각하는 가치 체계와 비교해서 분석해 봐야 한다."라는 말을 하고 있다. 복잡한 표현을 빌렸을 뿐 쉽게 풀이하자면 우리의 '역지사지'와 같은 뜻임을 알 수 있다. 처지를 바꾸어서 생각해 봐야 남의 사정도 알고 자기 자신의 처지도 더 잘 알게 된다는 것이다.

학력과 학력(學力과 學歷)

초등학교를 졸업하고도 한글을 못 깨우친 아이가 있는가 하면, 고등학교에 다니는 학생이 중학은 고사하고 초등학교 졸업의 실력조차 가지지 못하고 있는 예가 수두룩하다. 그러나 실력이야 여하튼 간에 중학교를 나오면 중학교 졸업생이고, 고등학교를 나오면 고등학교 졸업 학력이 사회 어디에서나 인정되고 있는 것이 요즘 우리나라의 실정이다. 학력(學力)은 초등학교 졸업 정도밖에 되지 않는 고졸자도 줄만 잘 타면 좋은 회사에 취직이 되고 고졸 학력(學歷)의 대접을 제대로 받고 있는 셈이다.

우리나라 학교 교육의 목적은 널리 인간세계를 이롭게 할 수 있는 '사람'을 육성하는 데 있는 것으로 알려져 있다. 홍익인간은 단군의 건국 이념이면서 동시에 우리나라의 교육 이념이기도 하다. 그러니까 인간 사회를 이롭게 할 수 있는 건전한 지식과 윤리관을 가진 사람을 키워 내는 것을 교육의 목적으로 삼고 있다. 보다 구체적으로 말하자면 자주적인 사람, 도덕적인 사람, 창의적인 사람, 건전한 사람을 길러 내는 것이 우리 교육이 설정한 목표라고 할 수 있다.

그러나 현실적으로 우리나라의 교육은 인성보다 상급 학교 진학과 취업을 위한 지식 주입식 교육에 급급해 있으며, 학교 체계도 각 단계별로 학력이라는 사회적 자격을 부여하는 일종의 자격증 획득을 위한 학력 제조 기관처럼 돼 버렸다. 지식 주입에 치중하는 교육이 판치다 보니 인성 교육은 뒷전으로 밀릴 수밖에 없었으며, 학교나 학부모를 막론하고 교육의 최종 목표가 마치 좋은 상급 학교 진학에 있는 것처럼 치부하는 경향마저 생겨났다. 좋은 학교를 나와야 좋은 직장이 보장되고, 좋은 직업을 가져야 장차 양지를 걷는 인생을 바라볼 수 있게 된다는 것이 이들의 생각으로 굳어 버린 것이다.

만약 학교 당국이 아이들에 대한 전인 교육을 목적해서 방과 후 취미생활을 지도하거나 소질 개발을 위한 과외 활동이라도 열심히 할라치면 제일 먼저 항의를 해 오는 것이 해당 학생들의 학부모들이라고 듣고 있다. 상급 학교 진학이 급하지 그 외의 어떤 것도 쓸데없는 시간 낭비에 불과하다는 것이 이들 학부모들의 선입관이 돼 버린 것이다. 예체능 특기생조차 학교에서 계획하는 특별 지도는 마다하고 개인 지도나 전문 학원에 다녀야만 직성이 풀리는 듯싶다. 그러니까 학부모의 대부분이 학교는 순전히 지식 주입에 필요한 정규 수업이나 하고 학력(學歷)이나 바라는 곳으로 알고 있는 것이 분명하다.

합당한 실력이 있건 말건 햇수만 채우면 졸업을 시키는 학교체제 때문에 학력(學力)과 학력(學歷)은 초등학교에서 대학교에 이르기까지 거의 무관한 것처럼 점차 자리를 굳혀 가고 있다. 물론 모두가 다 그렇다는 것은 아니지만 학력(學力) 없는 학력(學歷)만으로도 사회생활을 잘 꾸려가는 사람이 갈수록 늘고 있는 것이 사실이다. 어떤 분야에서는 실력보다 오히려 좋은 학벌과 좋은 배경이 더 나은 대접을 받는 조건이 되고 있음을 흔하게 보게 된다. 별로 공부도 안 하고 적당히 학점을 받아 겨우겨우 졸업을 했어도 일류대학을 나왔다는 이점 하나만으로 권력의 자리에 쉽게 접근할 수 있는 사람이 우리 주변에는 얼마든지 있다. 학력(學力)보다 간판이 더 큰 힘을 발휘하고 있는 증거이다. 그래서 일류대학에 몇 명을 진학시키느냐에 따라 고등학교의 우열이 가려지고, 선생님들의 유 · 무능 평가가 결정되곤 한다.

이제 우리 사회도 학력(學歷) 중시 사회에서 벗어나 간판보다는 누가 어떠한 값어치 있는 실력과 자격을 가졌고, 그들의 인품이나 가치관은 어떠하며 사회성과 윤리성은 어떠한가를 먼저 따지는 사회로 바뀌어야 될 때가 되지 않았나 생각된다. 학교 교육은 모름지기 인성 교육을 중시하는 교육이 되어야 옳다. 그러나 이러한 바람은 어디까지나 바람의 단계에서 머물게 될 것 같다. 요즘 세태나 학원 돌아가는 양상을 보면 어느 천년에 그 같은 이상이 실현될 것인지 백년하청의 감이 강하게 느껴지기 때문이다.

생활 단상

주말농장

지금은 좀 실쭉해졌지만 지난 90년대 중반쯤만 해도 주말농장 붐이 일었던 것으로 기억하고 있다. 도시 주변의 비교적 비싸지 않은 농지를 소 구획으로 분할해서 구획 당 얼마를 받고 도시 주민에게 대여해 주는 일종의 신종 영업이었던 것인데, 한동안 도시 생활에 지친 도시인들에게 인기를 끌었다. 주말을 이용한 교외 나들이를 겸해 어린이에게 자연과 접촉할 시간을 마련해 주고 잘하면 집에서 소비할 만한 무공해 채소도 얻을 겸 해서 많은 사람들이 적지 않은 흥미를 가지지 않았는가 한다.

그러한 주말농장 붐이 시들해진 주요 원인은 농장까지 왕복하는 교통편 때문이 아니었을까 한다. 처음에는 편도 1시간에서 1시간 30분가량 걸리던 것이 교통량이 늘어나면서 2시간, 3시간으로 길어지고 농장 근처에서 자고 오지 않는 한 농장에서 채소를 만지는 시간보다 오가는 길에서 보내는 시간이 더 걸리게 되었다. 한두 시간의 농장 가꾸는 재미를 맛보기 위해 차를 운전하는 사람이나 동승한 가족들이나 모두가 녹초가 될 만큼 지치니 그런 주말농장에 흥미를 잃은 것도 무리가 아니라고 하겠다.

지금도 도시에 사는 사람이라면 돈이 별로 안 드는 주말농장을 갖기를 원하는 사람이 적지 않을 것이다. 한 집에서 적게는 2~3평, 넓어도 10평 남짓한 땅을 평당 몇만 원씩 주고 임대해 배추, 무, 토마토, 오이, 가지, 고추 등 마음 내키는 대로 조금씩 심어 수확을 보는 것이 얼마나 낭만적이고 재미있는 일이 되겠는지 누구나 상상이 갈 만할 것이다. 필요하다면 인근 농촌의 농사짓는 분들의 도움을 받아 가면서 토요일, 일요일에 가족들이 함께 찾아가 열심히 채소밭을 가꾸는 재미가 쏠쏠할 것이 틀림없다. 이러한 낭만과 재미를 도시민들한테서 앗아간 교통 정체가 원망스러워진다.

주말농장은 비단 한국만의 일이 아니고 유럽이나 일본에서도 이미 오래전부터 크게 유행하고 있는 것으로 알고 있다. 독일에서는 '클라인 가르텐'이라고 해서 도시민들에게 분양 내지는 임대해 주는 작은 농장이 도처에 있으며, 일본 요코하마의 이소고(磯子) 같은 데서는 시 당국이 도시 근처에 유휴지를 빌려 이를 시민 농장으로 조성, 희망하는 사람들에게 임대해 주고 있다. 주말이나 휴일이 되면 어린이를 동반한 부부, 젊은 연인끼리, 중년이나 나이 지긋한 노인들까지 차를 몰고 와서는 밭일을 하곤 한다는 얘기이다. 가족끼리 채소밭을 가꾸면서 가족 간의 유대를 확인하는 움직임이 이제 세계적인 흐름이 된 셈이다.

주말농장의 꿈이 사실상 무산되고 말자 이번에는 도시를 아예 벗어나 전원으로 돌아가고 싶어 하는 시민들이 적지 않게 늘어났다. 서울 시내에서라면 협소한 아파트나 살 수 있는 돈으로 거리는 약간 멀어도 시골에다 널찍한 대지가 딸린 집을 사서 이사하는 사람이 실제로도 꽤 많아졌다. 적은 돈으로 집을 마련할 수 있는 데다가 자연의 혜택을 십분 향유하면서 어린 아이들에게는 자연과 사귈 기회를 마련해 주고 재산도 불려가는 일석 사조의 이득을 얻고 있다고 볼 수 있다.

수년 전 서울 시정 개발 연구원이 서울 시민 1천5백 명을 대상으로 실시한 시민 의식 조사 결과에 따르면 조사 대상의 40% 가까이가 직장이나 교통 여건이 허락한다면 서울을 탈출하고 싶다고 답하고 있다. 그러니까 10명 중 4명이 여건만 허락한다면 서울을 빠져나가고 싶어 한다는 것이다. 이러한 도시민들의 도시 탈출 욕망은 비단 서울 시민들뿐만 아니라 다른 많은 대도시 시민들 사이에서도 마찬가지로 일고 있는 욕망이 아닐까 한다. 농어촌진흥공사와 각 군청이 전국 각지에 조성 중인 농어촌의 '집단 마을' 택지가 도시민들에게 큰 인기를 얻고 있는 것도 알 만한 현상이라고 하겠다.

전원주택에 대한 꿈이 세월이 갈수록 도시민들 사이에 크게 퍼지고 있는 것 같다.

도시 조형미

한때 한국에서는 개발이라는 이름 아래 각종 건축물이 도시의 환경과 미관을 망가뜨리는 경우가 적지 않았다. 고궁이나 문화재 건물들과 전혀 어울리지 않는 고층 건물들이 난립함으로써 도시의 정서와 아름다운 서울의 스카이라인을 허물어뜨리기 일쑤였다. 특색 없는 고층 건물의 숲이 들어선 도시는 벌써 아름다움과는 등을 진 도시일 수밖에 없다. 물론 전에도 고층 건물의 고도 제한이라든가 건축물의 건폐율이 적용되어 규범 없는 고층 건물의 난립이나 경관 지구의 보전에 신경을 전혀 쓰지 않은 것은 아니었지만 규제의 한계가 애매해서 일부 소수 지역을 제외하고는 그다지 큰 효과를 거두지 못했던 것으로 알고 있다.

프랑스 파리에서는 옛 모습의 아름다움을 그대로 유지하기 위해 구시가에 고층 건물의 신축을 불허하고, 주거난 해소를 위해서는 시 외곽에 고층 건물 허용 지구를 별도로 마련해 두고 있을 정도이다. 비단 고층 건물의 신축뿐만 아니라 오래된 건물은 개축조차 마음대로 하지 못하게 금하고 있어 파리 시내에서는 어디를 가나 고색창연한 건물들을 구경할 수 있다. 현대식 가구 반입조차 할 수 없는 좁은 문들을 고치지도 못하고 있는 파리 시민들이지만 그들은 그 불편을 당연한 것으로 알고 참고 견딘다.

서울의 경우 한강 변이나 변두리 산을 아파트 단지가 둘러싸 오래전부터 도시를 답답하게 만들고 있다. 가령 한강을 내려다보는 위치에 아파트가 들어섰다고 할 때 입주한 사람들은 주변의 경관을 독점할 수 있지만 나머지 사람들은 아름다운 한강을 감상할 수 있는 권리를 빼앗기고 있는 셈이다. 만인이 함께 보아야 할 한강의 경관을 그곳 아파트 입주자들이 사유화하는 것이 되어 그들만이 부당한 이득을 얻고 있다고 할 수 있다.

아파트의 무분별한 건립은 구시가지, 신시가지, 산에 인접한 경사지, 강변 지역, 교외 할 것 없이 획일적으로 진행됨으로써 전혀 개성이라는 것이 없어졌다. 정부가 경제적인 효율성만을 강조한 탓에 고밀도 개발이 부득이했으며 그 결과 거의 같은 형태의 거의 같은 공간 구조의 아파트를 양산하게 된 것이다. 건축만 있었지 미학이 실종되었다는 말이 나올 만도 했다.

수년 전에 건축가와 건축학 교수들이 설립한 '건축의 미래를 준비하는 모임'에서는 현재와 같은 무미건조한 아파트 건축이 계속된다면 20년 후쯤 아파트 폭파 사업이 번창하게 될 것이라고 경고

한 바 있었다. 우리나라의 경제 수준이 높아지고 주거 환경에 대한 소비자들의 인식이 고도화될 경우 현재 짓고 있는 것과 같은 삭막한 아파트군은 폐기 시켜야 할 것이기 때문에 폭파 사업이 번창하게 될 것이라는 얘기였다. 다른 분야에서도 마찬가지겠으나 경제 논리로만 추진되는 건축 정책은 오래가지를 못하는 법이다. 싸고 빠르게 만들어진 건축에 대해서는 사람들이 금세 실증을 느끼게 마련이다. 따라서 경제 논리 위주의 건축 정책은 언젠가는 문화 논리로 대체해야 할 운명에 있다.

청계천 변에 즐비하게 늘어서 있던 낡은 아파트군의 철거가 그 좋은 예였다. 근자에 와서 한참 허물고 있는 볼썽사나운 고가 도로도 마찬가지이다. 교통 체증을 던다는 명목 아래 마구 세워졌던 고가 도로들이 도시의 미관 손상뿐만 아니라 나아가 도시 기능을 불구로 만들었다는 사실을 우리는 뒤늦게 깨달았다.

지금까지 건물의 형태 규제에만 관심을 가졌던 당국의 사고가 차츰 품질과 함께 공공생활에 필요한 공간에 대한 주민들의 권리 확보라는 개념 도입 쪽으로 바뀌고 있다. 공간에 대한 공공의 권리란 어느 특정 건물, 특정 주민들에 의해 딴 사람들의 공간 사용이 제약을 받지 않을 권리를 말한다. 사실 과거에 정부는 부족한 주거 시설의 확충을 제일 목표로 삼고 물량 공급의 증대와 부동산 투기 억제에만 모든 신경을 써 왔다. 따라서 아파트를 건축하는 데도 미적 감각, 예술성 등은 가미될 여지가 적었다. 그래서 건축의 아름

다음, 종합적 예술성, 내부 구조에 대한 창의성 등은 뒷전으로 밀려 있었던 것이 사실이다. 오래전부터 대형 빌딩 앞에 필수적으로 조각 작품을 설치하도록 의무화하고는 있었으나 그 정도로 건물이나 도시의 미관이 제대로 갖추어졌다고는 보기 힘들다.

도시 위정자들도 요즘 들어서야 건축이 그렇게 삭막하고 단조로운 것이 되어서는 도시 주민들의 사랑을 받을 수 없다는 것을 깨닫기 시작한 모양으로 건물과 거리 미화, 난립되어 있는 간판들에 대한 정비 등을 본격적으로 추진하기 시작했다. 무질서하고 어지럽게 나붙은 간판의 범람이 도시 미관을 손상시키는 주범 중의 하나라는 것은 이미 정평이 나 있다. 볼품없고 어지러운 것으로 이름난 홍콩 거리의 간판의 물결을 빰칠 정도로 한국 도시들의 거리 간판은 무질서하고 볼품이 없는 것들이다. 서구의 여러 도시들처럼 아담하고 세련된 간판 문화를 새로 조성해 나가는 것이 도시의 조형미를 위해 절대적인 과제가 될 수밖에 없다.

이제 도시의 간판들이 간소하고 아름답게 새 단장을 하게 된다면 도시의 얼굴이 달라지고 인상이 달라질 것임에 틀림없다.

살기 좋은 나라

살기 좋은 나라란 어떤 나라를 말하는 것일까? 세계에서 가장 살기 좋은 나라는 어느 나라이며 우리나라는 현재 어디만큼 와 있을까? 한 번쯤 생각해 보고 싶은 관심거리이다. 수년 전에 영국의 경제 전문지 〈이코노미스트〉가 선진 7개국을 포함한 22개국을 대상으로 '살기 좋은 나라'를 평가, 발표한 바 있었는데 그에 따르면 세계에서 가장 살기 좋은 나라는 스위스이고 우리나라는 밑으로부터 다섯 번째인 18위로 랭크되어 있었다. 1위부터 5위까지는 스위스, 독일, 스페인, 스웨덴, 이탈리아 순으로 모두 유럽 국가들이 점하고 있으며 동양권에서는 일본이 6위로 올라 있었다.

이 같은 조사는 대충 십 년에 한 번 꼴로 행해지고 있으며 경제, 사회, 문화, 정치 등 4개 부문을 조사 대상으로 삼고 있다. 그리고 각 분야마다 7~8개씩의 소항목을 설정, 조사에 내실과 공정을 기하고 있다는 것이다. 앞에서 소개한 내용은 지난 90년대 중반에 조사한 것으로, 통계와 숫자에 치우친 나머지 피상적 평가에 그쳤다는 평을 받았었지만 근자에 다시 조사를 하더라도 조사 방법이 크게 달라지지 않는 한 순위에 큰 변동이 있을 것 같지는 않다.

살기 좋은 나라란 우선 사회가 안정되어 있고 일상생활에 불안 요인이 없어야 한다. 경제적 윤택으로 생활이 풍요하며 국가 재정이 허용하는 범위 내에서의 사회 복지 제도의 완비와 사회 간접 자본의 확충으로 일상생활에 불편이 적어야 한다는 것도 필수요건일 듯하다. 그리고 무엇보다도 깨끗한 환경과 자연을 보전하고 있음으로써 살기에 쾌적한 나라여야 한다는 것은 두말할 나위도 없다. 살기 좋은 나라의 기준을 물질적인 면에서만 찾을 수는 없는 노릇이다. 사람도 개개인의 가치관과 성향, 취미 등에 따라 살기 좋은 곳과 그렇지 못한 곳이 달라지듯이 나라 간의 살기 좋다는 척도도 어디에 평가의 비중을 두느냐에 따라 달라질 수 있는 법이다. 일상생활에 약간의 불편이 있더라도 번잡하고 오염된 도시 생활보다 여유 있고 깨끗한 전원생활을 선호하는 사람이 있는 것처럼 얼마간 환경이 나쁘고 공기 오염과 소음이 있더라도 생활의 편의를 중시해서 도시 생활을 선택하는 사람도 있을 것이다.

개인 소득이 높고 가진 돈이 넉넉하면서도 토끼장 같은 좁은 집에 살고 있는 일본인보다 소득이 그보다 못하면서 널찍한 주거 공간을 향유하고 있는 미국인들의 생활이 더 윤택하고 살기 좋다고 평가하는 견해도 있을 수 있다. 담세율이 딴 나라보다 월등히 높아도 사회복지제도가 철저히 되어 있는 스웨덴의 생활이 담세율은 그보다 낮지만 복지 혜택이 비교 열위에 있는 우리나라보다 생활의 안정성이 더 보장돼 있는 나라라고 보는 것이 옳을 것이며, 그런 점에서 스웨덴이 한국보다 윤택한 생활을 영위한다고 하는 견해가 옳을 성싶다. 앞서 말한 〈이코노미스트〉의 평가는 평균 수명과 이혼율, 술 소비량 등이 살기 좋은 여건과 유관하다는 평가를 하고 있다. 그러나 평균 수명과 이혼율이 사회의 안정성과 직접적인 함수 관계를 가졌다고 인정되기 어려울뿐더러 술 소비량이 문화 수준을 가늠하는 데 유관하다고 생각하기도 어려울 것 같다.

아무튼 한국의 평점이 22개국 중 18위로 최하위권에 처져 있는 사실은 평가 기준의 타당성 여부를 떠나 실상에 근접하게 평가된 것이 아닌가 생각한다. 수돗물 하나 마음 놓고 마시지 못하고 대도시 인구의 과반수가 셋집살이이며 교통 사고율이 세계 1위로 올라 있는 나라가 사회와 문화 부문에 각기 18위와 20위를 차지하고 있는 것도 긍정할 만한 평가라고 하겠다. 〈이코노미스트〉의 조사 결과는 우리 스스로에게 자성을 촉구하고 있다.

한편 세계적으로 살기 좋은 나라에 순위가 있듯이 국내적으로도 살기 좋은 도시에 순위가 있음직하다. 이미 미국이나 일본에서는 연례행사처럼 '살기 좋은 도시'의 랭킹을 매기고 있는데, 평가 결과에 대한 지방 행정 기관이나 여론의 반응이 매우 예민하다고 듣고 있다.

순위 변동은 지역 신문에 대서특필되고, 순위가 떨어지면 그 이유와 책임의 소재를, 순위가 오르면 치하와 격려를 아끼지 않는다고들 한다. 그만큼 자신들이 살고 있는 도시에 대해 관심이 크다는 얘기가 되겠다.

평가하는 내용도 가지각색이어서 종합적으로 '살기 좋은 도시'를 평가하는 것이 있는가 하면 시정 경영을 잘하는 도시, 환경이 좋은 도시, 사업을 하기 좋은 도시, 가장 안전한 도시, 어린이들이 살기 좋은 도시 등 특정 사항을 중점적으로 평가하는 것도 있다. 평가 대상이 달라지면 평가 기준과 항목이 달라지는 것은 당연하지만 같은 '살기 좋은 도시'를 가려내는 데도 기준을 세분화하는 경우가 있고, 큰 항목을 정해 개괄적으로 평점을 산출하는 경우도 있다. 가령 미국의 어느 출판사는 '살기 좋은 도시'의 평가 항목으로 생활비, 고용, 교육, 의료 혜택의 질과 양, 범죄, 문화, 예술, 오락 시설, 기후 조건 등 일상생활과 직결되는 열 가지 분야를 설정하고 있는 데 반해, 일본의 한 연구소는 같은 주제 아래 사회성, 쾌적성, 안정성, 경제성, 자기 실현성이라는 큰 항목 다섯 가지를 설정하고 있을 뿐이다. 여기에서 말하는 자기 실현성이란 주민 개개인의 발전과 욕구 충족에 필요한 여건의 구비 여부를 겨냥한 것이라고 보면 되겠다.

또 '시 행정을 잘하는 도시'의 경우, 회계의 공개성과 예산 균형, 사회 간접 자본의 크기를 평가 대상으로 삼고 있으며 '환경이 좋은 도시'는 수질, 식수, 교통, 에너지 사용의 내역과 그 가격을, '어린이가 살기 좋은 도시'는 도시 혼잡도, 공해, 주민 교육 수준을, '사업하기 좋은 도시'는 지역 산업, 직업 훈련 프로그램, 사회 간접 자본, 각종 생산 비용, 노동력의 질, 자금 동원의 용이성, 연구비 지출의 다과 등 기업 활동과 연관된 구체적인 부문을 각기 평가 기준으로 삼고 있다.

그러나 살기 좋은 도시의 조건을 골고루 갖추자면 역시 각 분야별 평가 기준 모두를 대상으로 삼는 것이 더 정확한 결론을 유도해낼 수 있을 것 같이 생각된다. 뿐만 아니라 어느 한 분야에서 좋은 평가를 얻게 되면 딴 분야에서도 좋은 평가를 얻게 될 가능성이 커진다. 예를 들어 어린아이가 살기 좋은 여건이 된다는 혼잡이 덜하고 공해가 적고 교육 수준이 높은 지역 사회라면 어른에게도 살기 좋은 여건이 된다고 말할 수 있을 것이다. 활발한 경제 활동이 기대되는 사업을 하기 좋은 도시의 경우, 경제적 윤택이 뒷받침될 수 있으니 결과적으로 문화 예술에 대한 지원, 교육 시설의 확충, 교통난 완화를 위한 도시 정비, 범죄 예방에 필요한 인력 확보 등이 용이해질 수 있다고 보는 것이다.

우리나라에서도 도시 간 생활비를 비교하는 통계가 몇 번 선보인 적이 있었으나 종합적인 '살기 좋은 도시'의 비교 평가는 아직 실시된 적이 없는 것으로 알고 있다. 비교 평가를 못 하고 있는 이유는 우선 평가에 필요한 기초 자료가 미비한 데다가 공정하고 과학적인 평가를 가능케 하는 전문인들이 부족한 탓이라고 하겠다. 외국에는 전문 연구 기관이 여럿 있고 그곳에서 법률가, 건축가, 문화계 인사, 중앙정부 관리, 전직 시장 등 중립적인 전문가들을 심사위원으로 위촉, 매우 면밀하고 신중한 심사 과정이 있다는 얘기이다. 우리나라도 이제 지방자치제가 본궤도에 오르고 있으니 만큼 '살기 좋은 도시' 콘테스트를 시도해 봄직하다. 또한 권위 있는 연구 기관을 통해 각 분야별로 세밀하고 공정한 평가와 등급을 정해볼 때가 되지 않았나 생각된다.

남과의 비교는 언제나 큰 자극제가 될 수 있는 것이기에 도시 간 비교 평가는 지역 시민들의 '내 고장 가꾸기' 욕망에 불을 당기는 계기를 마련해 줄 수 있을 것으로 본다.

안빈

굳이 황희 정승의 고사를 들먹이지 않더라도 옛날 선비들의 청빈 사상은 오늘날까지 잘 전해져 내려오고 있다. 청빈을 오히려 낙으로 여기고 그 청빈낙을 생의 이상으로 삼았으니 정확히 말해 청빈이라기보다 안빈이라고 해야 옳을 것 같다.

'집은 비를 가리는 것으로 족하고 옷은 몸을 가리는 것으로 족하다'라고 여긴 선비들의 안빈 의식은 두말할 나위도 없이 부를 가볍게 여기고 물질보다 정신적인 면에서 만족을 추구하는 유교 사상의 영향일 것이 분명하다.

공자가 청빈하게 사는 안회를 칭찬한 일이라든지 논어에 '나물 먹고 물 마시고 팔을 베고 누웠으니 낙이 또한 그 속에 있다'라고 말한 구절들이 선비들의 청빈 의식 구성에 결정적인 역할을 했을 것으로 짐작된다. 이러한 공자의 사상은 '배부르고 등 따스하니 대장부 살림살이 이만하면 족하리라'라는 우리나라 서민들의 자위적

푸념으로까지 이어지고 있을 정도이다.

청빈이 비록 선비들의 정신적 자세의 바탕이기는 하였으나 선비들 모두가 그랬던 것은 아니고 또 청빈주의가 한국인 모두의 보편적인 의식이 될 수는 없었다고 본다. 일부 극소수 부유층을 제외하고는 대부분의 한국인들이 겨우 입에 풀칠을 할 정도의 살림살이어서 청빈을 논할 처지조차 되지 못했던 것으로 우리는 알고 있다. 찢어지게 가난한 적빈의 살림살이에 굳이 청빈을 운운할 까닭이 어디 있었겠는가.

벼슬자리에 앉은 선비들이야 물론 보장된 생활 속에서 의식적으로 청빈을 추구할 이도의 청렴함을 지킬 수 있었을 것이나 탐관오리가 판을 쳤던 조선조 시대의 상황으로 미루어 보건대 청빈에 안주하려던 관리 수가 그렇게 많지는 않았을 것이 분명하다. 그러기에 더욱 청빈에 자족했던 선비들의 존재가 돋보인다고 할 수 있다.

주와 식에 있어서도 마찬가지이다. 우리 조상들은 대체로 소찬에 만족하고 맛에 대해선 크게 신경을 쓰지 않았던 것으로 알려져 있다. 그러나 맛을 즐길 수 있을 만큼 우리네 생활이 풍족하지 못했던 것이 소찬의 이유였지 맛을 몰라서거나 잘 먹는 것을 기피해서 그랬던 것은 아니라고 생각한다. 주린 배를 채우기에도 급급했던 일반 서민들의 살림살이에서 맛있는 것을 찾아 먹는다는 것은 대단한 사치일 수밖에 없었을 것이다.

먹는다는 것은 인간 생존의 본능이요, 색욕에 앞선 최대의 욕망인데 보통 사람으로는 잘 먹을 수 있는 처지에서 맛있는 음식을 마다할 이유는 없는 법이다. 식사하는 것을 요기라고 해서 굶주림을 면하는 것을 뜻하게 된 사실에서도 우리는 언제나 굶주림에 시달렸던 옛날의 가난을 읽을 수 있다.

세계 어느 나라에서나 식사는 아침, 낮, 저녁 세끼로 하는 것이 통례인데 우리나라에서는 해가 짧은 겨울 동안 세끼 아닌 두 끼로 때우는 일이 많았다. 보릿고개가 자심했던 수십 년 전까지만 해도 그것을 당연한 것으로 받아들였는데 한 끼를 굶는 것이 밥을 먹기 싫어서나 배가 고프지 않아서가 아니었음은 물론이다. 그러면서도 세끼를 두 끼로 줄인 이유는 한 끼를 아껴야 할 만큼 가난했던 탓도 있었겠으나 그보다는 오히려 우리들의 조상이 그만큼 근검절약에 철저했기 때문이라고 보는 것이 옳을 것 같다.

"강물도 쓰면 준다."라는 속담에서 알 수 있듯이 우리 선대들은 아무리 재물이 많더라도 헤프게 쓰지 말고 아껴야 한다는 것을 일상생활에서 몸소 실천했다. "티끌 모아 태산"이라든가 "굳은 땅에 물이 고인다."라는 말로써 후대들에게 저축과 검약을 가르쳤다. 사실 "티끌 모아 태산"이라는 속담만큼 저축의 필요성과 저축하는 방법을 잘 표현하는 말도 드물 것 같다. 아무리 작은 것이라도 모이면 큰 것이 될 수 있다는 사고 속에는 작은 것을 무시할 때 결코 큰 것을 이룰 수 없고 돈을 아끼는 사람만이 부를 축적할 수 있다는 뜻이 담겨 있다.

옛날에는 부유한 사람이 대체로 장래에 대한 준비심이 강하고 절약과 검소를 엄격히 지키는 것으로 정평이 나 있었지만 근자에 와서는 꼭 그런 것만도 아니라는 생각이 든다. 티끌 모아 태산을 만들려는 생각보다 일확천금을 꿈꾸는 사람이 더 많아졌고 또 사실상 그렇게 함으로써 졸부가 된 사람들이 우리 주변에는 얼마든지 있다. 부동산 투기와 증권 거래 등에 의한 졸부의 양산이 그것이다. 그래서 예전에는 부자일수록 인색하고 돈에 대한 욕심이 강했던 것이 요즘에는 졸부일수록 과소비가 심하고 돈 자랑이 더해진 모양이다.

지난 세기 말쯤 어느 고을에 만석꾼 한사람이 있었는데 그가 당대에 만석을 모은 요령은 부지런함과 안 쓰는 것 두 가지뿐이었다고 한다. 장돌뱅이를 하면서 주막에 드는 날이면 마당을 쓸고 물을 길어 주고 허드렛일을 거들어 주면서 잠과 밥을 공으로 얻어먹었다. 그것도 어려우면 물배를 채웠고 굶는 것이 남는 것이라고 스스로를 달랬다고 한다. 겨울에도 여름 삼베옷에 창호지로 속을 대고 추위를 견디었다고 하니 근검절약도 이 정도가 되면 돈이 안 모일래야 안 모일 수가 없었을 것은 당연하다. 그가 수천 석의 부를 쌓고 난 뒤에도 절약하는 버릇은 여전해서, 하루는 길을 가다가 갓 찧어 놓은 보리쌀을 개가 집어 먹다가 바로 개어 놓은 것을 보았다. 그는 개어 놓은 보리쌀을 쓸어 담아 집으로 가져가 깨끗이 씻은 후에 오가리솥에 따로 삶아서 저녁밥을 대신했다는 것이다. 옛날에 자수성가한 부자들은 정도의 차는 있었겠으나 대개 이렇게도 지독한 구두쇠였다. 인색의 도가 좀 지나치기는 했으나 그렇게까지 하지 않으면 치부를 할 수 없었던 사회 구조가 어떤 의미에서는 오히려 정상적이라고 할 수 있다.

사족으로 적어 두자면 그 검약했던 만석꾼은 어느 정도 부를 축적한 다음 나머지 생을 불우 이웃 돕기와 공익사업, 자선사업을 하는 데 보냈다고 기록되어 있다. 청빈을 처신의 철학으로 삼았던 선비 정신과는 다르지만 일맥상통하는 바가 있다고 하겠다.

청빈을 탓할 까닭은 물론 없다. 그러나 비가 새는 초가집 방에서 우산을 쓰고 앉아 있어야 했던 황희 정승의 고사나 장마철에 방 벽이 축축하게 젖어 내려도 아랑곳 하지 않고 잠을 청했다는 영의정 이원익의 경우는 청백의 본보기로서 추앙하는 마음 못지않게 그들의 고집과 융통성 없는 무감각에 어떤 경이감마저 갖게 된다. 권좌의 우두머리에 있었던 분들이 그토록 가난했다는 사실엔 감탄을 금할 수 없지만 조금만 신경을 쓴다면 하인을 시켜 수리할 수도 있는 지붕이나 벽을 그대로 방치해 둔 고집과 무감각이 놀랍고, 우리 후세들 생각에는 어쩐지 온당치 못한 것처럼 느껴지기 때문이다. 어떤 이는 일상생활에 대한 무신경을 대인다운 대범이라고 할지 모르겠으나 현대적 감각으로는 역시 수긍이 가기 어려운 일이다. 그러나 그분들의 지나칠 만큼 청렴했던 청백리 자세나 안빈의 선비 정신은 물질만능주의, 배금사상에 물들어 있는 현대인들에게 무언가 깨달음을 주는 바가 있을 줄로 안다. 옛날에도 돈을 보기를 돌같이 하라는 말이 있는 것을 보면 돈에 대한 애착심은 예나 지금이나 비슷한 것 같은데 돈이 만능의 힘을 가진 사회치고 건전하게 돌아가는 법은 없게 되어 있다.

생활의 궁핍과 고생을 면하고, 사람이 독립된 인격을 확보하려면 어느 정도의 부가 있어야 한다는 것을 부인할 순 없겠으나 돈이면 만사가 형통한다는 배금사상이 만연할 경우, 사회는 황량해지고 온갖 부정과 비리가 꼬리를 물고 일어날 것이 분명하다. 돈의 주인이 되는 것은 좋다. 그러나 돈의 노예가 되는 것은 비참한 삶이 될 뿐이다.

앞서 소개한 경상도 만석꾼의 경우에서 보는 것처럼 돈을 버는 것도 중요하지만 돈을 쓸 줄 아는 것도 중요한 일이다. 올바르게 돈을 쓸 줄 아는 사람만이 정당하게 돈을 벌 줄 알고 돈의 가치를 알고 돈의 주인이 될 자격이 있는 사람이다.

부의 환원

자본주의 사회에서 기업이 이윤 추구를 최상의 목표로 삼는 것은 당연한 일이다. 이윤을 최대화하기 위해서 기업은 창의성을 발휘하고 이노베이션을 위한 노력을 아끼지 않고 위험 부담을 무릅쓴 개척 투자를 하게 된다. 그렇게 얻어진 부는 기업과 기업인의 것이면서 동시에 사회의 부를 창조해 내는 결과로 이어진다.

흔히 자유민주주의 사회에서의 사회 정의를 논할 때 두 가지 목표를 설정한다. 하나는 전제정치를 타파하는 것이고 다른 하나는 경제적 빈곤을 타파하는 것이다. 기업의 의무는 새로운 부를 창출해 냄으로써 빈곤을 타파하는 데 있다. 기업은 많은 국민에게 고용 기회를 제공해 줌으로써 사회 정의의 구현에 이바지한다. 고용 기회를 얻은 국민은 경제 주체로서 인간의 존엄성을 보장받게 된다.

기업이 얻은 부는 정부의 조세 제도와 자발적인 자선 행위 등에 의해 사회에 환원되는데, 그 부는 법을 준수하고 정직하면서 공정한 거래를 통해 얻어지는 것이어야 함은 두말할 나위도 없다. 만약 부의 축적 과정이 부정한 것이라면 그러한 부를 얻은 기업은 기업으로서 존재해야 할 가치를 잃는다고 보는 것이 현재의 자본주의 사회에서의 기업 윤리이다. 속임수와 부당이익 추구, 특혜와 독과점 등 이기주의는 바로 기업의 탐욕을 의미하며 긴 안목으로 볼 때 그 같은 탐욕은 기업을 파괴하는 것으로 인정되고 있다. 말하자면 자본주의 체제의 존속을 보장하기 위해서는 기업의 탐욕이 절대적으로 없어져야 한다는 전제가 성립되는 것이다.

부의 분배를 위해 정부가 부과하는 조세는 강제성을 지닌 것이지만 자의적인 자선 행위는 기업이 사회 정의의 구현과 자본주의 체제의 존속과 추진을 위한 일종의 자구책과도 같은 것이라고 할 수 있다. 어느 사회에서나 자신의 잘못이 아닌 데도 가난하게 사는 사람은 있는 것이고, 직업을 얻지 못하는 사람도 있게 마련이다. 빈곤층에 대한 정책은 나라의 정치 체제에 따라 각기 다르기는 하지만, 결국 한 사회의 사회 정의가 어느 정도로 실현되어 있는가를 가늠하는 척도는 빈곤층에 대한 정책이 얼마나 실효성 있게 마련되어 있는가에 달려 있다고 하겠다.

물론 사회 정의는 단순한 부의 분배만으로 달성되는 것은 아니다. 마오쩌둥은 "배고픈 사람에게 물고기를 주는 것은 좋은 일이다. 그러나 그에게 물고기를 잡는 방법을 가르쳐 주는 것은 더 좋은 일이다."라고 말한 적이 있다. 이 말은 단순한 부의 분배보다 부를 가진 사람이 안 가진 사람에게 부를 가질 수 있도록 길을 터 주어야 할 필요성을 강조한 것이라고 할 수 있다.

아쉽게도 우리나라의 기업들한테 지금 공정한 부의 분배와 부의 창출 방법을 위한 자발적인 성의를 기대하기는 쉽지 않을 것으로 생각된다. 기업들에게 스스로가 축적한 부를 소유할 수 있도록 허용하는 것이 자본주의 사회의 원칙이기는 하지만 부의 창출을 지속해 나가기 위해서는 그 부의 일부를 사회에 환원해야 한다는 것도 필수라는 것을 동시에 인식해야 한다. 기업은 이윤 극대화의 방법과 함께 이윤의 현명한 사용 방법도 배워야 한다. 《부와 빈곤》의 저자 조지 길더의 말처럼 "낭비를 억제하고 검약하는 데서 새로운 가치를 발견하지 못하는 기업인은 기업의 의무와 역할에 배반하였다는 점에서 더 이상 기업인으로서의 자격을 유지할 수 없다."라고 말할 수 있다. 이러한 기업인은 봉건사회의 유물에 불과하다고 본다. 타인의 욕구를 충족시키기 위해 자신의 욕구를 억제할 줄 알아야 하는 것이 기업인의 본질적 행위이며 의무라는 것이다.

우리나라에서 기업이 부를 사회에 환원하는 방법은 대체로 정치적 목적을 수반한 성금의 형식이 되거나 자사 선전을 겸한 스포츠 진흥용에 편중되는 경향이 있었다. 요 수년 사이에 그러한 경향은 다소 누그러지고 문화 사업이나 공공 이익에 기여하는 투자가 활발해지고 있다지만 외국처럼 순수한 자선 사업이나 문화 목적의 지출에는 아직도 인색한 면이 있음을 부인할 수 없다. 간혹 문화 사업에 희사되는 돈도 그 주된 목적이 문화 진흥보다는 절세에 있는 것 같은 인상을 줄 때가 많았다. 좀 더 순수한 입장에서 좀 더 광범위하고 본격적으로 기업에 의한 부의 사회 환원이 있었으면 한다. 바로 그것이 기업에 의한 사회 정의의 구현 방법이 되는 것이 아니겠는가.

실버타운

민간이 참여할 수 있는 노인 복지 사업 중 가장 손쉬운 것의 하나가 실버타운의 건설이다. 최근 들어 선진국에서 수많은 종류의 시니어 산업이 선을 보이고 있지만 그중에서도 가장 비중이 큰 것이 양로원 사업이다. 무료 양로원은 비영리 민간 단체나 자선 기관, 정부 지원의 것이 전부가 되겠는데 아직 우리나라에는 선진국에서 보듯 대규모적이고 수준급에 오른 무료 양로원이 생기지 못하고 있다. 그래서 역시 우리의 관심을 끄는 것은 영리 목적의 유료 양로원이 되겠는데, 그것마저 우리나라에서는 아직 미미한 상태에 머물러 있는 현황이다. 그런데도 몇 년 전부터는 몇 개 재벌 그룹이 이 사업에 적극 참여하려는 움직임을 보이기 시작해서 다행이다. 이 같은 움직임은 정부가 유료 노인 복지 시설에 대한 민간 기업의 참여를 허용한 데서 비롯된 것이다. 또 경제력이 있는 노년층이 늘어나면서 유료 양로원에 대한 잠재 수요가 날로 급증하고 있는 것도 재벌 그룹의 구미를 당겼을 것이다.

의료 시설과 레저 시설을 두루 갖춘 시니어 타운 건설은 선진국의 경우 이미 영리 산업으로서 확고한 기반을 잡고 있다. 특히 미국 같은 데서는 늙은이들끼리 서로 의지하며 사는 게 좋다고, 노인 전용 아파트나 노인들만 모여 사는 마을까지 생겨 문자 그대로 노인 왕국을 구가하고 있다. 애리조나 주의 선 시티와 LA 근교에 있는 레저 월드가 그 대표적인 것인데, 이러한 노인 전용 아파트나 마을 건설은 복지 제도가 잘 돼 있고, 고정된 연금으로 대부분 노인들의 노후 생활이 보장돼 있는 나라에서나 가능한 일이지 우리나라에서는 아직 꿈같은 얘기에 불과하다.

고령 왕국이라는 일본의 경우, 시니어 타운은 이미 1970년대부터 뿌리를 내리고 있다. 유료 노인 홈이 2백 개가 넘고 3만 명이나 되는 인원을 수용하고 있다. 시니어 타운은 헬스클럽과 의료 센터, 장기 요양 시설 등을 두루 갖추어야 하기 때문에 건립 적합지로는 휴양지와 도시 근교 등 두 곳이 꼽히고 있다. 온천이 있거나 공기 좋고 경치 좋은 곳에 세워지는 리조트 형과 대도시 주변에서 전에 살던 거주지의 출입이 자유로운 도시 근교형이 가장 편리하고 바람직한 시니어 타운이 될 수 있다는 얘기이다. 도쿄 시내에 자리 잡은 한 고급 유료 양로원은 수영장, 의료실, 헬스클럽, 고급 식당 등 우수한 시설과 함께 가족적 분위기와 특급 호텔 수준의 철저한 서비스로 유명하다. 모든 시설은 노인의 신체적 특성에 맞도록 갖추어져 있으며 직원들은 입주 노인들을 친부모처럼 대하고 있다는 것이 이곳의 자랑이다. 모든 것이 흡족하게 마련돼 있는 이 유료 양로원의 한 가지 흠은 입주금이 너무 비싸다는 점이다. 도쿄 도심지의 노른자 주택가에 자리 잡은 탓에 지난 1989년에 문을 열면서 받은 입주금이 1인당 1억 2천만 엔, 우리 돈으로 12억 원이나 되는 돈이었다. 대신 조건은 대소변을 받아 내는 간호까지를 포함해서 죽을 때까지 모든 책임을 지는 종신 이용이고, 입주금은 16년간 감가상각해서 16년 이전에 퇴소할 경우에는 잔금을 되돌려 받을 수 있게 되어 있다. 일본에는 이렇게 값비싼 도시형 유료 양로원 외에 값이 비교적 싼 도시 근교형과 관광지형, 전원형 등 여러 가지 형태의 양로원이 존재한다.

지금 한국에서 시니어 타운 건설은 사회복지 단체, 종교 단체의 것까지 합쳐서 전국에서 100개에 못 미치는 것으로 알려져 있다. 이들의 대부분은 서울과 가까운 남양주나 용인, 수원, 화성, 파주 등지에 몰려 있고 온천이나 골프장 등 레저 시설이 가까운 충남 아산 지구, 경주 지구, 도고 온천 지구, 제주 서귀포 지구, 동해안과 남해안 지구 등 관광지에 주로 집중되어 있다.

시니어 타운과 함께 각광을 받기 시작한 것이 다른 여러 종류의 시니어 산업이다. 노령 인구가 늘어나는 데다가 이들 중 3할 이상이 독립된 경제력을 갖추고 있고, 국민 연금 제도의 실시 등으로 노인층의 구매력이 확충됨으로써 노인 소비층을 겨냥한 시니어 산업이 각광을 받을 만도 되었다. 시니어 산업은 미국과 일본 등지에서 이미 유망한 미래 산업으로 자리를 굳히고 있거니와 일본 후생성(厚生省)이 내린 정의대로 시니어 산업은 '60세 이상의 고령자를 대상으로 하는 민간 기업의 상품과 서비스'인만큼 그 종류와 내용이 다양하며, 시대의 변천에 따라 새로운 비즈니스가 계속 등장할 수 있어 상당한 성장 잠재력을 지녔다고 말할 수 있을 것 같다.

선진 각국에서의 시니어 산업은 주거, 간호 서비스, 의료 및 복지 기구, 의류와 가구, 건강 용품과 식품, 금융, 레저 등 광범위한 분야에 걸쳐 투자 계획이 마련되어 있는데, 특히 일본에서는 시니어 산업의 중요 부분인 복지 및 간호 서비스에 눈을 돌려 보청기, 휠체어, 특수 욕조, 안마기, 특수 변기, 노인용 침대 등이 활발하게 연구 제작되고 있고, 이른바 시니어 주택이라는 것이 대량으로 건조되고 있는 중이다. 시니어 주택은 주택 경기가 전반적인 불황기에도 연 수십 퍼센트씩 성장률을 기록하고 있다고 들린다. 이 주택은 설계부터가 노인들의 생활에 맞게 꾸며져 휠체어가 다닐 수 있는 복도, 손잡이를 설치한 화장실, 특수 구조의 욕실 등 노인들이 불편 없이 생활할 수 있도록 섬세한 부분에까지 신경을 쓰고 있다.

일본에서의 이야기이긴 하지만 한 가지 우스개 실화를 소개하자면 백화점에 마련된 시니어 코너 매장에 노인용이 아닌 완구를 비롯한 어린이 용품들이 상당수 선보이고 있다는 것이다. 그 선전 문구가 '손자들의 인기를 당신이 독점하세요'라는 것이었다고 하니 재미있다. 어린이 용품 재료도 시니어 산업의 일환일 수 있다는 얘기가 되겠다.

우리나라의 소비 시장 규모는 현재 젊은 층 중심으로 되어 있지만 고령화 사회로의 이전이 가속화될수록 소비 패턴이 바뀌면서 노인을 겨냥한 소비 시장 규모가 커져갈 것이 분명하다. 저축이나 연금 등으로 여유 자금이 많은 노인들의 구매력이 갈수록 크게 신장될 것이기 때문이다. 이미 일본은 총 민간 소비의 10%가 넘는 규모가 시니어 산업 시장으로 형성되어 있고 미국은 전체 상업 광고의 20% 이상을 노인층 고객 확보에 할애하고 있다고 한다. 우리나라에서도 시니어 산업이 큰 몫을 차지할 날이 눈앞에 닥쳐오고 있다.

휴가

이틀을 쉬는 주말이나 3~4일을 겹쳐 노는 연휴 때가 되면 그 긴 휴가를 어떻게 보내야 할 것인지 난감해하는 사람이 적지 않다. 그만큼 우리나라 사람들은 여가를 슬기롭게 지내는 방법이나 지혜를 갖지 못한 것처럼 보인다.

연휴가 시작되자마자 붐빌 것이 뻔한 고속도로나 유원지 가는 길로 자가용을 몰고 나서는 사람이 줄을 잇는다. 몇 시간씩 걸려서 목적지에 닿을 때쯤에는 기진맥진하고 마는 수가 허다하다. 행락을 찾는 길이 바로 고생길이 되는 줄 알면서도 지치지도 않고 연휴만 되면 고생을 사서 하려 드는 사람이 수두룩하니 무엇을 위한 행락인지 모를 일이다.

길에서의 교통지옥이 무서워 집에서 편히 쉬기로 한 사람도 그저 낮잠을 청해 보거나 TV를 보면서 소일하는 것이 고작이다. 휴일을 고맙게 여기는 마음도 첫날 하루 정도일 뿐 다음 날부터는 할 일이 없는 무료함에 오히려 마음이 지치고 차라리 빨리 출근하는 편이 낫겠다고 생각하는 직장인들이 적지 않을 것 같다. 그만큼 우리들은 휴일의 효과적인 사용 방법에 서툰 것이다.

현재 구미 각국에서는 '쉰다'라는 것에 대해 새로운 의미를 부여하고 있다고 듣고 있다. 쉬는 것을 근로자의 권리로 보기보다 일종의 의무라고 보는 사고가 대두되고 있다고 한다. 그래서 노동 시간의 단축이나 긴 휴가는 근로자의 복지 향상을 위한 것이라기보다 실업자를 줄이는 실업 대책의 하나로 부각되고 있고 또 선진 공업국의 생산 억제는 제3세계의 산업 발전을 도울 수 있는 좋은 방법이 된다는 인식이 공공연하게 나오고 있다. 근자에 와서 서구의 근로자들은 너무 지나치게 일을 하거나 국가 단위의 돈벌이에 열을 올리는 짓이 반사회적이라는 생각을 하고 있는 모양이다. 일을 열심히 하는 것이 신의 기대에 부합된다는 기독교 정신이 흔들리고 있는 셈이다. 일을 많이 한다는 것이 종교적으로는 옳은 일일지 몰라도 사회적으로는 옳지 못하다고 보는 이러한 서구 사회의 의식의 변화를 우리 동양인들은 선뜻 이해하기 힘들다.

열심히 일하고 많은 돈을 버는 것이 왜 반사회적이라는 것인가? 아직 우리나라와 같이 개발 도상에 있는 나라로서는 실감이 나지 않는 일이긴 하지만 너무 열심히 일을 하는 것이 결과적으로 과잉 생산으로 이어지고 새로운 고용 증대를 저해함으로써 많은 실업자를 양산, 끝내는 세계 산업의 평화와 질서를 위협할 수 있다고 보는 것이 요즘 서구의 사고인 듯하다.

현대 사회는 산업 혁명 후 3백여 년이 경과하면서 물건이나 사람이 남아도는 시대로 접어들고 있다. 새로운 기술, 새로운 기계의 출현과 발 빠른 오토메이션화로 노동자가 일자리를 빼앗기고 있다. 옛날에는 공장을 지어 생산을 늘리는 것이 곧 풍요한 사회를 만들고 실업자를 흡수하는 길이 되었으나, 요즘에는 고용되는 인원이 예전의 몇 분의 일밖에 되지 않는다. 과학의 발달로 물건과 인간이 남아돌게 된 것이다. 세계 제1차 경제대공황, 루스벨트 미국 대통령의 뉴딜 정책이 노동 시간 단축을 주장하고, 1936년 프랑스 인민전선 내각이 '주 40시간 노동년 12일 간의 유급 휴가'를 실현시킨 것도 근로자들의 노동으로부터의 해방을 추구함과 동시에 실업자 구제를 위한 정책의 일환이기도 했다고 보아야 할 것이다.

지금 실업 문제를 고민하고 있는 구미 각국이 주 노동 시간을 35시간 이내로 줄이고 유급 휴가일을 크게 늘리려 하는 것이 노동자의 복지와 더불어 남아도는 노동 인력의 대량 해고 방지라는 정책 구현의 맥락에서 추진되는 것이라고 보면 되겠다. 열심히 일해서 한 푼이라도 많은 돈을 벌어야 한다고 생각하는 우리의 사고방식이 농경 시대의 사고방식이라면 '쉬는 것'이 산업 평화를 유지하는 길이라고 생각하는 서구의 사고방식은 선진 공업 사회의 사고방식이라고 할 수도 있을 것 같다.

주휴 이틀에 연 유급 휴가 5주일, 거기에다 각종 축제일을 합치면 1년의 3분의 1 이상을 선진국 근로자들은 놀고 있다. 평균 실업률이 대체로 8~9%에 이르고 한 해에 3천만 명이 넘는 새로운 실업자를 배출하고 있는 선진국들로서는 노동 시간 단축이 근로자의 권리 신장이 아니라 기업체의 의무일 수밖에 없을 것이라는 사실을 실감하게 된다.

우리도 이제 휴가를 권리가 아닌 의무로 느껴야 할 시대를 눈앞에 두고 있다. 연휴다 하면 행락지나 찾고 집에 있더라도 술을 마시거나 고스톱을 치는 수준에서는 탈피해야 할 시기가 되지 않았나 하는 얘기이다. 여가를 효율적으로 사용하기 위한 계획과 연구가 필요하다.

시민 의식

세 살 적 버릇 여든까지 간다는 속담이 있지만 어릴 적에 배운 교육이나 교훈은 평생 동안 사람의 인격 형성과 일상생활에 적지 않은 영향을 끼치는 것 같다. 우리 또래의 세대가 초등학교에 다닐 적만 해도 수신이라는 교과목이 있어 여러 가지 도덕적인 교훈을 가르쳤다. 일제강점기 때의 일이니까 요즘 젊은이들에게는 문자 그대로 호랑이 담배 피우던 시절의 이야기로 들리겠으나 그 수신 시간에 배운 내용들이 이제껏 내가 세상을 살아오는 데 상당한 영향을 끼쳤다고 나는 믿고 있다.

물론 수신 과목의 내용 중에는 시대가 시대였으니 만큼 일본 군국주의를 찬양하는 것도 있었고, 일본 천황에 대한 충성심을 강요하는 것도 없지 않았다. 그러나 그 외의 상당 부분은 사람이 살아가는 데 필요한 도의와 예의, 올바른 삶의 자세 같은 것들이어서, 말하자면 사람이 사회인으로서 갖추어야 할 도리를 가르치는 과목이었다고 할 수 있다. 수신이라는 말 자체가 '수양하여 몸을 닦고 행실을 올바르게 한다'라는 뜻이니까 선한 사람을 만드는 것이 수신 과목의 목적이었다고 이해하면 되겠다.

수신을 가르친다고 해서 공자 말씀이나 외우게 하고 딱딱한 도덕, 윤리를 풀이하는 것이 아니라 옛날이야기에 실제로 있었던 훌륭한 선인들의 경험을 알기 쉽게 그리고 재미있게 소개함으로써 읽고 배우는 사이에 옳고 착한 것에 대한 판단이 절로 설 수 있도록 유도하는 내용이 대부분이었다고 기억된다. 수신 시간엔 비단 교과서에 나오는 내용뿐만 아니라 어린이에게 알맞은 여러 가지 책이나 읽을거리도 소개해 주었다.

아마 초등학교 4, 5학년이 아니었나 생각되는데 담임선생이 소개한 동화 속에 '쌀 한 톨의 이야기'라는 제목의 짧은 글이 있었다. 내용은 한 톨의 쌀이 모심기에서부터 추수, 수송, 소매점을 거쳐 어느 가정의 식탁에 오르기까지의 경로를 말하면서 농부의 노고 등 많은 사람들이 쌀을 생산하기 위해 얼마나 많은 고생을 해야 하는가를 설명해 주고 있었다.

옛날 우리 어른들의 말에도 일미칠근(一味七斤)이라 하여 맛있는 쌀이 추수되기까지 농민들이 흘려야 할 땀이 일곱 근이나 된다는 말로써 농부의 노고를 표현한 것이 있지만 그 동화도 어린이들이 쌀의 고마움을 이해하는 데 도움을 주고 동시에 근검절약하는 습관을 기르게 하는 내용이 담겨 있었다.

동화 속의 주인공 쌀 한 톨은 다른 친구들과 함께 용케도 참새 떼나 쥐들의 먹이가 되지 않고 타작과 수송 과정에서도 살아남아 사람 밥상에까지 올라갈 수가 있었는데, 마지막 단계에서 잔반의 신세가 되어 사람의 입으로 들어가는 대신 수채통으로 버려지게 된다. 고생 끝에 마지막 단계에서 유종의 미를 거두지 못하게 되었으니 얼마나 아까운 일인가.

그 동화는 만사에 유종의 미를 거두는 것의 중요함도 강조하고 있었던 것 같다. 동화를 읽은 이후로 밥그릇에 붙은 밥알 한 알도 되도록 버리지 않고 깨끗이 먹는 버릇이 생겼으며 수십 년이 지난 지금까지 그 버릇은 이어져 오고 있다. 물론 그때 수신을 배웠던 사람들이라고 해서 모두가 다 그런 것은 아니겠지만 우리 또래 연배에서는 지금도 먹다 남은 밥을 함부로 버리는 것을 죄스럽게 생각하는 사람이 많다. 이들은 쌀 한 톨이 밥상에 오르기까지 얼마나 많은 사람들의 수고와 땀이 깃들여져 있는지 잘 알고 있기 때문이다.

어릴 때 머리에 심어지는 선악에 대한 판단이 사람의 긴 일생을 통하여 얼마나 강력한 영향력을 발휘하는 것인지 나이 지긋한 이들은 경험을 통해서 익히 알고 있다. 판단력이 확고히 정립되기 전의 어린이에게 선악의 기준을 올바르게 가르치고 계도하는 일은 바른 시민 의식을 함양하고 질서와 상식이 통하는 사회를 형성, 유지해 나가는 데 매우 결정적 역할을 할 수 있다고 믿는다.

"요새 젊은이들은……." 하고 상투적인 훈계조 얘기를 하고 싶은 생각은 추호만큼도 없지만, 건전한 시민 의식이 결여되고 공중 도덕과 질서가 실종된 요즘의 세태를 보면서 '수신' 같은 과목의 부활이 필요하지 않을까 하고 여길 때가 많다.

모두가 다 그렇다는 것은 아니나 사회생활을 영위해 나가는 데 필요한 기본적인 상식마저 갖추고 있지 못한 사람들이 요즘 너무나 많이 눈에 띈다. 젊은이들 층에 그런 부류가 많은 것처럼 보인다. 아이스크림 바를 먹는 여학생들이 벗겨 낸 포장 껍질을 거리낌 없이 길에다 버리는 것은 흔하게 볼 수 있는 광경이고, 지하철 역 구내나 보도 위에 씹던 껌을 마구 뱉거나 피우던 담배를 지하철 궤도 위에 던지는 것도 다반사로 볼 수 있다. 진흙이나 먼지가 묻은 신발을 신은 채 지하철 의자 위에 올라서는 어린이를 나무라거나 말리는 젊은 어머니는 열 명 중 한둘 있을까 말까 하고, 남에게 누를 끼치는 어린이를 방관하는 부모가 야단치는 부모보다 훨씬 많다는 사실에서 이들의 가정교육이 제대로 되어 있지 않은 것 같은 인상을 받게 된다.

관광지에서의 쓰레기 오염 소동 같은 문제도 지난날 수신 과목을 제대로 배운 사람들에게는 이해할 수 없는 짓으로 비친다. 주위 사람들한테 누나 폐를 끼치지 않아야 한다는 것을 누누이 배웠으며, 남에게 해를 주는 행동거지가 나쁜 짓이라는 관념이 머릿속에 배어 있어서 그러리라고 생각된다.

신문 지상이나 TV를 통해서도 자주 소개되는 일이지만 요즘 사람들의 사고가 자기만 좋고 자기만 편하면 남이야 어떻게 되건 개의치 않는 경향이 심해지고 있는 것 같다. 남해안의 한려수도를 다녀온 사람의 말에 의하면 해금강 근처의 깎아지른 바위 위에도 사람이 앉을 만큼 넓이가 되는 곳에는 바다 낚시꾼들이 버리고 간 빈 병과 음식 찌꺼기들이 지저분하게 널려있는 것을 볼 수 있었다고 한다. 하루에도 수백 명이 다녀가는 관광객들은 십자 동굴을 돌면서 쓰레기 전시까지 함께 구경해야 할 판이니 쓰레기 공해의 심각도가 어느 정도인지 알 만하다. 국제적으로 인정받고 있는 그곳의 청정수역도 이젠 옛 이야기가 된 것처럼 보였다고 한다. 한산도 앞바다에는 굴 양식장에서 버린 각종 부유물과 플라스틱 병, 비닐봉지들이 끝도 없이 이어져 있어서 청정과는 이미 거리가 먼 인상이었다는 것이다.

해수욕장 모래밭에서 수박을 먹고는 껍질을 모래 속에 파묻어 버리는 얌체가 있지를 않나, 백여 미터도 안 되는 거리에 있는 화장실까지 가기가 귀찮아서 어린 것을 아무 데서나 용변 보게 하는 엄마가 있지를 않나, 고속도로를 달리는 차 안에서 쓰레기를 창밖으로 함부로 내던지는 몰염치 족이 있지를 않나, 이 나라의 공중도덕은 땅에 떨어져 버린 지 오래인 것 같다. 특히 얼핏 보기에 꽤나 교양이 있어 보이는 젊은이들이 어린 것 가르치기를 그 모양으로 하고 있으니 한심스럽다고 하지 않을 수 없다. 언제부터 한국이 공중도덕의 불모지대가 되었는지는 알 수 없지만 이렇게까지 극도의 이기주의가 판을 치게 된 것이 모두 도덕심의 함양을 게을리 한 우리나라 교육의 결함 탓이 아닌가 여겨진다.

전쟁을 치르면서 먹고 살기에 급급했던 지금의 장년 이상의 세대들이 결국 당시 어린이의 가정교육을 철저히 시키지 못한 탓에 그 어린이들이 아이를 가지는 나이가 되면서 그들의 어린이들을 제대로 가르치지 못하고 있는 것이 아닐까 하는 짐작을 하게 된다. 부모가 엄한 가정교육을 못 받았으니 그들이 자신들의 어린이를 엄하게 가르치기란 기대하기 어려운 일이다.

가정교육이 이렇게 잘 안되고 있다면 우리 사회의 시민 정신과 공중도덕은 앞으로 날이 갈수록 더 엉망이 될 수밖에 없을 듯하다. 유럽이나 미국, 가까운 일본의 경우만 하더라도 사회인으로서의 기본예절이나 공중도덕 교육은 어린 시절부터 가정에서 이루어지고 있다. 남에게 누를 끼친다거나 불쾌감이나 폐를 주는 짓은 하지 않아야 된다고 기본적인 시민 정신의 배양 교육을 가정이 맡고 있는 셈이다.

만약 우리나라에서 이 같은 기본예절과 건전한 시민 의식의 배양이 가정에서 얻어지기 어렵다면, 초등학교에서라도 '함께 사는 우리 사회'의 형성을 위해 필요한 기초 교육을 실시하는 것이 당연한 일이라고 여겨진다. 사회생활에 필요한 건전한 사고방식을 사회 구성원들이 갖추지 못하고 있는 사회는 문명사회라고 부르기 힘들다. '시민 의식'도 좋고 '사회생활'도 좋으니 초등학교 교육 과정에 건전하고 상식 있는 사회인을 길러내는 데 필요한 과목의 신설을 제안하고 싶다.

2부

김명주 편

가을

가을

다른 어느 해보다 길고 무더웠던 여름도 이제 기가 꺾였나 보다. 한낮의 더위는 아직도 남았지만 아침과 늦은 저녁으로 불어오는 바람이 서늘하다. 올해도 논바닥이 갈라지는 것은 고사하고 저수지의 바닥이 드러나는 가뭄에다 푹푹 찌는 불볕더위, 그런대로 아슬아슬하게 지나쳐 간 폭풍 등 그토록 어려웠던 여름이 지나간다. 풍년이라는 좋은 결실을 약속하는 가을을 앞에 두었기에 이제는 안도의 숨을 들이켜면서도 왠지 쓸쓸한 마음이 되는 것은 가을이라는 계절 탓일까.

봄이 다가올 때의 아련한 기쁨이나 행복감과는 달리 가을은 어쩐지 소모하고 탕진해 버린 뒤 같은 허탈감마저 준다. 좀 있으면 지금의 서늘한 바람에다 쌀쌀한 차가움이 더해가며 허약하고, 게으르고, 준비성 없는 나를 몰아세우겠지. 여름이란 아무리 더워서 괴로워도 좋은 푸성귀가 흔하고 춥고 헐벗음이 없으니 얼마나 은혜로움이고 혜택인가.

아주 옛날 학창 시절에는 여름철의 모든 답답함을 떠나 마치 허영과 허식에서 벗어난 것처럼 겸허하고 긴장된 마음으로 돌아갈 수 있었던 가을을 아마도 계절 중에 제일 좋아했었던 것 같다. 가을바람에 낙엽이 몰려다니는 헐벗어 가는 나무 사이를 한없이 걸으며 두 눈은 빛났고, 두 입술은 굳게 닫은 채 의욕에 불타는 충족감에 쌓였었다. 그러나 오랜 세월이 지난 지금 가을은 겨울도 되기 전에 춥게 느껴지고 쓸쓸한 계절로 느껴진다. 또 하나의 세월이 흘렀음을 서늘한 바람이 일깨워 주는 탓일지도 모른다.

홀로 내버려진 것 같은 외로움에서 벗어나 볼까 싶어 청량리 경동시장을 찾아갔다. 그곳은 늘 시골의 장날 같은 다정한 곳이다. 시골에서 올라온 사람들과 이곳으로 실려 오는 야채와 과일들이 사람이 지나다닐 수 없이 붐비는 곳, 마치 축제처럼 재미있고 흥겨운 곳이다. 더욱이 경동시장의 가을은 연중에서 제일 좋을 때이다.

나는 고추 파는 가게마다 산더미처럼 쌓여 있는 마른 고추를 제쳐 놓고 그제나 어제 갓 따온 빨간 풋고추를 두어 관 샀다. 마른 고추 한 근은 2천5백 원 하는데, 풋고추 한 관은 3천원, 풋고추 한 관을 말려 고춧가루로 빻아 놓으면 1근 반이 나오니 풋고추를 사는 것이 싸게 친다. 그런 경제적인 타산도 있지만 햇볕에 말린 고추가 맛도 좋고 향기도 더 좋아 실효성도 있고 또 그보다 빨간 고추를 말리는 가을의 정경을 좋아하기 때문이다.

고추를 사고는 늙은 호박 몇 덩어리를 산다. 붉은색이 돌며 감색으로 익은 늙은 호박, 거죽에 몇 차례 사람 손이 닿은 후에도 아직 설기가 그대로 남아 있는 것이면 잘 익고 맛도 좋은 호박이다.

나는 단호박은 물론 애호박도 많이 먹는다. 지난해에는 어떻게 농사를 지으면 이렇게 호박이 쌀 수 있을까 할 정도로 값이 쌌었다. 한때는 백 원에 세 개를 살 수도 있었다. 맛소금과 기름에만 지져 내는 호박전, 돼지고기 간 것을 양념하여 호박을 오이소박 하듯이 소를 박고 압축 솥에 잠깐 찐 호박찜, 얼큰한 호박찌개는 쉽게 할 수 있는 편한 반찬이다. 애호박은 찬으로도 좋지만 늙은 단호박은 간식으로 좋다. 단호박을 잘게 썰어 물에 푹 삶으면서 양대콩이나 동부콩을 같이 삶아 콩이 익으면 찹쌀가루를 걸쭉하도록 풀어 소금과 약간의 설탕으로 간과 맛을 맞추는데, 호박죽을 기호에 따라 묽게도 하고 되직하게도 한다. 샛노란 호박죽 속에 하얀 양대콩과 동부콩이 섞여 있으면 보기도 좋을 뿐더러 맛도 더해준다.

서양 사람들도 '할로윈데이'라고 하여 10월 말경 둥근 호박에 눈, 코, 입을 파서 험하게 생긴 사람 얼굴을 만들어 창가에 두는가 하면 호박파이를 만들어 먹는 등 마치 호박의 축제 같이 호박을 즐겨 찾는다. 그때가 되면 누구나 호박파이를 꼭 먹게 마련이다. 호박을 좋아하는 나는 그 파이 맛도 무던히 즐겼지만 버터와 우유 달걀 설탕의 맛 때문에 호박이 특유의 향기와 담백한 맛을 다 잃은 것 같은 호박파이보다는 담백한 호박죽의 맛을 더 좋아한다.

가을이면 앞마당 한 구석에는 많이 따 놓은 늙은 호박으로 가득했던 외갓집 마당이 생각난다. 외할머니의 호박 밭에서 거둔 호박들이라 외할머니는 그 많은 호박을 두어 덩어리씩 이웃이나 친척에 나누어 주고 나머지는 가을 김장철에 호박김치를 담그는 데 쓰거나 호박 꼬치를 켜서 말린 뒤 그중 달게 익은 호박을 호박죽 감으로 남겨 두었다. 겨울이 되면 한 솥 쑤어 놓은 호박죽을 불기가 가지 않은 셋째 방에 퍼다 놓고 생각날 때마다 그 찬 호박죽을 떠다 먹었다. 외갓집에서 겨울방학을 보낼 때는 호박죽이 큰 간식이었다. 내가 오늘도 호박죽을 좋아하는 것은 그 같은 아련한 추억의 감미로움 때문일 것이다. 입맛이란 아주 어렸을 때 길들여지며 오래도록 변하지 않는 것인지도 모른다.

기왕 이곳 경동시장에 온 김에 밤도 잊지 말고 사야겠지만 금년은 지난번 밤농사를 짓는 친구에게 밤을 부탁해 놓았으니 찬거리 푸성귀나 사고 집으로 돌아온다. 마당에 빨간 고추를 널고 옛날 시어머님이 바느질 그릇으로 쓰시던 오래된 큼직한 열두 각의 목판에 잘 익고 잘생긴 단호박 두어 개와 한 됫박의 아람 밤과 호두알 그리고 딱딱하고 색 좋은 단감을 대여섯 개 곁들여 담아 탁자 위에 놓아 보리라. 작은 그릇에 한아름 가을을 담아 놓으려는 마음이다.

이젠 예전 보다 주위의 친구들이 고마워지는 나이. 어느 때보다 친구와의 만남이 그리워지는 쓸쓸한 가을이다. 나는 친구의 농장에서 보내온 밤을 삶고 마당의 대추를 따고 호박죽을 쑤어 친구 몇 명을 오라고 부르리라. 앉아서 누워서 담소할 수 있는 부담 없고 편안한 친구와 나누어 먹는 삶은 밤과 내가 쑤어놓은 호박죽은 몹시도 구수하고 맛있을 것이다.

이층농

우리 집에 아주 앙증스럽고 귀여운 이층농이 하나 있다. 벌써 삼십 년쯤 전의 일이라고 기억되는데, 이 농은 통영의 주석 장인 인간문화재이신 K 선생이 한국 목가구기능전에 출품해서 입선한 작품이다.

원래 이층농이란 여인들의 안방에 놓여 쓰이는 것이지만 우리 집 안방은 침대가 있는 서구풍이라서 이층농을 놓기에 맞지 않는다. 그렇다고 서재에는 딱딱한 책상 위에 컴퓨터, 팩스, 전화기 등의 집기가 놓여 있고, 벽을 둘러싼 주위에는 책들이 꽉 차 있는 책장이 있으니 그 사이에 들여 놓을 수는 더욱 없다. 남아 있는 방이 두 개 있지만 쓰지 않고 있다가 결혼한 아이들이 왔다가 때때로 자고 가는 빈방이라 그곳에 가두어 둘 수도 없다. 그렇다고 거실에 놓자니 아무리 둘러보아도 마땅하게 어울릴 자리를 찾기 어렵다. TV와 음향기기가 있어 서로 조화가 잘 되지 않기 때문이다. 그런데 거실과 서재를 드나드는 방밖에 좁지 않은 공간이 있어 그곳에 세워 놓게 되었다.

늘 그곳을 드나드는 남편이나 내가 언제나 보고 지나갈 수 있는 곳이니까 안성맞춤의 곳이라고 할 수 있다. 그 농은 오동나무로 안을 받치고 거죽은 먹감나무의 자연스런 검은 무늬 위에 수많은 주석 장식이 붙어 있다. 많은 변죽, 장금 장치의 자물통과 열쇠, 한 농에 여섯 개씩 달려 있는 실패 문양의 경첩들, 큰 박쥐, 작은 박쥐, 또는 구름 모양의 수많은 장식 등 아무리 줄잡아도 위아래의 두 농에 붙어 있는 주석 장식은 백 개는 된다. 뿐만 아니라 그것들을 고정시키는 수백 개의 못들이 있으니 고운 얼굴에 귀걸이에다가 목걸이를 달고 저고리 밑에는 무거울 만큼 여러 가지 노리개 장식들로 힘겹게 정장하고 서 있는 어린 아가씨 같다.

이층농이 우리 집에 배달된 지 몇 달이 지난 후 농을 만든 K 선생이 우리 집에 찾아왔었다. 남편 고향분인 탓인지 만나는 첫날인데도 스스럼없는 사이가 되어 대화를 하였다. 그의 말에 따르면 원래 농은 네 벌, 여섯 벌 또는 여덟 벌씩 짝수로 똑같이 재단하여 만드는 법인데 이번에 만든 농은 모두 여섯 벌이라고 했다. 그러니까 우리 집 농은 세상에 여섯 벌 밖에 없는 것 중의 한 벌인 셈이다.

“선생님 왜 이렇게 조그마한 농에 이렇게 수없이 많은 장석을 붙이셨습니까? 이 고운 먹감나무 무늬가 전부 가려졌네요. 이 농에 붙인 주석 장식만으로도 서너 벌의 다른 농에 쓰실 수 있을 만큼 될 것 같은 생각이 드네요."

푸념하듯 한 나의 말에 그는 담담하게 대답했다.

"통영 농의 전통 격식을 그대로 이어 받아 만든 것이지요."

창작이니 예술성이니 하는 현대적 생각을 덧붙이려 하지 않은 통영의 민속적인 옛날식 가구라는 것이리라. 큰 농이건 작은 농이건 그 농의 크기에 따라 장석의 크기는 다를지언정 그 붙여지는 개수는 거의 같다는 뜻인 모양이었다.

쇠를 깎는 고초라는 말 그대로 농에 붙이는 여러 가지 수많은 장석을 모양대로 자르고, 깎고, 다듬고, 그 위에 문양을 새기고, 가구에다가 그것을 붙이기 위한 못 구멍을 뚫고, 박을 못을 구어 만드는 공정이 예사롭지 않을 것은 상상이 되고도 남는다. 쓰이는 주석 재료도 많을 것이고, 그 단단한 주석을 다루는 노고는 또 얼마나 컸을까. 예술 작품으로서 그에 합당한 제값을 계산해 받는다면 모를까 단순한 이층농이라는 가구로 쳐서 매매한다면 너무 비싸서 팔릴 수 있을지 걱정이 되었다. 돈 벌기와는 거리가 먼 것 같은 K 선생의 처지가 딱하게 느껴졌다.

실제로 그는 가난한 집안에서 태어났다 한다. K 선생과 아주 친한 친구의 말을 들으니 그는 굶기를 밥 먹듯 하는 어려운 어린 시절을 지냈으며 소학교를 나온 후론 줄곧 가구 만드는 공방에서 일해 왔다고 한다. 나무와 쇠를 다듬는 고생스러운 도제의 세월은 줄잡아 몇십 년이 넘으니 아마도 그의 손가락은 지문도 닳아 없어지고,

마디마디가 쇠붙이처럼 굳어져 있지 않을까 하는 생각이 들었다.

목가구는 여름 장마철에 습기에 늘어졌다가 겨울철에는 집 안이 건조하여 가구가 마르면서 트는 경우가 흔히 있는데, 우리 집의 이층농은 겨울철에도 후텁지근하다고 느껴질 만큼 건조한 아파트에서 30년이 넘는 세월 속에서도 못하나 움직이지 않는다. 꼼꼼하고 정교하고 매운 솜씨 덕이라고 하겠다. 정성스럽고 철저한 손길이 이 농 위에 수백 번은 더 왔다 갔을 것이다.

나는 가끔 그 농 위의 먼지를 닦거나 기름걸레질을 하는데 그의 어려서부터의 고난의 세월과 각고의 노력이 이 농 위에 살아 있다는 생각이 들어 슬픈 마음으로 쓰다듬는다. 더구나 그 분은 이미 타계하셨으니 더욱이나 그러하다.

국가는 우수하고 특수한 기능인에게만 주는 여러 상 중에서 그에게 '주석 장인'으로서의 인간문화재의 명예를 안겨 주었다. 그러나 그는 인간문화재의 지정을 받은 후 그리 오래 살지 않고 세상을 등졌으니 너무나 가슴 아프다. 그가 만약 생존해 있다면 뒤늦었지만 나는 이조 가구가 풍기는 간결하고 소박하고 단순한 멋만을 좋아하였는데, 이 농은 여인들만의 안방 가구가 가지는 행복한 분위기를 전해 주는 전통이 전승되고 있다는 것을 알게 되어 감사하다는 말을 꼭 전하고 싶다.

수많은 주석 장식이 먹감나무의 무늬를 살리면서 질서정연하게 줄 맞춰 제자리하고 있는 것을 보면 볼수록 아름답다. 하여 우리 집의 명품 가구로서 오래 자랑스러워하다가 손재주가 있는 예쁜 나의 막내 손녀가 시집갈 때 주어 보내고 싶다.

나는 잘 만들어진 한국 가구는 고전적 서양 가구와 함께 실내에 장식될 때 잘 조화된다고 생각한다. 한 걸음 더 나가 젊은 아이들이 좋아하는 대리석에다 유리나 금속들을 소재로 한 초현대식 작품 가구들 속에서도 장석이 너무 많다 싶은 우리 집 통영 이층농이 오히려 주눅 들지 않고 그들과 더불어 잘 어울린다는 생각이 든다.

옛 서울대 앞 대학로

사오 년 전쯤 어느 봄날, 서울대 앞을 지나가다가 해마다 보라색의 라일락꽃이 만발하던 나무 밑 벤치에 앉아 친구들과 담소하던 대학 시절이 그리워졌다. 나는 보라색 라일락꽃을 좋아한다. 잎도 예쁘고 나무에는 벌레나 진드기가 끼지 않는 깨끗한 나무로, 꽃이 피면 향기가 좋거니와 보라색 꽃 색깔이 더욱 좋다.

나는 그 길로 대학로를 걸어가 종로5가 꽃시장에 가서 라일락 묘목 한 나무를 사 왔다. 거실 앞에 심을 만한 곳이 있어 심었는데 나무는 제법 컸지만 꽃은 한 번도 피지 못하고 있다. 금년 봄에는 틀림없이 피리라 기다리고 있다.

서울대 문리과대학이라는 큰 문패가 왼쪽 기둥에 걸려 있는 교문을 들어서면 라일락 나무 말고도 단풍과 은행나무가 자라고 있는 조그만 정원을 앞에 두고 대학 본교사 강의실이 있다. 본교사와 조금 떨어진 오른쪽에는 대학원 건물이 본교사 건물과 'ㄱ'자로 서 있고, 교문을 들어서서 왼쪽 편에는 대학교 도서관이 있다. 일제가 한일합병 후 얼마 있다가 경성제국대학이라는 이름 아래 세운 것은 한국에서의 대학 설립의 효시였으며 한국의 뜻있는 엘리트 청년들은 이 대학에서 공부하려고 애를 썼다. 일본으로 유학 가 동경제국대학에 다니는 학생이나 한국의 경성대 학생이나 모두 일본인 학생들 틈에서 그들과 경쟁을 했던 것이다.

혜화동 초등학교를 다니던 어린 시절 그 대학교 앞을 가끔 지나가게 될 때가 있었는데, 그때 만나는 학생들은 왜 그리 높아 보이고 특별해 보였는지 선생님을 만난 것처럼 갑자기 얌전해졌었다.

오랜 세월이 흐른 뒤 나는 어릴 적엔 감히 꿈도 꾸지 못했던 그러면서 동경했던 이 대학 정치학과에 입학한 것이다. 꿈이 철없이 컸던 모양이다. 일학년 때 선택과목으로 박일경 교수의 헌법학을 수강 신청하였는데 박 교수의 강의가 명강의로 유명하다는 말을 듣고 멋모르고 신청한 것이다. 가까운 선배가 그것을 알고 그냥 청강하는 것은 좋지만 시험을 쳐서 학점을 따려하지 말라고 조언해 주었다. 박 교수의 시험 점수는 꼭 D 학점을 주거나 F 학점만을 준다는데 D 학점 따기도 몹시 힘들거니와 F학점이면 과락 점수이니 빨리 수강 신청 변경을 하라는 것이었다. 나는 좀 마음이 움직였지만 만용을 부려 그대로 밀고 나갔다. 다른 과목에 할애하는 몇 배의 노력으로 공부해 내겠다는 결심이었다.

박 교수의 강의실은 대학 운동장 옆 별관 교실에 있었다. 크고 어두컴컴한 강의실은 늘 만원이었고 일학년생 보다는 이삼학년 학생이 많았다. 강의가 좋으니 학점은 따지 않고 청강만 하는 학생으로 강의실은 늘 만원이었다. 모두들 실력도 좋고 머리도 좋아 보이는 남학생 틈에 여자는 나 하나뿐, 숨어 앉은 듯 조그맣게 늘 주눅이 들어 있었지만 강의를 한 번도 빠짐없이 들었다.

강의를 듣고 나오면 반드시 학교 식당을 지나가게 되는데, 마침 점심때쯤이라 그 식당에서 나오는 맛있는 카레라이스 냄새가 시장기를 더욱 자극했으나 넉넉지 못한 주머니 사정에 그냥 그 식당을 지나쳐 버리기가 일쑤였다. 어쩌다가 친구와 같이 먹게 되는 그 라이스카레는 큰 접시 위에 밥을 담고 감자 당근 대파 몇 점과 소고기 한두 점 정도가 들어 있는 흥건하게 끓인 카레 국물을 얹어 주는 것이었는데, 카레의 향기가 몹시 좋고 맛이 있었다. 요즘은 소고기나 닭고기를 많이 넣고 카레라이스를 해 먹으면서 꼭 그때의 대학 식당 생각을 한다. 식욕이 왕성하고 배가 고파서였을까 그때의 맛이 훨씬 더 좋았다.

박 교수는 검은 안경테 밑의 예리하고 강한 눈빛이 말해 주듯 명강의로 학생들을 강의에 집중시켰다. 입헌 민주주의의 성립 과정의 역사, 헌법에 의하여 입법, 사법, 행정의 독립된 권한과 역할을 서구 국가의 정치를 통해 강의하였다. 특히 행정부의 우월과 강력함이 국가 질서의 유지와 안정은 물론 과거의 고쳐야 할 시책을 고치고, 앞으로 해 나가야 하는 복지 정책을 달성해 나가려면 절실하다고 강조하고 있었다.

시험 날이 왔다. 시험 문제는 '입헌 민주주의에 대하여 써라'로 기억된다. 말하자면 그동안 배운 것 처음부터 끝까지 모두를 쓰라는 것이다. 너무나 광범위한 요구여서 팔이 아프도록 써 내려갔다. 왜 그렇게 쓸 것이 많았는지 아주 작은 글씨로 시험지 앞 뒷장이 모자랄 지경이었다. 두서없이 써 내려간 답안일 것이라고 몹시 걱정이 되었지만 시험 결과는 D 학점이 나왔다. 해낸 것이다. 옛날 선비가 고생 끝에 과거에 급제한 기쁨도 이만큼이었을까.

F 학점을 받으면 큰일이니 뻔질나게 드나들던 도서관은 그 후에도 내 집 드나들 듯 다녔다. 사실 도서관이란 곳은 책에 집중되며 공부가 잘되는 곳이다. 나는 이 도서관에서 힘들었던 헌법학의 박일경 교수 외에도 정치학 개론의 민병태 교수, 정치학 원론의 신도성 교수, 행정법의 한태연 교수, 국제법의 이한기 교수 등 명성이 높은 교수님들의 강의를 빼놓지 않고 수강하였다. 교실에서 강의 받았던 몇 배의 시간을 이 도서관에서 강의실에서 배운 공부를 반추하였다. 지금은 모두 고인이 되었지만 그 시절의 유명 교수들의 모습이 생생하게 떠오른다.

문리대 본 교사 건물, 대학원 건물, 대학도서관의 세 건물은 똑같은 양식으로 세워진 세 쌍의 건물이었다. 아직 남아 있는 건물은 대학원 건물뿐 나머지 두 건물은 헐어져 없어졌다. 그 자리에는 더 좋은 새 현대 건물이 대신 세워져 있지만 어떠한 건물도 그 두 건물을 대신할 수는 없다.

세 쌍의 건물들은 한국의 대학으로서 학문의 상아탑이며 최초이며 최고라는 자부심을 가진 상징적 건물이다. 교육적으로나 문화유산의 가치로나 보전되었어야 했다. 그 건물들에 널리 민가에 흩어져 있는 서적이나 문서 등 또는 예술품들을 수집하여 국립박물관으로서 길이 존재시키고 있어야 했는데 안타까운 심정이다. 건물뿐만 아니라 부속 대학 운동장도 그렇다. 입학식, 졸업식, 무수한 대회 등으로 없어서는 안 되는 지붕이 없는 교실이다. 당연히 교사와 교정은 함께 있어야 한다. 한 뼘의 땅만 있으면 어떻게든지 건물을 지어 버리는 짧은 생각으로 건물의 대량생산은 되었지만 사회가 부유해질수록 하늘로 넓게 트이는 공간의 가치와 필요성을 절실히 깨닫게 되는 법이다. 대학 운동장이었던 곳이라는 뜻있는 공원으로 많은 사람이 즐길 수 있어야 할 곳이다.

대학로라는 거리는 서울대 문리대 앞 서울 법대 앞 의과대학의 뒷문 사이의 도로를 일컫는 학생들이 넘치는 거리였다. 그러나 요즘은 수많은 구경거리, 먹거리, 온갖 상가로 주말이면 오가는 사람과 서로 옷을 스치지 않으면 지나갈 수 없는 번화가가 되었다. 많은 세월도 아닌 십여 년을 객지로 떠돌다가 옛 고향집 찾듯 다니던 학교 앞을 걸어가니 왜 이리 변해 버렸는지 나는 마음이 아프고 허전하다. 필히 얼마 가지 않아 헐려 나갈 것이라는 근심스런 모습의 때가 끼고 주접스러워진 대학원 건물만이 남아 있을 뿐이다.

옛 대학교 교실들, 도서관, 운동장들이 역사적 교육 유산 건물로 길이 존재되었어야 할 것이었다는 아픔 같은 서운함이 나의 마음 속에서 사라지지 않는다. 이 거리를 거닐 때마다 나는 늘 몹시 허기진 사람이 되는 것이다.

소나무

멀리 통영 앞바다를 바라보고 있으면 파란 물결 위에 크고 작은 섬들이 조용히 떠 있는 것같이 보이고, 일 년 내내 푸른 소나무가 그 섬을 덮어 주듯 살고 있는 것을 볼 수 있다. 그러나 배를 타고 섬 가까이 가 보면 사람이 사는 섬은 해변에 모래가 깔려 있기도 하지만 무인도들은 바람이 없는 날인데도 바다 물살이 섬을 휘감듯이 치고 있다. 오랜 세월 동안 섬의 아랫도리는 바위 절벽이 되어 있기도 하고, 그 절벽 사이를 할퀴며 깎아내리는 듯이 바다 물살이 들어갔다가 나오면서 동굴이 되어 있기도 한다.

풍화와 침식에 시달리며 흙 같은 것이 있을까 싶은 거친 바위섬 위에 소나무가 살고 있는 것이다. 모진 비바람과 폭풍을 견디고 무더운 여름철 내려 쪼이는 햇볕에도 마르지 않고 살고 있다. 아무도 그 섬에 그 나무를 심었을 리 없을 터, 어디에서 날아왔을 소나무 씨가 바위틈에 붙어 있다가 싹을 트며 바위틈 사이에서 물기와 양분을 찾으려고 아주 깊은 곳으로 이리저리 뿌리를 뻗어 살며 육지의 집들이 쓰러지는 강풍에도 견딜 수 있게 되었으리라.

깊고 높은 산 위 까마득하게 올려다 보이는 깎아지른 협곡 바위틈에 곡예하듯이 매달려 살고 있는 소나무는 더욱 그러하다. 각박해 보이는 바위틈에 어찌 흙이 있으며 물기가 있는지 또한 높은 바람을 어찌 견뎌내는지 소나무의 강인함이 신비롭다. 아마도 한없이 깊이 뻗어간 뿌리에서 그 힘이 나왔을 것 같다.

서울의 명산이라면 북한산이 으뜸이다. 멀리서 보이는 흰 바위산을 감싸듯이 소나무가 군생하고 있다. 군데군데 모습을 보이는 바위와 소나무의 어울림이 봄, 여름, 가을, 겨울 늘 준수하고 수려하다. 흔히 나무들은 꽃을 피운다고 아름다움을 뽐내지만 꽃이 질 때의 흩어지는 어수선함을 피할 수 없고 여름의 힘이 넘치는 잎들의 무성함을 뒤따라 화려한 단풍의 아름다움이 있기는 하지만, 곧 뒤이어 낙엽의 쓸쓸함과 겨울 나목의 서글픔이 있다. 그러나 소나무는 꽃이 핀 뒤의 일그러진 모습은 물론 낙엽도 언제 지는지 모르게 조용히 땅을 덮어 어수선함을 보이지 않는다. 소나무의 냄새는 마음을 가라앉혀 주는 청량한 향기이다. 기품이 있는가 하면 멋과 끼가 있으며 오랜 세월 성숙해 나가면서 거목의 덕마저 생긴다. 소나무의 아름다움은 그러한 모든 것을 지니고 있다.

일본의 명산 중 하나인 카나사와(金澤) 인근의 다테야마(立山)에 가본 적이 있다. 그 지역은 겨울에 눈이 많아 눈이 내려 쌓이는 곳은 10미터에서 15미터가 된다는 곳이다. 내가 그 산에 갔을 때는 여름이어서 산 그대로의 모습을 볼 수 있었는데, 어느 능선에 서서 산 아래를 내려다보니 큰 소나무들이 땅에 기듯이 살고 있었다. 겨울에 쌓이고 또 쌓이는 눈의 무거운 무게에 눌려 살고 있는 수형이었다. 그 소나무들이 얼마나 힘차고 푸른지 생명력에 감탄하였다.

하기는 얼마 안 되는 흙 그릇에 몇십 년도 넘는 노송(老松)으로서 살고 있는 분재도 있다. 나무를 키우고 있는 사람의 끊임없는 정성과 기술에 따라 순응하며 살아가면서 높은 가격의 명목(名木)이 되고 있는 것이다. 여러 가지 수많은 철사걸이와 가지치기의 아픔을 이기고 있는 분재 나무의 인고의 능력과 강인함이 많은 연월을 거쳐 아름다움으로 승화되고 있는 것이다.

첫 번째 가지와 두 번째 가지 또는 좌우의 가지가 사방으로 고르게 자라는 정목(正木)의 모습의 소나무는 속리산의 정이품 소나무를 연상하게 한다. 시골 초가집 옆에 서 있는 듬직한 노목은 마을의 어른으로서 존경받고 있는 사람이 살고 있는 듯이 보인다. 부잣집 주택에 비싸게 사서 기르는 여러 가지 관상용 정원수가 많지만 그 중에서 소나무의 멋은 그 주택을 더 돋보이게 하고 있다.

한 동아리를 이루어 큰 나무, 좀 작은 나무, 삐딱하게 구부러진 나무를 섞어 심어 놓은 큰 건물 앞 소나무들을 보면 마치 소나무의 가족이나 동아리 모임처럼 다정해 보인다. 서로 어우러져서 조화의 분위기를 만들어 주고 있는 것이다.

고층 빌딩의 조경으로 소나무가 많이 이용되고 있다. 전봇대처럼 키가 곧고 높으며 옆 가지는 전혀 없다가 나무 꼭대기에 가서 푸르다. 출세와 치부 같은 세속적인 잡일을 마다하고 예술이든 학문이든 격이 높은 목적을 향해 살고 있는 모습이랄까. 춥고 가난하지만 꿋꿋한 선비의 모습이랄까. 추사 김정희의 명화 〈세한도〉가 생각나게 된다.

요즘 가로수로도 많이 보게 되는 소나무, 도로변에 일렬로 줄을 서서 오고 가는 사람에게 인사하는 것 같이 보인다. 매연이나 공해에 약한 것이 소나무인데 병들지 않고 잘 견뎌 주었으면 하고 눈을 마주치면서 나무 한 그루씩 살펴보게 된다.

궁전이나 큰 사찰을 짓는 훌륭한 금강송과는 비교할 수가 없이 나약하고 꾸부정하게 크는 나무건, 큰 바람에 가지가 부러질 듯 휘어진 나무건, 그들도 오랜 세월을 살면서 노목이 되고 오히려 멋이 생기고 아름다움이 생긴다. 해서 설사 총각의 더벅머리처럼 볼품없어 땔감거리밖에 안 될 것 같은 소나무도 세월이 거듭되는 동안 격을 갖춘 나무가 될 수 있다는 격려의 눈빛을 보내며 바라본다.

노송이 우거진 숲속의 오솔길을 걷고 싶다. 소나무 향기에 전신이 감싸이면서 마음 또한 구도하는 사람처럼 경건해질 것이다.

도루묵

누구나 들어본 적이 있는 이야기이지만 어느 임금님이 어느 벽촌에 이르러 수라를 드시게 되었는데 그 수라상에 마침 생선이 올랐다고 한다. 임금님은 그 생선 맛이 하도 좋아서 이렇게 말씀하셨다.

"이것이 무슨 생선이냐? 이름이나 알자. 맛이 참으로 좋구나."

"묵이라는 이름입니다."

"이렇게 맛있는 생선이 묵이라니, 은어라고 이름을 바꾸도록 하여라."

그래서 그 후 오랫동안 묵은 은어라는 이름으로 대접을 받게 되었단다. 아마도 그 임금님은 임진왜란 때 궁전을 버리고 행궁 길에 올라 벽촌에 머물러 제대로 차려진 수라를 드실 수 없었던 때로 예전에 드셔 보지 못하였던 묵을 드시니 그리 맛이 있었던 모양이다. 왜군이 물러가고 임금님은 다시 궁으로 돌아와 잘 차려진 수라상을 받으시다가 문득 은어라고 이름 지어 준 생선이 생각나서 말씀하셨다.

"오늘은 그 은어를 먹어 보고 싶구나."

물론 즉시 물이 좋은 것을 최고의 수라 상궁의 솜씨로 조리하여 상에 올렸는데 임금님은 맛이 없었던지 이렇게 말씀하시는 것이 아닌가.

"이것이 그때 그 생선이냐? 내가 묵이라는 생선을 은어라고 이름 지어준 은어가 맞느냐? 그렇다면 도루 묵이라고 하여라."

그리하여 다시 은어는 도루묵이라는 이름이 되었다. 사람들은 그 후부터 도루묵이라는 이름을 상용하게 되었다고 한다.

며칠 전 나는 동네 가게에서 싱싱한 도루묵을 팔고 있는 것을 발견하였다. 반가웠다. 정말 십 년도 넘게 그 생선을 먹어 본 적이 없었으니 얼른 포장된 도루묵 두 팩을 사들고 집으로 왔다. 그것을 깨끗하게 손질하여 얄팍한 냄비에 가지런히 넣고 자작하게 물을 붓고 끓였다. 맛있는 고추장으로 가볍게 간을 하며 파나 얹고 좀 더 멋을 부린다면 서너 개 모시조개를 곁들여 끓이면 그만이다. 도루묵은 깊은 맛이 있거나 기름지거나 맛이 좋은 생선은 아니다. 단백하다 못해 아무 맛이 없는 싱거운 생선이라 할 수도 있다. 그 생선에 양념을 많이 하고 간을 짙게 하면 그나마 얕은 맛마저 없어진다. 도루묵의 맛을 살리려면 깨끗한 맛을 살려야 한다. 늘 말이 없고 무표정하며 재미없어 보이는 친구의 다정한 미소를 볼 때처럼 음미해 볼만한 맛이다. 찌개를 끓이고 남은 생선은 짭짤한 소금물에 씻어 건져 넓은 대소쿠리 채반에 펴서 구덕구덕하게 늦가을 찬바람에 말린 다음 석쇠에 펴서 앞뒤로 굽는다. 나는 그러한 단순한 맛을 좋아한다.

딱딱하지 않게 가을바람에 말린 가자미, 양미리, 또는 꽁치를 말린 과메기도 요즘 늦가을의 별미의 좋은 반찬거리로 시장에 나온다. 그러나 도루묵을 말린 것은 보지 못하였다. 그것은 나 혼자만의 음식이다.

내가 신혼살림을 하던 때인 어느 가을 아침 일찍이 동리 시장에 장을 보러 갔었다. 할머니 한 분이 도루묵을 팔고 있었는데 거의 다 팔고 두 무더기가 남아 있었다. 그중 한 무더기를 사는데 남은 한 무더기도 떨이로 마저 사가라고 간청하는 것이다. 단 두 식구에 그 많은 것을 어떻게 다 먹겠느냐고 거절하였지만 반찬으로 찌개를 끓이고 남은 것을 소금물에 씻어 소쿠리나 채반에 펴서 하루 정도 말렸다가 굽든, 쪄서 먹으라는 것이다. 생선 값이 워낙 싼 데다가 생선 한 무더기를 팔려고 앉아 있을 할머니가 안되서 두 무더기를 모두 사서 집에 돌아왔다. 그러나 생선찌개가 싫어서 도루묵 모두를 소금물에 깨끗이 씻어 채반이나 쟁반을 있는 대로 동원하여 도루묵을 말렸다. 쌀쌀한 가을바람과 햇살에 도루묵은 적당하게 잘 말랐다. 그 시절은 연탄불로 난방과 취사를 하던 시대이니 연탄불에 석쇠를 놓고 알맞게 구우니 그 맛이 일품이었다. 생선의 큰 단점인 비린내가 전혀 없고 깨끗하고 말랑하게 씹히는 맛, 다른 생선에서는 맛볼 수 없는 맛이다. 단연코 도루묵이 아니라 나에게는 은어의 맛이었다.

4~5월 무렵 연평도나 영광 유역에서 많이 잡히는 조기는 제일 크고 알이 꽉 차 있다. 비늘도 긁지 않은 싱싱한 조기를 간 맞게 소금에 절인 후 바닷바람에 말리는데, 소금의 양과 말리는 시일 등 그들의 요령과 경험에서 제일 맛있고 비싼 굴비가 된다. 소금과 깨끗한 바닷바람의 재주이다.

생선의 맛은 지지고 볶고, 갖은 양념으로 조리하는 것보다 자연 그대로의 고유한 맛이 그대로 살아 있는 것이 좋다. 소금도 치지 않은 싱싱한 생선을 회로 먹거나 여러 가지 싱싱한 생선을 얇지도 두껍지도 않게 잘 저며서 가볍게 뭉친 흰 쌀밥 위에 가지런히 올려놓은 초밥은 늘 식욕을 돋우는 음식이다.

말러와의 만남

며칠이고 배나 비행기를 타고 여행을 하면 육지에 오른 뒤에도 마치 계속 물이나 공중을 달리고 있는 것 같은 머리의 흔들림이 계속할 때가 있다. 좋은 음악을 들은 뒤에도 그와 비슷하다. 몇 시간이고 음악을 듣고 나면 종일 그 음악이 내 귀에서 떠나지 않고, 마음속에 앙금이 되어 있던 것들이 들떠 올라오는 것처럼 된다. 더욱이 내게 감명을 주는 음악을 들은 뒤일수록 이러한 증상은 오래 가는데, 그것은 야릇한 쾌감이다. 그래서 그 음악을 다시 듣곤 한다.

나는 음악 듣기를 좋아한다. 그것은 담배 연기가 가득한 음악 감상실에 들어앉아 심취한 듯 심각한 표정을 하고 고전음악을 듣던 대학 시절로부터 비롯된다. 마치 읽을 줄도 모르는 외국 원서를 겉멋이 들어서 옆구리에 끼고 다니는 학생들처럼 나는 그리 음악을 알뜰히 좋아하지도 않으면서 음악 감상실을 드나들었다. 좋은 책을 많이 읽어야 하듯이 좋은 음악도 많이 들어야 한다는 생각에서

싫건 좋건 많이 들으려 했던 것이다. 그러다가 정말로 음악이 좋아졌다.

음악은 처음 들을 때부터 좋다기보다 좋은 줄도 모르고 듣던 음악이 귀에 익을수록 더 좋아지는 것 같다. 이제 나이가 들어 신경이 무딘 탓인지 영화이건 문학작품이건 웬만한 걸작이 아니면 그리 감명을 받지 않는다고 자탄하고 있지만 음악이 주는 감동은 오히려 옛날보다 더해지는 것 같다. 아무리 좋은 영화건 문학작품이건 두세 번 거듭 보고 읽기란 그리 쉽지 않지만, 좋아하는 곡은 같은 곡을 수없이 거듭 듣는다. 앞으로도 그러할 것이다. 음악이라는 예술성만이 가지는 묘미일 것이다.

누가 날 보고 무슨 꽃이 제일 좋으냐고 물으면 하도 좋아하는 꽃이 많아서 그 답변이 궁하듯이 어느 누구의 음악을 제일 좋아하느냐고 물으면 너무나도 많이 듣던 베토벤, 모차르트, 차이콥스키, 브람스, 부르크 등 누구의 것이라고 선뜻 대답할 수 없으나 항상 듣고 또 듣는 곡들이 없는 것은 아니다. 말러의 교향곡이다.

우리가 미국 뉴욕에 살던 때의 일이다. 어느 무료한 일요일 심심한 나머지 입은 옷 그대로 동리에 있는 조그마한 극장에 간 일이 있었는데, 그때 마침 그 극장에서는 〈베니스에서의 죽음〉이라는 영화가 상영하고 있었다. 중년기를 넘은 상류층의 신사가 자기 아들 또래의 어린 미소년에게 반하여 열애하는 특이한 내용인데, 미(美)에 대해 반하고 있는 모습을 그리고 있었다. 넓은 바다가 아름다웠으며 그 바다와 같이 우렁차고 아름다운 배경 음악이 여러 번 나오고 있었다. 물론 그때엔 그 곡들이 누구의 곡인지 알지 못한 채 들었었다.

그러다가 몇 달이 지난 어느 날, 우연히 길가에서 듣게 된 곡이 있었다. 예전에 어디에서 들어 본 것 같이 귀에 익어 그 곡이 누구의 곡인가를 생각하느냐고 애를 쓰다가 문득 〈베니스에서의 죽음〉에서 들었던 곡임이 생각났다. 그 곡이 좋아지기 시작한 것은 그때부터였는데, 그 후 그 곡들이 말러의 교향곡에서 발췌해 낸 것임을 알아내면서 말러의 교향곡 LP 판을 사곤 했다. 그러고 보면 말러의 곡은 내가 중년이 되어 알게 된 셈이지만 누구의 곡보다 친근해졌다.

처음 들을 때보다 들으면 들을수록 그 곡의 아름다움과 불가사의한 매력이 터득되는 것 같이 느껴져서 듣고 또 듣곤 했다. 그리고 그 곡을 듣고 난 뒤 오래도록 귀밑머리에 그 곡의 되새김이 떠나지 않아 멀미 비슷한 흥분에 쌓이곤 하였다.

말러는 19세기 말에서 20세기 초에 걸쳐 후기 낭만주의의 꽃을 피운 사람이다. 그의 작품 중에는 미완성으로 작곡하다 만 제10번을 합하여 모두 열 개의 교향곡이 있다. 그 대부분이 신(神), 구원, 부활, 천국 등을 노래한 종교적인 곡이 아닌가 싶다.

내가 처음 그 곡을 알게 되던 무렵 물심양면으로 심하게 지쳐 있던 때였음으로, 많은 위로를 받을 수 있는 내용을 담고 있었다고 생각된다. 먼지 하나 없이 정갈하게 치워진 방에 들어앉아 정돈된 마음으로 이 곡을 듣고 있으면 이 년여 동안을 반신불수로 드러누워 계시다가 돌아가신 어머니의 가엾은 모습이라든지, 6·25 전쟁의 모든 고통을 다 겪고 난 뒤 갑작스럽게 동생의 죽음을 맞은 일 등이 회상되어 오는가 하면 두 어린애를 가진 젊은 어미로서 죽느냐 사느냐의 병마로 사선을 헤매던 나 자신의 모습들이 떠올라 어느 사이 눈물이 글썽해진다.

가난과 병고 악착같이 이루어 보겠다고 노력했지만 좌절로 끝나 버린 일들, 어떠한 주의도 종교도 구해내지 못하는 사회의 부조리, 인생에 대한 허무감이 가슴 아프도록 여울져 온다. 그 곡들은 잠시 잊고 있던 지나간 슬픔들을 끌어내는가 하면 다시 밀어내기도 하고 마음을 다스려 주는 것 같은 야릇한 쾌감에 젖게도 하는 것이다. 바닷물이 찰싹거리는 모래밭 해변가를 혼자 한없이 걸으며 낭만에 젖어들고 싶은 마음이 되게도 한다.

말러는 부활이라고 노래하면서 모든 세상의 고뇌의 완전한 극복을 죽음이라고 노래하는 것은 아닌지 모르겠다. 제왕이건 걸인이건 영리한 자이건 어리석은 자이건 죽음으로써 부활하여 하늘나라에 가게 된다고 노래하는 것 같다. 불을 더 큰 불로 끄고, 극약을 더 강한 극약으로 다스리듯이 이 세상의 허무를 더 큰 허무인 죽음으로써 극복한다는 말을 하고 싶었을까. 부활이든 천국이든 죽음 뒤에 오는 것. 장송곡을 듣고 있는 것처럼 숙연하면서도 내 마음은 허탈하고 허전하고 서늘해진다. 새가 노래하며 꽃이 만발한 행복한

천국을 노래하는 것 같은 그의 곡을 들으면 슬픔에 젖어들면서 구부려 앉아 열심히 기도하고 싶은 심정이 되기도 한다.

아무런 공적도 세운 것 없고 아무런 선행도 한 것 없는 미미한 사람에게도 구원을 내리소서. 영리한 사람은 신의 존재를 일찍부터 알 수 있었지만 너무나 어리석은 탓에 신을 깨닫지 못하고 살았던 우매한 자에게도 구원을 내리소서. 인생을 감옥에서 살아온 버림받은 죄 많은 자에게 마저도 구원을 내려 주소서.

인간은 태어날 때 전혀 자기 자신의 선택에 의한 것이 아니고 그 후의 삶도 운명이라는 이름 아래 이미 주어진 궤도 위를 살아가는 것. 모든 인간의 공적과 죄과를 인간의 저울과 잣대가 아닌 신의 저울과 잣대로써 저울질하여 본다면 인간들의 잣대는 너무나 애매한 것이 아니겠는가. 바다의 기슭에 크게 작게 부닥치고 부서지는 파도의 영원한 반복 속에서 수억만 개의 물방울 같은 인생의 대소, 상하, 우열을 어떻게 따질 수 있을까.

그러나 자기 스스로가 선택해서 세상에 태어난 것은 아니지만 태어난 후의 삶은 자기 몫이다. 그 속에서 착하게 살 수도 있고 악하게 살 수도 있다. 부지런하게 열심히 살 수도 있고, 마냥 게으를 수도 있다. 그 결과가 어떻게 되든 간에 살아가는 선택만은 자유인 셈이다.

말러의 교향곡은 너무나 길어서 딴 생각을 하면서 또는 지루해 하면서 듣기도 하지만 늘 거친 세상의 희로애락을 참조하며 살라고 일러주는 것 같은 깊은 철학적 교훈을 받는다. 나에게 주어진 운명을 받아들이며 세상의 부조리와 무상을 담담하게 구경하듯이 너 그렇게 살아가라고 일러주고 있는 것이다. 내가 늙어 가면서 더욱 그러한 생각이 깊어진다.

온실

가을이 되어 기온이 떨어지면 여름내 마당에 있던 화분들을 겨울을 나기 위해 실내로 들여놓아야 한다. 낙엽이 다 떨어진 입동 무렵이 되면 나는 따뜻한 햇볕이 들어오는 거실 큰 유리창 안쪽에다 화분을 들여놓는다. 별로 크지 않은 화분들이지만 흙이 가득 담긴 것이어서 힘에 겨울만큼 몹시 무겁다.

화분 밖 둘레에 묻은 흙을 닦아 집 안으로 이사를 시켜 놓은 뒤 화분마다 물을 줄 때 밑으로 흘러내리는 물을 받는 받침 그릇을 받쳐 놓아야 한다. 가끔가다 물을 많이 주면 받침 그릇 밖으로 넘칠 수도 있어 물을 닦는 귀찮은 일이 생긴다. 그런 데다가 남편은 실내에 들여놓는 화분들을 별로 달가워하지 않는다. 식구들이 살기에 별로 넓지 않은 거실에 화분인지 흙 단지인지 들여놓아 지나다니기에 지장이 있다면서 화분 때문에 커튼을 여닫기가 불편할 때면 으레 화분과 나를 번갈아 보면서 불평이다. 그럴 때마다 올해뿐만 아니라 매해 반복되는 일이니 무슨 수를 써서라도 온실을 하나 지어야겠다고 마음먹는다.

화분들이 무슨 데리고 들어온 자식처럼 눈치가 보여 그중에 보기 싫게 생긴 것은 이층 마루나 아이들 방에 숨겨 놓듯 가져다 놓고, 예쁜 것들만 보기 좋게 거실에 놓는 데도 별수가 없다. 그가 화분들을 좋아하지 않아서라기보다는 널찍한 거실 공간을 더 좋아하는 것이다.

마당 한구석에 투명한 유리로 벽과 지붕을 만들어 무슨 조그마한 별채처럼 짓고, 그 속에 예쁜 놈 미운 놈 할 것 없이 모든 식물들을 들여놓고, 물 주는 분무기로 화분 전체를 씻듯 위에서부터 물을 부드럽게 뿌려줄 수 있는 온실 짓기를 매년 구상해 보았다. 그러나 경비도 만만치 않을뿐더러 겨울 동안 온실 내의 난방과 급수 등 운영 또한 쉽지 않다기에 그만두고 말았다. 온실 짓기를 단념하고 나니 서운하다기보다 오히려 잘한 것 같다는 생각이 들었다. 마치 높은 가지에 달려 있는 포도를 따려고 수없이 뛰어올랐으나 포도를 딸 수 없었던 여우가 '그 시고 맛없는 것을 따서 무얼 해' 하고 돌아서면서 말하던 이솝 동화 속의 여우처럼 식물들을 별채에 놓는 것보다는 내 눈길과 손길이 가깝게 닿을 수 있는 곳에 두는 것이 좋다고 마음이 바뀐 것이다.

가을이 되니 우리는 매년 하던 대로 밖에 있던 화분들을 거실 안에 들여놓을 수밖에 없었다. 그중에 같은 종류의 나무나 꽃의 화분은 이웃에게 나누어 주기도 하였고, 못생긴 것은 다시 이층으로 옮겨 보내고는 제법 단정하고 보기 좋은 것만을 거실에 들여놓았다. 보통 꽃 화분은 그리 비싸지 않지만, 나무 분재는 없는 돈을 몇 번 망설이다가 산 것들이다. 그중 황금색 진백나무 분재는 특히 비싼 값을 주고 산 것이라 값만큼 잘생긴 분재였다. 마당에서 거실로 옮겨 온 분재와 화분들을 다소곳이 키를 재가며 거실 안에 모아 놓으니 흩어졌던 가족들이 모인 것처럼 다정하고 흐뭇했다. 겨울이라지만 얼마나 이 식물들로 하여금 거실이 생기 있고 싱그러운가. 별채에 떨어진 온실이 아니라 내 눈과 손길이 닿을 수 있는 거실 안에서 마치 담소하듯 둘러앉아 있으니 얼마나 즐거운가.

문득 십여 년 전 우리가 미국에 있을 때 아들이 유아원에 다니던 시절을 생각나게 만들었다. 나는 직장에서 퇴근하여 아들을 데리러 교실에 들어갔다. 아이들은 마치 내 앞에 있는 꽃분처럼 다소곳이 붙어 앉아 있었다. 얼굴이 흰 아이, 검은 아이, 동양 아이들이 아마 열 명쯤 되었을까. 가지각색의 옷을 입고 나이는 비슷한 모두 다섯 살 정도이지만 키는 들쭉날쭉한데 특히 키가 크고 그중 잘생긴 노랑머리 아이가 눈에 띄었다. 여자 선생님이 그 아이를 벌세우려고 하는 중이었다. 그 아이가 옆의 아이를 쥐어박았다는 것이다.

"빨리 나와서 벌을 서라니까!"

교실 한구석으로 가서 서 있으라는 것인데 그 아이는 들은 체도 안 한다. 선생님이 또다시 재촉하니까 아이는 "싫어요. 나는 벌서는 것을 싫어하거든요." 하고 고개를 흔든다.

노랑머리 유아원 아이의 벌서는 것이 싫으니 안 서겠다는 대답은 너무나 엉뚱한 대답이다. 벌선다는 것은 누구나 싫은 것이지 싫다고 고개를 젓는다니 우스웠다. 그 나이 또래의 어른 말 잘 안 듣는 개구쟁이 대답이 오히려 홍미 있고 귀여워 잊히지 않는다.

내가 실습하여 심어 놓은 애송이 나무들과 그리 비싸지 않게 사다 놓은 분재들 속에 유독 미소를 자아내는 나무가 있다. 새파란 초록색이 아니라 황금색의 진백나무 분재이다. 그 나무의 아름다움에 반하여 내 형편에 넘치는 비싼 값을 주고 사와서는 값을 묻는 식구들에게는 엄청나게 싸게 살 수 있었다고 큰 횡재나 한 것처럼 말했던 것이다. 그 진백나무 분재가 다른 분재나 화분들 속에서 훨씬 돋보이고 있는 것을 바라보면서 왠지 문득 선생님에게 벌서는 것이 싫다던 엉뚱한 노랑머리 어린 아이의 모습이 떠올랐다. 너무나 비싸게 사온 우리 집의 황금 진백 분재처럼 아주 잘생긴 아이였다. 벌서는 것이 싫다는 아이나 분재 사는 데 가책을 받을 만큼 속없이 비싼 돈을 써 버린 나 자신이 비슷하기도 하다.

추운 겨울 남향의 햇빛이 잘 들어오는 거실 쪽은 모두 분재와 화분들 몫이다. 바깥 추위에 아랑곳없이 푸른 생명력을 과시하면서 우리들의 눈을 즐겁게 해 주며 식구들 가까이에서 함께 살고 있으니 겨울의 거실은 즉 온실이다. 온실 짓는 데 경비가 만만치 않고 그 온실을 따뜻하고 깨끗하게 운영해 주는 것이 필요하지 않으니 몹시 편하다.

현실에 적응하고 합리화하고 있는 내 스스로에게 실소하기도 한다. 그러나 세상을 사는 데 어려웠던 시절을 나름대로 꾸려 나갈 수 있었던 것은 현실을 합리화시켜 적응해 나갈 수 있었기 때문일 것이다.

들꽃

왕 우물골 집

개성 동부 쪽에 '왕 우물골'이라는 이름의 동리가 있었다. 그 동네 우물물이 하도 좋아서 임금님 왕궁에서까지 길으러 왔었다는 데서 이름 붙여졌다는 것이란다.

그 왕 우물골에 나의 외갓집이 있었다. 튼튼한 서까래를 받친 대들보와 굵은 기둥, 푹신하고 두꺼운 이엉이 이어져 있는 초가집이었는데 종일 반쯤 열려 있는 대문 앞마당이 널찍했다. 그 대문 옆에서 조금 돌아서면 외할아버님의 친구들이 사업 거래상 드나드는 사랑채의 작은 문이 있었다. 그 작은 문 문짝에도 대문처럼 흰 종이에 먹으로 힘 있게 쓰여진 한자 글씨가 붙어 있었다. 보기에도 살림이 넉넉한 것 같이 보이는 집이었다.

우리 어머니는 다섯 살 된 내 밑으로 두 살 아래 동생이 있는데 셋째 갓난아기까지 태어나니 세 아이를 돌보기가 힘들어 나를 개성 친정 왕 우물집에 맡기셨다. 그때 나의 외갓집에는 건강이 좋지 않은 외삼촌과 외조부모님 두 분과 사랑채에 할아버님을 도와주는 사환 아이와 안채에 부엌일을 도맡아 해 주는 아줌마가 같이 살고 있었다. 나는 서울에 사는 이 댁 외동딸이 낳은 첫 손녀였는데 소학교에 들어갈 때까지만 외갓집 식구가 된 것이다.

외삼촌은 내가 하나밖에 없는 누님의 첫딸이라 내가 개성에 오기 전 서울에 있을 때부터 무척이나 귀여워해 주었다. 가끔 외삼촌이 서울에 오면 백화점에서 사 왔다는 빨간색 오버코트며 인형이며 여러 가지 신식 과자 등을 사다 주곤하면서 귀여워해 주니 몹시 친했었다. 하여 그 후 내가 외가에 가서 살게 되었어도 엄마와 떨어져 산다는 것이 그리 문제가 되지 않았다.

그런데 외삼촌은 평상시 몸이 조금 허약했던 것인 줄만 알았는데 차츰 병세가 나빠져 바깥출입을 못하고 눕게 되었는데 혹시라도 하는 걱정에서 나는 외삼촌이 누워 있는 사랑채 방에는 가지 못하게 되었다. 외삼촌은 당시에 유행하던 폐결핵이었던 것이다. 안채 부엌 마당에는 늘 한약 달이는 냄새가 끊이지 않았고, 쇠고기 사골 국거리는 떨어지지 않았다. 닭백숙 전복죽 불고기에다 구운 송이버섯 등 잘 먹으면 산다는 병이라 알려졌기에 부엌에서는 할머니와 아줌마가 노상 바빴다. 그러나 매끼 식사는 물론 입맛을 돋우게 하는 음식도 모두 싫어져서 좁쌀미음이나 흰 미음으로 바뀌는 것을 보게 되었으니 병세가 깊어져 간다는 의미였을 것이다.

할머니는 매일 밤 뒤꼍 장독대에 정화수를 떠 놓고 절하며 아들을 살려 달라고 빌지 않는 날이 없었으며 절에 치성 드리고 굿 집에도 드나들며 외아들 하나 살려 달라고 빌었다. 특히 외삼촌이 밤나무가 많은 산을 사서 개간하려고 너무 오래돼서 알이 달리지 않는 늙은 밤나무를 베어 버리고 나서부터 병이 났다 하여 그것을 분명히 오랜 밤나무의 귀신이 또는 산신령이 노해서 그렇게 되었다고 말하는 사람이 많아 베어진 수많은 밤나무마다 떡과 음식을 차려 놓고 용서해 주시라고 굿도 하였다. 깊은 산에 올라가 밤을 새며 치성을 드린 적도 여러 번 있었다. 그러나 그것들은 아무런 효험이 없었다. 어느 날 아들의 아침상을 들고 나오시던 할머니가 아들이 "오늘 저녁 해를 따라 가겠다."라고 말했다고 하시면서 통곡하시지 않는가. 설마 그럴 리가 어찌 있을 수 있는가 반신반의 하면서도 온 집안은 울음바다가 되었었다.

그 말대로 외삼촌은 해 떨어지는 그날 저녁에 숨을 거두었다. 사람은 죽을 때 자기의 기력이 다해서 죽는다는 것을 미리 아는 모양이다. 또는 어떤 암시나 예감을 받는 것일까. 숨이 끊어지는 순간까지 얼마나 원통하고 가슴이 미어지는 고통을 겪었을까. 한 남자가 지붕에 올라가 흰 옷을 흔들며 초상났다는 부고를 하더니 온 집안은 여기저기서 온 친척과 지인들이 모여들면서 할머니의 통곡 소리와 친척들의 울음소리가 휘감겼다. 그 가운데 누가 소식을 전했는지 흰 저고리 치마를 입은 두 여인이 대문에 들어서자마자 앞마당에 앞으로 쓰러지듯 엎드려 통곡하는 것이 아닌가. 쪽진 검은 머리를 풀어 늘어뜨려 구불구불한 숱한 머리가 흰 저고리 어깨 위를 덮는다. 남편이 죽었을 때 머리 푼다는 의식이었던 것이다. 처절하게 울고 있는 두 여인의 어깨를 덮은 검은 머리가 섬뜩하고 무섭게 훗날까지 나의 기억에 남아 있다.

외삼촌에게는 부모가 정해 주신 결혼한 아내가 있었는데 또 다른 여자가 생겨 결사코 반대하시는 외조부님은 물론 사돈댁과의 불화 등도 겹쳐 몇 년 동안 집안이 편하지 않았었다. 나중에는 부모나 친척들은 첫째 본처와 둘째 여인을 다 거느리고 사는 것이 좋지 않으냐고 오래 말려 보았지만 허사였다. 그로서는 사랑하는 여인을 둘째니 첩이니 하는 위치에 살게 한다는 것이 있을 수 없는 일로 여겨졌던 것이다. 끝내 가서는 자식 이기는 부모 없다고 외할아버지는 첫째 며느리에게 살 만큼의 논마지기를 떼어 주고 이혼시키고 서로 좋아한다는 새 여성과의 결혼을 허락하셨다. 몇 친한 친구들만의 조촐한 신식 혼인식을 올린 후 두 사람은 꿈처럼 행복했지만 그 행복한 생활은 얼마 가지 않았다. 과수원을 하겠다느니 인삼을 재배하겠다느니 하면서 너무 바쁘게 뛰어다니며 일을 키우는 바람에 몸 상하는 줄도 몰랐고, 과로해서 지치는구나 하는 사이 병이 급속도로 나빠져서 부모님이 계시는 본가에 와서 몸져눕게 된 것이다. 그 시절에는 폐결핵이 몹시 유행하였었는데 별다른 약이 없었기에 개성에서 제일 용하다는 한의사가 정성을 다해 처방하는 침과 한약에만 의존하였다. 좋다는 인삼 녹용은 물론 중국에서 들여오는 약재 등 최선의 처방을 다했다고 한다. 그러나 모든 것이 허사였고 외삼촌은 저세상 사람이 된 것이다.

서울에서 아버지 어머니가 오시고 장사를 치르고 다시 서울로 돌아가셨는데 같이 서울로 따라갈 수 있었지만 나는 그냥 할머니와 같이 있고 싶었다. 불쌍한 할머니를 두고 어찌 떠나갈 수 있을까. 그 후 나는 할머니가 목 놓아 우실 때마다 "할머니 울지 마세요." 하며 더 크게 울었다. 그러면 이번에는 할머니가 나를 울지 말라고 달래시는 것이다. 원래 외할아버지는 말이 없으시고 웃는 얼굴을 보인 적이 없으셨지만 아들을 잃은 뒤로는 더욱이나 말 한마디 붙일 틈이 없게 보였다. 같이 울고 서로 달래는 것은 할머니와 나였다.

장사를 치르고 삼우제를 지낸 며칠 후 외할아버님은 사환 청년과 같이 사랑방 아들 방을 정리하고 계셨다. 외삼촌이 모아 둔 사진들, 연애할 때 주고받은 많은 편지들인데 그 시대에는 편지로써만 자기 마음을 알릴 수 있었던 관계로 편지가 많았다. 늘 편지 오기를 기다렸는지 우편부가 배달해 주는 "편지요." 하는 소리만 들려도 외삼촌은 얼굴에 생기가 돌고 병이 나아지는 것 같았다고 한다. 그 편지들은 중국의 명의 편작의 명약 같은 것으로 애절한 사랑의 아픔과 슬픔이 절절히 쓰여진 편지였을 것이다. 그동안 새 부인이 가끔 와서 문병하듯 잠시 있다가 돌아가곤 하였을 뿐이니 아마도 편지는 매일 쓰다시피 하였고 그것들은 자세한 마음의 교접이었을 것이다.

어느 날 저녁을 먹고 날이 어두워질 무렵, 외할아버지는 상자 하나를 들고 나오시더니 땅에 내려 놓으셨다. 그 상자 속에는 아들이 결혼 전부터 죽을 때까지 간직해 온 편지 뭉치와 사진들이 담겨 있었는데, 그 편지를 꺼내어 한 장씩 천천히 불에 태우시는 것이었다. 부엌이나 사랑채에도 아궁이가 있으니 쉽게 아궁이에 넣어 태울 수가 있는 것을 왜 마당에서 태우시는지 그 심정을 짐작할 수 있었다. 오랫동안 아들에게 써 보낸 어린 며느리의 편지들을 태워 연기로나마 하늘에 날려 저 세상 아들에게 전달해 주려는 의식이었으리라. 얼마나 가슴이 터질 것 같이 아프셨을까. 그 애들을 결혼시켰던 것이 잘한 것인지 잘못한 것인지 외할아버님 마음속에는 갈등이 많으셨을 것이다. 훗날 나의 생각에는 막상 아들이 죽고 나니 당신의 결정이 옳았기 보다는 잘했다는 생각이 드셨을 것 같다. 아들의 그토록 간절하고 절실한 소원을 들어주었으니 만약 그 소원을 들어주지 않은 채 아들을 저 세상에 보내게 되었다면 얼마나 더 죽은 아들이 불쌍했을까. 어쨌든 아들의 간절한 소원은 풀어 준 것 아닌가. 외할아버지는 편지 뭉치가 다 타서 재가 된 자리를 빗자루로 쓸어 삼태기에 담고는 사랑채로 들어가셨다.

외삼촌이 돌아가신 후 일 년쯤 되었을까. 어찌 된 심경에서인지 외할아버님은 오래 사시던 왕 우물집을 파시고 가까운 신작로 넘어 새 기와집으로 이사를 하셨다. 마음을 가다듬으시고 힘을 내시려는 것 같았다. 또한 첫째 외숙모가 다시 들어와 살게도 되었다. 이혼당한 여자로 또는 과부가 되어서 친정에 가서 사는 것보다는 본처였다는 예전의 시집이 편했을 것이다. 불행한 나의 외가를 위해서도, 또 자기 자신을 위해서도 다행스러운 일이었다. 그 후 나는 초등학교 중학교 고등학교의 여름방학이나 겨울방학 때마다 외가에 가서 보냈는데, 그녀를 외집 엄마(외갓집 엄마)라고 불렀다. 정말 엄마처럼 허물없는 좋은 사이었다. 6·25 전쟁 후론 개성이 북한이 되어 만날 수 없지만 가끔은 그녀가 궁금하며 한 번만이라도 만나고 싶다.

나는 나중에 결혼한 두 번째 외숙모를 외삼촌이 운명하던 날 외갓집 앞마당에 검은 머리를 풀고 엎드려 흐느끼던 뒷모습을 보았을 뿐 그 후 한 번도 만나보지 못하였다. 그 외숙모는 지금쯤 어디에 살고 있는지 그녀의 소설 같은 사랑의 슬픔과 애달픔을 다시 만나 이야기하면서 위로하고 싶다. 그때가 아주 젊은 나이였으니 그녀는 양가 어른들의 충고를 받아들여 좋은 사람과 결혼하여 행복한 여생을 보내게 되었다면 얼마나 좋을까 하고 간절히 염원하게 된다.

거지 잔치

저녁밥을 먹고 난 후 어두컴컴한 늦은 저녁이지만 아직 열려 있는 대문을 들어서는 머슴아이가 "한술 보태 줍쇼." 하고 서 있다. 나의 외할머니는 천천히 부엌에 내려가 남은 밥을 덜어다가 머슴아이의 밥 깡통 그릇에 담아 주신다.

"팔다리가 멀쩡한데 왜 빌어먹고 다녀?"

머슴아는 고맙다는 듯 꾸뻑 머리를 꾸부리고는 대문 밖으로 나가고 할머니는 들어오신다. 밥 한술 주시면서 왜 빌어먹고 다니느냐고 한마디 하실 건 무어람? 나는 속으로 마음이 언짢다. 그 머슴아이는 축축한 누더기 옷을 입었는데 열대여섯은 먹었을 것 같다. 얼굴은 어두워서 잘 보이지 않았지만 목소리로 보아 자주 오는 아이임을 알 수 있었다.

젊어서 혼자가 된 며느리를 시켜 밥 좀 주라고 할 때도 있지만 보통 외할머니가 직접 갖다 주신다. 젊은 며느리에게 시키시기가 싫은 모양이다. 그 댁 과부 며느리가 직접 밥을 주더라고 다리 밑 움막에 가서 지껄일 수도 있기 때문일 것이다. 외할머니는 그리 늦지 않게 밥 얻으러 온 때에도 짜증 섞인 말투로 "이렇게 늦게까지 어딜 돌아다니다가 이제야 밥을 얻으러 와. 다 먹고 치웠는데." 하며 밥을 그 애 그릇에 옮긴다. "밥이 없으니 딴 집에 가봐."라고 하시지 않아 내 마음이 놓인다.

외할머니 댁은 외할아버님이 돌아가신 후 사랑방 손님은 뚝 끊어졌지만 대신 외할머니에게는 친구며 친척이 자주 드나드셨기에 늘 밥을 넉넉히 하셨다. 그래서 남는 밥도 많았다. 반찬도 고급은 아니지만 밑반찬이 있고 여름에는 호박나물, 가지나물, 콩나물, 겨울에는 무국, 내가 좋아하는 들기름 발라 구은 김, 가끔 물에 불려 양념하여 재어 두었다가 구운 북어가 있고, 언제나 있는 김치가 있었다. 외삼촌이 돌아가시고 삼 년 후 다시 할아버지가 돌아가시니 아침저녁 올리는 상식상의 식단인 것이다.

언제나 밥을 주실 때는 한마디씩 하시면서 어떤 때는 반찬을 얻으려는 깡통에 김치나 콩나물 또는 호박나물을 덜어주시기도 한다. 자주 오는 머슴아 말고도 다른 아이들도 두어 명 있는 것 같다. 그때마다 팔다리가 멀쩡한 놈이 왜 빌어먹느냐고 꾸중은 하시지만 그냥 보내시지는 않는다. 나는 어느 날 할머니에게 물어보았다.

"그 머슴아들은 문을 닫는 늦은 저녁에 밥을 얻으러 와요. 낮에는 무엇을 하고 있는 거죠? 그리고 우리 집 말고 다른 집에 가서도 밥을 얻으면 너무 밥이 많을 것 같은데요."

외할머니는 이렇게 대답하셨다.

"그 애들이 낮에 놀고 다니다가 배가 고파 밥을 얻으러 오는 것은 아니란다. 낮에는 남의 집 밭에서 풀도 뽑고 김도 매고 산에 가서 나무를 해서 팔기도 하고 나름대로 일을 한단다. 몇 푼 안 되는 돈을 받으면 그 돈은 쓰지 않고 모으고 밥은 저녁에 얻어다가 동생이든 또는 같이 지내는 식구나 동료와 다 같이 먹게 되겠지 저녁밥이 남아 다음 날 아침까지 먹게 하려면 밥 동냥도 이집 저집 많이 다녀야 하겠지."

외할머니는 외아들이 요절한 뒤 외할아버지마저 아들 뒤를 따르듯이 돌아가셨으니 부자일 리는 없었다. 그저 옹색하지 않게 살만한 편이었다. 그 시대 누구나 그랬듯 쉰밥도 씻어 끓여 먹고 땅에 떨어진 나락도 주어 담는 알뜰함이었으나 밥을 얻으러 오는 어느 거지도 그냥 보내지 않으셨다. 어느 정월 설날이 지난 지 여러 날이 되었는데 밥 얻으러 오는 머슴아가 오지 않으니까 외할머니는 어디 일자리가 생겼는가 싶어 궁금해하시고 계신 듯했다. 그런데 호랑이도 제 말 하면 온다고 늘 오는 머슴아가 주춤거리면서 들어와 말했다.

"먹을 것을 좀 주십시오. 너무 배가 고파서……."

"거기 앉아 기다려라"

할머니는 광에 들어가 항아리에 남아 있는 조랭이 떡을 꺼내와 작은 솥에 불을 지펴 떡국을 끓이셨다. 떡국은 밥 짓는 것과 달라

한소끔만 끓이면 된다. 큰 대접에 떡국을 떠서 소반에 김치와 같이 마당 한편에 내주셨다.

"배고프겠다. 어서 먹어라. 정월이니 떡국 구경은 해야지."

머슴아이는 떡국 한 그릇을 다 먹고 중얼거리듯이 말했다.

"잘 먹었습니다. 이런 떡국 처음 먹어 보았습니다."

머리가 땅에 닿듯 큰절을 하고는 나갔다. 늘 어두운 저녁에 밥을 얻으러 오니 그 머슴아이 얼굴을 보지 못했는데 오늘 나는 아직 해가 떨어지기 전이라서 그 아이 얼굴을 똑똑히 볼 수 있었다. 언젠가 어디서 본 얼굴이다. 머리를 갸웃거리다가 문득 외할아버님 삼년 탈상 때가 생각났다. 음식이 넘치도록 많이 차려진 제사가 한밤 중 자정에 끝이 나면 젯밥을 먹게 되고 여러 가지 제사 음식을 고루고루 함지박에 담아 친척이나 친구들의 댁에 도우미 아낙을 시켜 보낸다. 일을 도와준 아랫사람들 몫도 잘 챙겨 놓는다. 훤하게 아침이 밝아 오면 또 아침 식사를 하게 된다. 음식도 많지만 나눠줄 곳도 많고 먹을 사람도 많다.

그러나 또 할 일이 있다. 대문 밖에 젯밥을 얻어먹으러 온 거지들이 차례를 기다리고 있는 것이다. 못쓰게 된 상이지만 어엿한 교자상에 밥과 나물이며 전과 부침개며 과일과 여러 가지 떡이 그득하다. 안에서 할머니가 말씀하시는 것이다.

"떡을 많이 주어라. 남는 것은 주머니에 넣고 가도록 해라."

모두들 실컷 먹느라고 정신이 없는데 나는 정월 어느 날 할머니가 떡국을 끓여 주신 것을 먹던 머슴아이가 여기에서 본 아이라는 것을 알았다. 자기 동료나 어른들까지 함께 온 것인지 늙은 사람도 있었다.

"오늘은 돌아가신 할아버님이 먹이는 것이야. 실컷 먹어라."

외할머니는 돌아가신 외할아버님의 생전 후하셨던 인품을 상기시키는 것이었다. 고픈 배에 좋은 음식으로 배불리 먹으면서 서로 알고 있는 머슴아이뿐 아니라 길가에서 인사 없이 지내던 다른 동네 어른 거지들과 인사도 하면서 제삿날이니 근엄한 얼굴들을 하고 있지만 흔히 있지 않은 일이고 주린 입에 먹을 것이 많으니 잔치 기분이 나기도 할 것 같다. 모두 모여서 실컷 배불리 먹는 거지 잔치인 것이다.

개성에서는 우리 외갓집만 아니라 좀 잘산다는 집의 제사에는 늘 문밖에 거지 잔치가 있다는 것이 풍습처럼 되어 있다고 한다. 이들은 거의 낮에 무슨 일이든 못할 것 없이 일하고 아무데서나 자면서 빌어먹고 얻어먹고 하여 고생하며 어느 정도 돈이 모이면 외지에 나가는 상단에 끼어 심부름이나 힘들고 궂은일을 하면서 어깨너머 장사하는 것을 배우게 되고 그러면서 자기 힘으로 돈을 벌어 살게 될 기초를 잡아간다는 것이다.

그때는 밥을 주실 때마다 "팔다리가 멀쩡한데 왜 빌어먹어."라고 훈계하시던 외할머니의 말씀이 실현되는 때일 것이다.

들꽃

그리 높지 않은 산허리 나지막한 능선의 들판, 이제 겨울이 갔는가 싶은 이른 봄에 할미꽃이 핀다. 솜털을 은빛으로 감싼 줄기와 잎 사이에서 고개를 숙여 땅을 보며 핀다. 왜 허리 굽힌 할머니처럼 땅을 보고 있는지 안쓰러워 꽃을 들어 올려 보면 그 꽃 색은 빨강기보다 자주색에 가까운 진홍색이다.

제비꽃도 같은 시기에 피기 시작한다. 영어로는 바이올렛이라고 하는데 꽃 색깔이 보라색이라서 영어의 색깔 이름을 따서 바이올렛이라고 한다. 일본 이름은 스미레라 하여 일본의 봄 동요 노래 속에 많이 나온다. 우리나라에서 제비꽃이라는 이름은 꽃이 피기 전의 몽우리가 날씬한 제비 모양 같다고 해서 붙인 것이 아닐까? 유치원 다니는 아이들처럼 귀여운 꽃이다.

여름이 녹아 질펀해진 실개천 가에 버들강아지가 은빛으로 방울을 주렁주렁 달고 나오는가 하면 옅은 보라색의 붓꽃이 핀다. 꽃이 피기 전의 꽃봉오리가 빨아 놓은 붓 모양이다. 그래서 붓꽃이라 이름하였는지 여름철에 물이 흐르는 계곡이나 개울가에 피는 꽃으로 여인들이 긴 잎을 삶아 머리를 감는다는 창포와 꽃과 잎이 너무나 같다. 창포는 창포라는 이름보다 아이리스라는 이름으로 더 알려져 있다. 잎과 꽃이 싱싱하게 힘이 있어 꽃꽂이에 많이 쓰인다.

담청색의 꽃으로 무릇나무꽃이 핀다. 길게 뻗은 꽃대에 수수알같이 작은 꽃이 무수히 매달려 있다. 어느 곳에 많이 자라는지 또는 밭에서 대량 재배하는지 마늘 같이 생긴 무릇 뿌리와 줄거리를 엿을 넣고 고아서 머리에 이고 다니는 아주머니에게서 몸에 좋다는 무릇 전과를 사서 먹어 본 적이 있다. 달면서도 아릿한 맛이었다.

늦은 봄일 수도, 여름일 수도 있는 산과 들이 신록으로 한창일 때 원추리꽃이 핀다. 봄이 되면서 어린 잎사귀는 봄나물로 먹기도 하는데 봄나물 중에서는 꽤 부드럽고 깊은 맛이 있다. 감색의 산나리꽃은 원추리꽃으로도 불리고 있다. 감색의 나리꽃은 흔하지만 어쩌다가 감색 꽃 바탕에 붉은 무늬가 특이하게 있는 날개하늘꽃이라고 이름 지어진 꽃을 볼 수 있는데 먼 남쪽 나라에서 온 것 같은 이국적인 꽃이다.

새침하고 쌀쌀맞은 가시나이처럼 다가와서 만지면 안 된다고 경계하고 있는 엉겅퀴 꽃, 잎이건 줄기건 꽃받침이건 만지면 따가운 가시 털옷으로 감싸여 있는 진분홍색의 요염한 꽃으로 흔하게 볼 수 없는 야무진 모습이다.

여름철에는 한창 무성해진 풀숲 사이로 가느다란 꽃대 키를 높이면서 고개를 내밀어 하늘거리면서 나를 좀 보아 달라는 듯 피는 패랭이꽃, 분홍 색깔의 작고 애교 있는 꽃이다. 두어 가지 꺾으려다 애처로워 그만 두는 꽃이다.

또한 그 무렵 가을을 맞으면서 도라지꽃이 핀다. 심심산천의 백도라지라고 노래에도 많이 나오는 흰색과 북청색이 있는데 가을철의 꽃꽂이로는 으뜸으로 알려진 꽃, 이름만큼 명성 있는 꽃이다. 요즘은 그 뿌리를 식용으로 하기 위해 밭에서 대량으로 재배되어 흔한 꽃이 되었다.

가을꽃으로 담청색의 용담꽃이 있다. 키가 곧으며 꽃이 종처럼 생긴 보기 드문 꽃이어서 꼭 다시 보고 싶은 꽃이다. 그래서 야생화를 재배하여 판매하는 꽃집에 부탁하여 받았는데, 미니 용담이라고 할까 내가 아는 용담이 축소된 꽃이었다. 내가 본 용담은 줄기가 길고 잎이 크고 실하여 꽃이 컸었다. 청색의 교복을 차려 입은 동안의 소년들이 단정하게 서 있는 모습의 꽃으로 기억되고 있다.

가을의 들판을 끝없이 자리 잡으며 가을바람에 물결이 출렁이듯 피어 있는 장관의 억새풀, 일본 규슈(九州) 지방에 여행 갔을 때 아소산을 내려오면서 들판에서 본 것이다. 야생의 위력에 압도되었었다.

들꽃은 높은 산에서보다 부드러운 산등성이 얕은 언덕에서 산다. 도시화로 도로나 아파트 건물들이 들어서는 바람에 많은 들꽃은 볼 수 없어진지 오래이다. 요즘 노래에서 나오는 민들레의 꽃씨가 날아다니며 아파트 정원이나 시골의 논두렁에 자리를 잡아 버스 길가에 피고 있는 노란색 민들레꽃을 보게 되는 정도이다.

우리 집 거실 앞에 기다란 두어 평의 터가 있다. 이른 봄 으레 돌나물이나 범의 귀가 부지런히 싹을 터서 땅을 녹색으로 감싸 주는데 재작년쯤 뜻밖에도 제비꽃이 그들 틈새에 끼어 피고 있지 않은가. 어디서 씨가 날아 와서 자리를 잡았는지 풀숲을 거닐다가 우연히 행운의 네 잎 클로버를 발견한 것처럼 반가웠다. 그 꽃은 작년에도, 올해 봄에도 많은 식구가 되어 군생하고 있다. 참으로 놀라운 번식력이다. 우리 집 앞마당에 자생하고 있는 꽃들의 새 식구가 되어 준 것이다.

봄, 여름, 가을 산등성이 들판에 피고 지는 꽃을 좋아하며 그곳을 많이도 거닐어 본 지 오랜 세월이 흘렀다. 제비꽃, 패랭이꽃, 민들레꽃, 무릇꽃, 엉겅퀴꽃, 붓꽃, 도라지꽃, 용담꽃, 하늘색이나 또는 노란색의 들국화꽃, 참으로 드물게 만나 보는 구절초꽃, 그러나 들꽃이 왜 그 꽃들뿐이랴. 더 생각하면 얼마든지 생각날 것이다. 또 이름 모를 꽃들은 얼마나 많은지 이름은 모르지만 여러 가지 꽃들의 모습은 물론이고 그 표정까지도 내 마음속에서는 언제나 자생하고 있다.

경학원 앞뜰의 옛집

나는 대여섯 살 되어 보이는 아이를 보면 “몇 살이니?” 하고 나이를 물어보게 된다. 그 나이 또래의 손녀가 있어서 무의식중에 그 아이의 키나 용모를 내 손녀와 비교하게 되는 모양이다. 내가 어린 아이 시절에도 어른들은 몇 살이냐고 내 나이를 물어볼 때가 많았다. 일고여덟 살 소학교(초등학교)에 다닐 때쯤 되니까 나이를 묻고 나선 “어디 사니?” 하고 사는 곳을 물어보기가 일쑤였다.

“명륜동 3가에 살아요.” 하고 대답하고 나서는 혹시 그 어른이 명륜동 3가를 잘 모르는 것 같은 눈치가 보이면 얼른 “경학원 앞에 있는 동리에 살아요.” 하고 덧붙였다. 경학원을 모르는 어른이 없을 것 같아서였다.

내가 어릴 때 부르던 경학원은 조선 시대 엘리트 유생들의 배움터였던 성균관을 말하며, 요즘은 성균관대학이 되었다. 예전에는 경학원 앞 경내를 넓게 둘러싸고 북악산 어느 골짜기에서 흘러오는 실개천과 성북동 골짜기에서 내려오는 실개천이 만나 경학원 울타리 노릇을 하고 있었으며 그 개천 위에는 서너 개의 허름한 다리가 걸려 있어 누구나 마음대로 경내를 드나들 수 있었다.

경학원 앞 큰 마당에는 아름이 굵은 느티나무 한 그루와 그 느티나무 못지않게 오래된 은행나무 두 그루가 있었던 것 같다. 수령이 오래된 큰 나무일수록 아름다워짐은 물론 그 주위를 운치 있게 해준다. 여름이면 그 느티나무 밑이 얼마나 시원한지 저녁을 일찍 먹고 나온 동리 사람들의 이야기 터가 되고, 좀 떨어진 곳은 남자 아이들의 자치기 터가 되었다. 가을이면 단풍 든 나뭇잎 중에서도 가장 노란 은행나무 잎이 몹시도 고왔었고, 그 큰 나무뿐만 아니라 나무 밑 넓은 뜰까지 노란색 은행잎 세상이 되었다. 성균관 옆을 둘러싸듯이 소나무들이 수십 그루 심어져 있었는데 겨울 여름 할 것 없이 사계절 내내 푸름을 지니고 있었다. 소나무 밑의 그늘을 벗어난 곳에는 잔디가 깔려 있었으며 아무리 밟고 다녀도 죽지 않는 들풀이라서 이름 지어진 질갱이나물의 연녹색 입새들이 예쁘게 땅을 덮고 있었다. 단아하게 단청된 성균관을 둘러싸고 깨끗한 공기와 아름다운 넓은 뜨락은 내가 어릴 적 뛰놀던 곳이었다.

십 년 가까운 오랜 세월을 객지로 돌아다니다가 한국으로 돌아온 어느 날 나는 잊을 수 없는 그 정겨운 곳을 찾아가 보았다. 마음대로 드나들 수 있었던 경학원 경내는 성균관대학 교정이 되어 있었다. 높은 담장이 둘러져 있어 들어갈 수가 없었기에 학생들이 드나드는 교문으로 가 보니 그날따라 많은 학생들이 바쁘게 오가는 바람에 걸음이 불편한 나로서는 선뜻 학생들 사이를 비집고 들어가기가 힘들었다. 학교로 들어가는 것은 다음 날로 미루고 내가 살던 집을 찾아가 보기로 하였다.

어릴 적 우리 집은 북한산에서 흘러오는 실개천을 따라 낡은 집 대여섯 채가 한 줄로 줄지어 서 있었는데 집 짓는 사람이 그중 두 채를 헐어 새 기와집을 지어서 팔았다고 한다. 그 집 중 한 채가 우리 집이 된 것인데 처음 그 집에 이사해 들어가 보니 서까래가 소나무였으며, 투명하게 칠한 탓으로 소나무의 무늬와 옹이가 그대로 보였다. 그리고 싱싱한 칠 냄새는 새집의 첫 번째 주인이 된 우리를 반겨 주는 것 같았다. 안방과 건넛방 사이에 마루가 있고 대문을 들어서면 중문간이 있었는데 모두 한 줄로 되어 있었다. 부엌은 안방에 ㄱ 자로 붙어 있었는데 부엌에서 대문으로 나가는 통로가 유일한 마당이 되는 조그마한 집이었다. 요즘 웬만한 주택의 거실보다도 작은 집인 셈인데 그래도 그 집을 사려고 아버지는 금융조합에서 돈을 꾸시고, 어머니는 금비녀와 금가락지를 파셨다고 한다. 집을 가지게 되었다는 기쁨도 컸지만, 융자받은 돈 이자를 내야 하고, 그동안 외가에 맡겨졌던 내가 돌아와 학교에 들어가니 식구도 늘었다. 새집 샀다고 부자가 된 것처럼 친척 간에 소문은 났지만 오히려 부모님은 힘든 살림을 하셨다.

우리 집과 붙어 있는 낡은 옆집 안채에는 늘 나의 호기심을 자극하는 엄숙한 얼굴의 무당이 홀로 살았고, 그 집 대문 옆 문간방에는 내 친구 정선이가 살았다. 같은 소학교 학생이지만 학교에 갔다 와서 같이 놀 시간이 없어 말이 친구이지 친하지는 못했다. 어쩌다 집 밖 골목에서 공기놀이를 하거나 이야기를 주고받으며 둘이 같이 있으려면, 정선이 어머니는 어느새 알았는지 그 애를 불러 데려갔다. 방을 치우라고 했는데 무얼 하고 있느냐, 왜 걸레를 빨아 놓지 않았느냐고 욕을 섞어 야단치는데 그 목소리가 얼마나 큰지 나는 내가 야단맞는 것처럼 두려웠다. 정선이 아버지는 마장동 소고기 시장에서 도매로 고기를 사서 물이 새지 않게 짠 나무통에 고기를 잔뜩 담아 지고 단골 음식점이나 여관에 고기를 팔러 다니는 고기 장수였다. 홀쭉하게 마르고 기운마저 없어 보였지만, 어딘지 착하고 순한 사람으로 보였다. 팔다 남은 고기나 기름 많고 질긴 힘줄이 있는 허드레 고기를 집에 가지고 들어올 때가 많은 모양으로 정선 어머니는 고기 찌개를 자주 끓였다.

큼직큼직하게 썬 호박과 감자에다 기름기나 질긴 고기를 듬성듬성 크게 넣고 매운 고추장으로 간을 한 후 파, 마늘, 풋고추를 넣고 끓이는 것 같았다. 대문을 들어서면 문간방 앞의 좁은 공간이 있는데 그곳이 부엌인 셈이니 늘 풍로를 대문 밖에 내어 놓고 끓이는데 얼큰하고 구수한 고깃국 냄새가 골목을 누벼 퍼졌다. 생일이나 되어야 미역국에 넣은 소고기를 맛볼 수 있었던 일제 전쟁 말기의 가난했던 시절이었기에 그 냄새는 더욱 사람들의 식욕을 돋우었다.

그때 나는 한 번도 그 찌개를 맛보지는 못했지만 눈으로 코로 그 찌개의 맛을 기억해 두었던 탓인지 오늘날까지 자주 그와 똑같은 찌개를 끓여 먹곤 한다. 재료가 흔히 있는 것이고 만들기도 너무나 쉬운 데다가 정선이 어머니가 끓이던 맵고 구수한 찌개 냄새의 추억을 되살려 보는 것이 좋았다.

서울은 강북이건 강남이건 고층 빌딩이 숲을 이루고, 이삼십 층의 아파트가 더 들어설 자리를 찾지 못해 이젠 인천, 수원, 양주, 용인 등 경기도로 더 크고 더 높은 아파트의 숲을 만들어 뻗고 있는데 내 어릴 적 옛집과 동리는 세상 변하는 것도 모르고 그대로 있으니 너무나 이상하다. 경학원을 앞으로 하고 흐르던 실개천이 복개되어 부엌과 중간 문을 연결시켰던 좁은 앞마당이었던 공간을 합쳐 본채에 내달아 집 평수를 늘려 놓았을 뿐 옛날 다섯 간 짜리 집은 그대로 있으며 정선이와 놀던 대문 앞길도 여전했다. 보이지는 않지만 어릴 적 내 조그만 신발 자국이 어디엔가 남아 있을 것 같은 대문 앞, 그리고 저녁때가 되면 으레 "두부 사려, 비지 사려." 하고 두부 장수가 종을 치며 지나가면 기다렸다는 듯이 나가 두부를 사들였던 대문이 아직 그대로 있고, 겨울밤이면 "찹쌀떡, 메밀묵." 하고 외치며 지나다니던 장수에게서 어머니가 가끔 떡 속에 단팥이 든 찹쌀떡을 안방 창문을 열고 손을 내밀어 사 주셨던 창도 그대로 있었다. 그때는 그 창문이 높고 대문도 큼직하다고 생각하였는데, 지금 와서 보니 너무나 얕고 작아 만져 보고 쓰다듬고 싶은 애

듯한 마음이 되었다.

정선이 엄마는 남편이 지게를 지고 소고기를 팔고 다니는 고기 장수인 데다가 남의 집 문간방에 세 들어 살고 있다는 자격지심에 늘 무뚝뚝하고 사납게 굴었던 것으로 보인다. 그러나 실은 뚝배기처럼 토속적이고 가식이 없는 편이어서 요즘의 뻰지르르하고 사교적인 사람들과 비교되는 그런 사람이었다. 지금은 어디에서 어떻게 살고 있는지 궁금해진다. 그 여인이 끓이던 얼큰한 찌개 냄새가 이 좁은 골목길에 맴돌고 있는 것 같은 상념에 사로잡히며 어릴 적 일이 어제 일처럼 아련하게 떠오르는 추억에 잠기게 했다.

광화문광장

광화문을 제자리에 복원하는 공사가 4년 가까운 시간 끝에 겨우 마무리 지어졌다. 그러고는 광화문광장 확장 공사로 이어져 세종로 한가운데 있는 은행나무들을 뽑는 일이 시작되었다. 포클레인이 나무 둘레를 깊이 파고 들어 올리는 힘겨운 공사인데 나무들을 다른 곳으로 옮겨 심는 공사였다. 이곳의 은행나무들은 수령이 백 년은 될 것 같은 거목들이다. 여름이면 진한 녹색의 싱그러운 잎이 우거지고 가을이면 은행잎으로 거리를 노란빛 세상으로 별천지로 만들었다. 거리의 한가운데 있던 이 나무들을 뽑아 광화문로의 가로수로 옮겨가는 것이다.

거목을 옮기는 것은 쉬운 일이 아니다. 큰 장비가 동원되고 뽑은 나무의 뿌리를 감싼 무거운 흙짐이 자리 잡을 자리로 실려 와서는 깊이 판 구덩이 속에 심은 후 온몸에 옷을 입히듯 붕대가 감겨지고 주렁주렁 링거 약 병이 매달려졌다. 행여 나무가 죽지 않을까 걱정되어 이삼년 살펴보고 왔다. 아무튼 어려움이 많았지만, 이 나무들은 새로 탄생한 광화문광장의 파수꾼처럼 광화문 앞의 보도 한편에 즐비하게 심어졌다.

조선 초기에 세워진 광화문은 임진왜란 때 소실되었다가 고종 2년(1865) 대원군이 재건하였는데 일제강점기인 1927년 일제의 조선총독부가 이 문을 해체하여 경복궁 동문인 건춘문 북쪽에 이전시켰다. 그 후 6·25 전쟁 때 폭격으로 손상된 것을 정부가 1968년 콘크리트 구조물로 복원하였다가, 2006년 12월부터 광화문의 원래 자리에 이전 모습으로 복원시키는 공사를 시작하여 2010년 8월 전통적인 옛 모습으로 복원하였다. 쓰라린 풍상을 겪고 복원된 광화문을 들어서면 경복궁의 뜨락이 되고, 문밖은 은행나무들이 자리를 내어 준 광화문광장이 되었다. 단청으로 곱게 채색된 광화문은 물론이요, 경복궁 경내를 둘러싼 양편 긴 담장은 큰 황새가 하얀 날개를 길게 편 자태처럼 화려하고 아름답다. 육백 년의 역사를 되찾은 국민들의 광화문에 대한 사랑이 얼마나 지극하였는지 새삼 가슴에 와 닿는다.

광화문 앞은 넓다란 광장이 펼쳐졌다. 돌이켜 보면 조선의 개국 이래 수백 년 동안 나라의 중심 거리로 존재하다가 이제 광장이 되었다. 해방 후의 감격으로 백성들이 태극기를 휘날리며 달리던 거리, 학생과 군중들이 목 터지도록 정부에 대한 항의를 절규하던 거리, 그것을 진압하기 위한 최루탄이 터지던 거리. 파란과 곡절이 많았던 곳이다.

광화문 앞에는 세종대왕과 이순신 장군의 동상이 있다. 세종대왕은 신하들 모두가 왕의 권력 앞에 벌벌 떨던 부왕 태종의 셋째 아들이었다. 부왕과는 전혀 다른 인자함과 백성을 사랑함으로써 오랜 재임 동안 사회, 문화, 과학 분야를 통틀어 수많은 공적을 세우셨는데, 그중 훈민정음을 창조하신 것이 으뜸 공적이었다. 배우기 힘든 한자만이 일부 고급 관료나 학자를 지망하는 선비에게 통용되어 왔던 시대였기에 많은 백성들은 문맹으로 평생을 살아왔다. 그 백성들에게 훈민정음이 눈을 뜨게 해 준 것이다. 그때는 한자를 진서라 하였고, 새로 만들어진 글을 언문이라 하여 여자들이나 보통 민초들이 배우는 글로 푸대접 받았으니, 그 글이 갖고 있는 위력은 도무지 평가받지 못하였다.

그러나 조선 말까지도 정부의 공문서는 한자였지만 배우기 쉽고 쓰기 쉬운 글이라는 한글의 위력은 백성들 사이로 퍼져 갔다. 이야기책, 소설책, 편지 등을 읽고 쓸 수 있으니 얼마나 고마운 것인가. 일제가 우리나라를 합병하고 일본어를 보급하면서 모든 학교 교육은 일본어로 강행하였으며 이름과 성까지도 일본어 성씨로 바꾸기를 강요했다. 그러나 말이 있고 글이 있는 한 국가는 어떤 모습으로든지 존재한다는 것임을 알게 하였다. 한 나라의 글은 결코 정복되지 않는 무형의 강력한 무기였던 것이다. 세종대왕의 한글 창조는 무궁하게 나라를 지켜 주며 백성들의 교육과 문화 발전을 영원토록 튼튼하게 해 주는 위대한 성업이었다. 말은 있지만 글이 없는 나라를 보면서 우리는 고유한 글이 있고 그것도 세계가 인정하는 우수한 글을 가진 민족이라는 긍지를 가질 수 있는 고마움을 갖는다. 나는 두 날개를 좌우로 활짝 편 큰 새가 된 기분으로 한글 스물여덟 글자가 새겨진 세종대왕 동상 받침대를 몇 번이고 돌아보다가 멀지 않은 곳에 서 있는 이순신 장군 동상 앞으로 갔다.

1592년 임진년, 조선 건국 이백 년 되던 해 임진왜란이 일어났다. 일본의 도요토미 히데요시(豊臣秀吉)는 가난한 농가에서 태어났지만 농부의 길을 마다하고 일본 정국 시대에서 제일 강력한 군벌인 오다 노부나가(織田信長)의 최하층 잡병인 아시가루(足輕)의 신분으로서 출발하여 일본 무사로서의 뜻을 세우기 시작하였다. 그의 지략과 능력은 비상하여 오다 노부나가를 죽인 반역자 아케치 미쓰히데(明智光秀)일당을 소탕하면서 노부나가의 뒤를 잇는 강력한 세력이 되었으며, 일본 전역을 휘어잡는 군벌이 되었다. 일본 전역의 수많은 행정의 반(潘)들을 휘하에 넣으니 그 야심은 극에 달해 좁은 일본 섬나라를 넘어 조선과 명나라에까지 진출하고 싶은 야심을 품게 되었다.

그는 조선에게 명(明)을 치러갈 생각이니 진격할 길을 내어 달라고 요구했다. 그때가 선조 25년, 임진년 4월이었다. 이러한 억지 요구를 거절당한 일군은 즉시 부산포에 상륙, 파죽지세로 북진하여 서울 도성에 육박하니 왕은 할 수 없이 도성을 버리고 평양까지 파천하게 되었다. 일본군은 전국시대의 전성기에 있어 훈련된 막강한 군사가 있었으니 이에 대한 아무런 준비가 없는 조선과는 비교할 수가 없었다. 그들은 쳐들어올 때 총이 있었고 오랫동안 힘을 기른 병사들이 있었지만, 조선은 무기라고는 활과 칼이 있었을 뿐인데다가 육군은 약했으며 급한 대로 모여드는 의병과 농민들이었으니 조선 국토는 일본군의 침략에 너무나 쉽게 무너질 수밖에 없었다. 왕과 관료들이 쫓기듯이 물러간 빈 궁전에서는 백성들의 원성과 분노로 매일 노략질과 방화가 다반사가 되어 있었다. 파죽지세로 쳐들어온 일본군은 함경북도에는 적장 가토 기요마사(加藤清正)가 평양북도로는 고니시 유키나가(小西行長)가 진군하게 되니 이미 평양을 떠나 의주로 피해 들어간 국왕은 명나라의 원군을 목마르게 요청하게 되었다. 명나라는 잘못하다가는 일본군이 자기 나라로까지 침공해 올지도 모른다고 염려하여 승낙은 하였으나 늘 고자세로 느긋하게 군을 움직여 우리의 애를 태웠다. 그 후 국토는 조선군 명나라군 일본군 등 삼국의 싸움터가 되어 전쟁에 시달리는 세월이 무려 칠 년이나 걸렸으니 백성은 굶주림과 병으로 죽어 갔다. 왜군과 명나라 군에 의한 재물의 약탈에도 손을 쓸 수 없었으니 도난 유출되는 문화재는 말할 것도 없고 많은 도공 명장들과 죄 없는 백성들이 수도 없이 포로로 잡혀 가기도 했다.

한편 부산포로 쳐들어오는 왜군을 막아내는 데 우리 수군은 엄청나게 열세였다. 경상 수군통제사에는 원균이 있고, 전라 수군통

제사에는 이순신이 있었지만 서로 힘을 합하여도 턱없이 열세인데 두 통제사는 서로 의견을 달리하기가 일쑤였다. 그러나 이순신은 자기 나름대로 왜군이 쳐들어오는 초기부터 접전하여 승리를 거두었다. 남쪽 바다 수백 개에 달하는 크고 작은 섬들을 둘러싸고 있는 해저의 바위들, 계절에 따라 또는 조석으로 물때가 달라지는 바다를 완벽하게 꿰뚫어 알고 있었으니, 이순신의 수군은 적을 유도하고 공격하며 또는 퇴로를 급습하면서 신출귀몰한 전술이 가능했다. 싸움에 임할 군사들의 모집, 군수품의 조달, 칼과 활 등을 생산케 하면서 한편으로는 거북선과 대포의 제조 등 새로운 무기를 만들어 수많은 싸움을 모두 승전으로 이끌었다. 명량대첩, 노량해전, 한산대첩 등을 비롯하여 수많은 크고 작은 싸움에서 늘 수배 내지 수십 배가 되는 적과 상대하는 싸움이었지만 한 번도 진 적이 없었으니 실로 해전의 명장이라고 칭송받는 영웅이었다.

전쟁이 시작된 지 칠 년 되던 해 일본의 도요토미가 죽으면서 조선에 파병된 왜군의 철수를 명령하였다. 바다를 건너 철수하는 왜선이 끊이지 않고 바다 위를 덮다시피 하던 나날 이순신 삼도수군통제사는 12척에 불과한 아군의 배로 열 배가 넘는 133척의 배와 접전하여 대승하였다. 유명한 명량대첩이다. 그 전투에서 장군은 유탄에 맞아 전사했지만 부하에게 비밀로 하라고 지시하고 작전을 꼼꼼히 하달해 놓고 숨을 거두었다.

영웅의 순국 전사. 쉰넷의 아까운 나이였다. 그때 남쪽 바다 전

수군은 장군이 전사했다는 뜻밖의 소식을 믿기가 쉽지 않았다. 세수하듯 두 손으로 눈물을 닦아 내며 통곡하는 모습이 지금도 보이는 것 같다. 또한 어찌 이럴 수가 있느냐며 국왕보다 더 장군을 믿고 의지했던 백성들의 탄식이, 오열하는 몸부림이 눈에 선하게 보이는 듯하다.

늘 조선의 역사는 주위를 둘러싼 열강에 시달렸지만 도요토미 히데요시의 침략 전쟁은 칠 년이라는 긴 세월 동안 우리나라를 삼국의 전쟁터로 만들었으니 그 비참함은 이루 말할 수 없었으며 임진왜란이 끝난 뒤에도 그 후유증으로 오랜 세월에 걸쳐 쉽게 치유되지 않았다. 명의 원군도 거저가 아니었고, 전보다 더 무거운 조공 요구로 시달려야 했으며 임진왜란은 훗날 일본의 한국 침략의 첫 발걸음이 된 셈이었다.

분재의 해방

우리 아이들이 고등학교를 다니던 시절이었으니 꽤 오래전 일이다. 아이들이 겨울방학을 맞았기에 나도 좀 시간적 여유가 생겼다. 그 짬을 타 나는 우면동에서 비닐하우스를 짓고 분재 강습을 해 주는 분재교실에 다니게 되었다. 그 교실은 미개발 지역이어서 교통이 나빠 지하철과 버스를 갈아타고 다니었으며 가는 길거리는 다른 노선의 지하철을 가설하느라고 걸어가는 길조차 몹시 힘들 만큼 험했다. 겨울이라 날씨도 아주 추웠으며 같이 다니는 친구만 없었다면 잘 다니지도 못했을 것이다. 친구 덕에 또 분재가 무척이나 좋아서 열심히 다녔었다.

어떻게 얼마 안 되는 흙을 화분에 담아 몇십 년이나 자란 것 같은 소나무, 진백나무, 소사나무 등 여러 가지 나무들을 노목의 기품 있는 모습으로 가꾸고 길러갈 수 있는지 배우고 싶었었다.

교습소 옆에 후끈한 넓은 비닐하우스가 있는데 교습용 분재나무들이 크기와 종류에 따라 무수히 무리를 이루고 살고 있었다. 주로 소나무가 대부분이었는데 그중에 마음에 드는 소나무를 골라서 알맞은 분재 분에 심는 것이 실습이었다. 분에 소나무 소재를 움직이지 않도록 고정시키고 흙을 부어주는 것인데 제일 밑바닥에는 굵은 흙을 깔고 그 다음에는 굵은 흙보다 약간 잔 흙을 얹고 맨 위에 고운 흙이기는 하나 물이 잘 빠지는 흙을 얹어 심는다. 소나무는 배수가 잘 되게 해 주어야 하기에 세심한 배려가 필요하다. 다음은 나무의 수형을 어떤 모양으로 자라게 할지 고정시키기 위해 철사걸이를 해야 한다. 나무가 어리니 가느다란 알루미늄 철사로 나무 맨 밑쪽으로부터 위로 감아 올려가며 머릿속에 생각해 둔 수형을 잡는다. 옆에 뻗은 가지에는 먼저 것보다 더 가는 철사를 감아 서로 다른 방향으로 서너 개의 가지를 고정시킨다.

소나무의 가지는 원래 잘 부러지지 않고 노글노글 말을 잘 듣는다. 분에 듬뿍 물을 주면 물이 잘 빠진다. 진흙을 그 위에 얇게 깔아 얹고 자연스러운 도랑을 만들듯이 이끼를 덮는다. 진흙은 이끼가 정착되도록 고정시키기 위해서이고 이끼를 도랑 만들듯이 입히는 것은 자연의 모습을 재현해 보려는 뜻일 것이다. 어쨌든 이 작업을 모두 지도강사의 교습에 따라 이루어 감으로써 한 분의 소나무 분재가 완성되는 것이다. 그 밖에 바위의 모습을 한 돌을 소나무와 곁들여 특별한 수형을 만들어 보기도 하고, 한 분에 서너 나무를 조화롭게 모아 심어 보는 등 자연을 축소해서 분 속에 담아 보는 학습은 아이들의 방학이 끝난 후 봄이 다 갈 무렵까지 계속되었다.

분재교습소에는 상품으로 꽃집에 팔려 나가는 완성품이 많았다. 값이 비싸 살 수는 없고 눈요기만 하는데 너무나 아름다운 것이 많았다. 흑송, 해송, 조선송, 직송, 오엽송 등 같은 소나무라 하지만 개성이 구별되고 아름다움도 다르다. 비록 비닐하우스이지만 진백, 소사, 꽃 사과, 목백일홍 등 비닐하우스에는 온통 아름다운 작품들이 작은 분재 백화점을 이루고 있었다. 아무리 형편이 어렵기는 했지만 소나무 두어 분과 진백과 목백일홍 등 몇 분을 샀더니 내가 심은 풋내기 소목 분재 등으로 우리 집 정원에는 생기가 돌았다.

그러나 분재를 집에 가지고 와서 기르는 것은 쉬운 일이 아니었다. 봄이 되면서 거실 밖에 내 놓은 진백은 어쩐지 기운이 없이 노란 빛을 띠우고 비닐하우스의 습도와 채광과 온도가 다르니 소나무 분재도 새파란 윤기가 덜해졌다. 우리 집 거실이 너무 건조하여 물을 자주 주지만 가는 비 뿌리듯이 분무기로 나무 온몸에 물을 주는 교습소의 조건과는 거리가 멀다. 분재가 추위에 얼게 하는 것도 나쁘지만 겨울이라 해서 너무 따듯한 곳도 좋지 않아 서늘한 곳에 두어야 한다. 한 해 두 해 지나는 동안에 분재 기르는 쓴맛을 통해 터득한 경험으로 이만하면 괜찮구나 하는 몇 가지 분재가 있었지만, 아파트로 이사 온 후로 마당에서 하는 분갈이가 불가능해졌을 뿐 아니라 채광도 부족하고 베란다의 온도가 너무 낮아 손질해 주는 것이 힘들어졌다. 해서 한 해 두 해 가는 동안에 분재 식구는 거의 없어지다시피 됐다.

그 후 다시 이사 온 우리 집은 빌라의 일 층이다. 우리 집과 앞 건물 사이에는 넓지는 않지만 정원이 있고 잔디가 깔려 있으며 정원수도 있다. 그 정원과 우리 집 거실 앞마당을 경계로 하는 빨간 벽돌담이 있었는데 나는 이사 오자마자 그 담을 헐어 버렸더니 거실 앞의 서너 평쯤 되는 기다란 우리 집 앞마당이 앞의 잔디밭 정원과 경계 없이 연결된 셈이 되었다. 그리하여 거실 앞의 우리 집 마당은 넓고 채광과 통풍도 좋은 정원이 되었다.

나는 몇 년 전에 그 마당에 친지로부터 선물 받은 물푸레나무와 단풍나무의 분재를 옮겨 심고 분재로서 자리 잡혀진 소나무 분재도 사다 심었으며 볼품없는 옛 소나무 분재들을 모두 풀어 땅에 심었다. 분 속에서 살던 나무들을 땅으로 옮겨 준 것이다. 그동안 오랜 세월 좁고 얼마 안 되는 흙 속에서 나의 솜씨와 생각에 따라 순응하면서 참고 견디며 살아왔고, 앞으로도 그렇게 될 삶에서 놓아 준 것이다. 신경이 없어 보이는 식물이지만 나무의 수형을 잡기 위한 첫 번째 철사걸이가 몸통 살에 감겨 있는데, 풀지 않은 그대로 그 위에 다시 다른 철사를 감고 또 감고하여 징그럽게까지 보이는 소나무 분재의 속박과 인고의 과정은 얼마나 안쓰러운 것인가. '고추 당초가 맵다한들 시집살이보다 더 매울쏘냐. 열두 폭 치마가 눈물 콧물에 다 젖었다.' 분재의 삶에서 풀려나는 것은 마치 젊은 아낙이 고통스러운 시집살이에서 풀려나올 때의 해방감과 같을 것이다.

그 후 우리 집 분재들은 해방의 자유로움을 만끽하듯 그 오랜 동안 자라지 못하고 축적된 힘을 발휘하듯 생동에 차서 잘 자라고 있다. 마음껏 수분과 영양분을 먹으며 자유롭게 뿌리를 사방으로 뻗으며 살아갈 것이다. 친구들은 비싼 분재를 값 떨어지게 만들었다고 핀잔을 준다. 그러나 분재로서 아름다운 수형으로 기초가 잡혀 있으니 커가면서도 원래의 모습은 아름답게 남아 있을 터, 또한 나 역시 분재에 물 주고 흙 갈고 철사걸이로 또는 가위질로 노심초사하는 일에서 해방되는 것이니 외출 후 집에 돌아오자마자 목걸이, 반지, 손목시계 등 거추장스러운 것들을 풀어 놓고 난 후의 편안함과 같은 느낌이다. 넓은 흙 속에 두 발 뻗고 살고 있는 우리 집 분재들의 자유로움마저 나 자신이 누리는 기분이다.

고향

누구나 태어난 곳이 있지만 그곳이 다 고향은 아니다. 태어난 곳에서 십 년, 이십 년 또는 평생을 살면서도 그곳이 고향이 아닌 데도 있다. 태어난 곳에서 불과 십여 년 남짓을 그것도 갓난아기 시절과 유년 시절을 살았을 뿐인데, 그곳을 고향이라 하여 평생을 두고 그리며 사랑하는 사람도 있다.

통영은 남편의 고향이다. 아침 일찍 배를 타고 다섯 시간 동안 계속된 뱃멀미 때문에 물 한 모금을 입에 대지 못하고 시달리다가 노란 얼굴이 되어 배에서 내리고 나면 다시 서울까지 천 리 육로가 남아 있다. 얼마를 부산역에서 기다리다가 기차를 타고 열두 시간을 달려야 서울역에 도착할 수가 있었다.

조그만 항구의 시골 소년으로 서울의 K중학교에 입학한 무렵 일제 말기의 통영에서 서울까지의 길은 그토록 오래 걸렸다. 코흘리개를 면한 열네 살의 나이로 향학의 부푼 가슴을 안고 고향을 떠난 것이다.

통영은 이충무공의 한산대첩을 기리기 위해 한때는 충무시라고 불리기도 했다. 지도를 보면 경상남도 남쪽 끝, 들쭉날쭉한 해안선 위에 자리하고 있어 쉽게 찾아낼 수 있는 조그만 항구요, 어촌 도시이다. 겨울에 온화하고 여름에는 늘 산들거리는 바닷바람 덕에 시원한 기후이니 여름 겨울을 가리지 않고 다른 도시에서 온 사람들이 어시장을 돌며 쇼핑하듯 나 또한 이곳에 오면 아침 일찍 열리는 해산물 시장 구경을 즐긴다.

바다에서 갓 뜯어온 파래, 미역, 톳나물 같은 해초가 싱그럽고, 살아있는 것까지 섞인 팔딱팔딱 뛰는 생선들, 전복, 해삼, 멍게, 바지락, 피조개, 홍합들은 서울에서도 흔히 보는 바닷속 패류들이건만 이곳에서는 다른 물건처럼 싱싱하고 또한 값이 싸다.

오늘 저녁 반찬은 무엇을 할까 하고 저녁때만 되면 짜증스러워지는 일 없이 얼마 안 되는 돈과 찬 바구니를 들고 나가면 뜻하지 않은 그날의 새로운 찬거리가 기다리고 있는 것이다. 특별한 조리법이 없어도 생으로 회를 쳐서 먹거나 살짝 익혀 놓으면 그대로 산뜻한 맛이 생기는 찬거리들이 그득하다. 비늘만 긁을 뿐 내장이 있는 채로 석쇠에 올려놓아 기름이 자글자글하게 구어 내는 볼락에 양념장을 끼얹어 상에 놓거나 갓 뜯은 해초의 싱그러운 향기를 상할까봐 데치지 않고 굵은 소금에 여러 번 씻은 후, 바지락을 다져 볶아 무치기도 한다.

회를 하려면 껍질과 뼈를 가려야 하지만 팔팔 뛰는 산 생선을 껍데기와 뼈째 썰어 회로 먹기도 한다. 또한 살아 있는 것 같은 패류들은 모두 횟감이라 초고추장 만드는 데 묘미가 있을까 단순한 조리법으로 일품요리가 된다. 숨숨하게 간 맞게 절인 대구 알젓, 대구 아가미젓, 호래기젓 등은 절대로 짜지 않은 젓갈이다.

겨울철에 가면 큰 통대구를 통째로 삐득삐득하게 반만 말려 예리한 칼로 저며서 초간장에 찍어 먹을 수 있는 통대구 말린 것과 알을 밴 대구 아가리에 소금과 간장을 섞어 넣어 숨숨하게 간을 맞추어 말린 약대구가 그곳에서만 볼 수 있는 술안주이다. 오밀조밀하게 말린 건어 또한 다양하며 밭에서 나오는 채소 또한 흔하고 맛있는 곳이다.

해류의 분포 때문인지 통영에서는 여러 가지 생선들이 잡히며 통영에서 잡히는 고기라야 제 맛이 난다고 그곳 사람들은 자랑을 한다. 그러나 무엇보다 그곳의 자랑은 바다의 아름다움에 있다. 크고 작은 무수한 섬들을 품에 안고 넘실거리는 한려수도, 다도해의 아름다움이다. 바닷물이 맑고 깨끗하며 아기자기하게 바다에 떠 있는 섬들은 하나같이 오묘하다.

그곳 사람들은 마치 대어를 찾아 대양으로 멀리 나가듯이 공부를 한다, 돈을 번다 하여 객지로 잘도 떠나는 진취적인 기질을 가지고 있다. 그러나 설사 고향을 멀리하고 있어도 자기 고향에 대한 애착과 긍지를 버리지 않는다. 돈이 없으되 꿀리지 않으며 낙천적이다. 바다를 상대하는 어업이란 농업과 달라 뜻하지 않는 풍어를 만나 일확천금할 수 있는 기회를 가질 수 있는 것, 오늘은 돈이 없어도 곧 큰돈을 만질 수 있다는 낙관이 있다.

풍어를 만난 사람들은 불로소득이나 한 것처럼 그 기쁨을 친구와 이웃과 나눈다. 그래서 이 도시의 이 구석 저 구석에는 늘 인심 좋은 축제 분위기가 있다. 인색하지 않으며 호탕한 성격은 아마도 넓은 바다의 기상을 닮았으며 술과 노래와 춤을 좋아하듯이 시나 소설 등 그들의 문학 취미나 예술 취미는 다도해의 아름다움에서 영향된 것인지 모른다.

남편은 부모와 떨어지기에는 아직 이른 나이에 고향을 떠나온 후 줄곧 객지에서 살고 있다. 고향에서 보낸 몇 배의 세월을 객지에서 보냈건만 그의 마음은 늘 고향을 구심점으로 하여 빙빙 회전하는 원운동이다. 어릴 적에 몸에 배인 망향이나 애향 귀소의 정은 그의 체질이 되어 버렸다.

오랫동안 외지에 있다가 돌아온 후 남편은 아이들과 나 셋을 데리고 해마다 여름이면 통영을 방문하곤 했다. 그러나 여름철에는 바다가 제일 좋고 아무리 통영의 바다가 아름답다고 하지만 늘 같은 곳에 가니 아이들이 싫증을 냈다. 동해도 좋고 서해는 또 어떠냐는 것이다. 그러나 그 제의는 통하지 않았고 영락없이 통영행이었다. 하여 어느 해인가는 아이들과 나는 통영 가는 것을 거부하고 집에 있기도 하였다. 그러나 그해도 그는 혼자 통영에 갔고, 그곳 친구들과 어울려 놀다가 돌아왔다. 그는 어머님이나 고향 친구, 고향 땅에 대한 북받치는 그리움을 억제하다가 방학이 되면 쏜살같이 고향으로 달려가던 십대 소년의 애절한 마음을 쭈글하게 늙은 지금도 그대로 지니고 있는 것이다.

식솔들을 거느리고 내 고향이네 하고 해마다 드나들 수 있는 고향을 가진 남편이 내게는 무척 부럽다. 내게는 그러한 고향이 없는 것이다. 부모님의 고향은 개성이지만 아버지의 직장이 서울이기에 나는 서울에서 태어나 서울에서 자랐으나 어려서부터 늘 드나들던 외조부모님이 사시던 개성이 있었다. 그곳을 내 고향이라고 말할 수 있을 만큼 방학 때마다 드나들며 정든 곳이었는데 6·25 전쟁 때 이북 땅이 되어 버렸다.

벌써 개성에 가본 지 오랜 세월이 흘렀지만 그 당시 개성의 모습은 규모가 작고 고층건물이 없지만 오늘날의 도시로서도 손색이 없다고 회상된다. 깨끗한 도시였으며 일제 말기 최악의 시기에서마저 늘 살림에 여유가 있어 보이는 부유한 도시였다. 날림으로 지은 서울의 기와집과는 달라 하나하나 정성들여 단단하고 곱게 지은 기와집들, 초가집일망정 지붕만 이엉을 이었을 뿐 기둥이나 서까래가 격을 잃지 않았고, 작은 골목이나 큰 신작로는 누가 노상 치우는지 언제나 단정하고 깨끗했다. 통영시가 천혜의 자연으로 하여 아름답고 살기 좋은 곳이라면 개성은 그곳에 사는 사람들의 지혜로 인해 아름답고 좋은 곳이다.

개성 사람들은 여유가 있되 사치하지 않으며 늘 검약하고 근면한 사람들이며 신용이 강하고 경우가 밝은 사람들이다. 나의 아버님은 내가 자랄 때 내게 들으라는 듯이 개성 여자들의 규모 있는 살림살이와 음식 솜씨의 뛰어남을 칭송하셨다. 강한 애국심과 애향심, 뚜렷한 가치관 등 일제강점기를 살아가던 현지 여성에 대한 이야기에는 늘 개성의 명문 H여고를 서울의 여러 명문 여고 위에 놓고 자랑하셨다.

어찌 칭찬은 여자들뿐이랴. 일제의 자본이 개성에만은 발을 못 붙여 놓았다함은 유명한 이야기지만 그들에게 어떤 항일의 조직이 있거나 기지나 구호가 있었던 것은 아니다. 한 푼을 바라보고 십 리를 걸어간다는 그곳 상인들이지만 싸게 거래하는 일본 상점들을 마다하고 오히려 비싸지라도 개성 사람의 물건을 사준다는 것은 한 사람 한 사람이 제각기 지닌 항일의 협력과 단결의 시민정신이었던 것이다. 그 정신이 고려가 망한 지 오백 년이 넘는 긴 세월 동안 개성은 고려 왕도로서의 품위와 긍지를 그대로 지켜오고 있는 것 같이 느껴진다.

누구나 자기 고향에 대한 자랑이란 비록 남에게는 별것이 아닌 것을 가지고도 많이 하는 것 같다. 그곳을 사랑하기 때문이다. 설사 자기 고향에 대한 자랑이 없다하더라도 해서 남에게는 보잘 것 없어 보인다 하여도 자신에게는 세상에서 제일인 어머니의 품처럼 애틋하고 포근한 곳이다.

현대의 사회구조가 많은 사람들로 하여금 뜻을 이루기 위해 고향을 떠나 살게 하고 있지만 언젠가 뜻을 이룬 뒤 늦게나마 고향에 돌아가 살고 싶다는 정이 마음 한구석에 있는 것은 아닐런지. 이것이 인간이 갖고 있는 귀소의 본능인지도 모른다.

춘란

통영 비빔밥

여름철 잘 익은 열무김치에 밥을 넣고 고추장에 참기름을 넣은 다음 슥슥 비벼서 열무김치 국물을 마시며 먹던 비빔밥, 찰보리밥에 맛있는 고추장을 넣고 역시 참기름을 한 순갈 넣은 빨간 고추장 비빔밥, 너무 매워서 찬 냉수를 마셔 가며 맛있게 먹던 밥이 생각난다. 더군다나 고사리, 도라지, 버섯 등 보통 밥상에 오르지 않던 나물에다 콩나물, 호박나물, 무나물, 시금치나물 등 갖가지 나물에 잘 지은 밥을 고추장을 가감하며 참기름에 비비면 손이 많이 갈 만큼 일품 비빔밥이 된다.

전주는 도시 이름을 딴 전주 비빔밥이 유명하다. 볼일이 있어 전주에 들른 적이 있었는데 비빔밥이 유명하기로 이름난 비빔밥 집을 찾아갔다. 그 집의 비빔밥은 여러 가지 나물들을 맛깔스럽게 큰 놋대접에 가지런히 올려놓고, 그 가운데 쇠고기 육회가 수북이 얹혀 있었다. 고소한 참기름을 흔하게 치고 비벼 먹었는데 특히 좋은

콩을 다량으로 기른 탓인지 콩나물이 맛있었고 또한 전주 고추장이 맛있었다. 같이 나오는 콩나물국은 깔끔하고 맑고 시원했다.

봄철에 강원도 지방에 가면 새로 올라오는 연한 취나물, 고사리나물, 참나물, 도라지나물 등의 산채 비빔밥은 향기가 특별하고 맛도 특별하였다.

나는 일본에 가면 우동을 많이 사 먹는다. 값도 싸지만 그 맛이 담백하면서도 맛이 깊다. 국물을 다시마 삶은 물에 가츠오부시(말린 다랭이를 대패질 한 것)를 쓰는데 국물을 우려내는 시간과 양의 조절에 맛의 비결이 생기는 모양이다. 힘든 과정을 거쳐 밀어내는 쫄깃한 우동 국수 가락의 맛에 주로 가마보꼬 덴푸라 등 첨부되는 고명의 맛으로 해서 유명하다. 일본은 사누키 우동이라 하여 현재의 시코쿠 카가와(四國 香川) 지방의 우동이 특히 유명하지만, 일본 전국 어디에서나 사누키 우동이라면 인기가 있다. 서울에 가서 전주 비빔밥 찾으면 되는 것과 같은 이치이다.

나는 비빔밥을 좋아하지만 그중 통영 비빔밥을 제일 좋아한다. 통영은 남쪽으로 섬들이 많은 항구 도시이니 언제나 싱그러운 해초가 풍부하다. 특히 봄에 뜯어내는 연한 미역, 돌나물 등이 바다의 싱싱한 냄새로 식욕을 돋운다. 또한 바닷가 갯벌에서 갓 잡은 바지락을 까면 통통하게 살이 찐 조갯살이 꿈틀거린다. 해초나물은 이 바지락의 맛에서 나온다고 할 수 있다. 미역은 굵은 소금을 넣고 쌀을 씻듯이 빡빡 으깨어 미역에 붙은 미끈미끈한 이끼 같은 것을 비비고 씻는 것을 되풀이하면 미역이 더욱 향기롭고 부드러워진다. 돌나물은 깨끗이 씻고 끓는 물에 잠깐 데치면 된다. 미역과 돌나물은 각각 잘게 썰어 놓고 바지락을 다져 파, 마늘, 후추, 깨소금, 참기름 같은 갖은 양념에 볶은 후 얼른 미역이나 돌나물에다가 무친다. 싱그러운 해초의 맛과 바지락의 깊은 맛이 어우러지면 얼마나 맛있는 해초나물이 되는지, 거기에다 으레 비빔밥에 쓰이는 콩나물, 고사리, 도라지나물과 여름철에 흔한 호박이나 시금치나물을 곁들여 밥 위에 올리게 된다. 가을에는 잘 영근 박을 껍질을 벗기고 속을 파낸 후 납작납작하게 썰어 볶은 박나물을 얹는 것이 독특한 통영 비빔밥이었다. 그러나 요즘은 박을 심지 않으니 박나물이 들어간 것은 아주 귀해졌다. 전주 비빔밥에 콩나물국이 딸려 나온다면 통영 비빔밥에는 두부국이 있다. 부드러운 두부를 가는 새끼손가락 굵기로 채를 썰어 바지락과 홍합을 다져 넣고 국간장으로 간을 맞춘 국물에 두부를 넣고 끓인다. 전주의 콩나물국이 시원하고 담백한 맛이라면 통영의 두부국은 진한 맛이다. 그 두부국을 비빔밥을 비빌 때 두부와 국물을 조금 얹어서 비비면 밥과 나물이 서로 으깨지지 않게 살살 잘 비벼진다. 전주 비빔밥은 대여섯 가지의 나물 위에 육회가 얹어 있어 맛을 한층 높여 주는데 통영 비빔밥에는 요즘 많이 양식되고 있는 전복이 흔해지고 값도 많이 싸졌으니 양식장에서 쏟아지는 전복을 구입하여 끓는 물에 잠깐 넣었다가 건져 될 수 있는 대로 얇게 저며 해초나물 위에 얹어 나물 위의 육회와

견주는 맛을 내보면 어떨까 생각해 본다. 전복도 좋지만 소라, 피조개, 홍합, 바지락 등 조개껍질 속에서 채취되는 조개들의 육질은 너무나 특이하니 해초 비빔밥 위에 곁들이면 통영 비빔밥이 독특해질 것이다.

나는 전주 비빔밥을 먹으며 늘 맑은 물에 콩나물을 삶은 것 같은 그 국이 왜 이리 시원하고 당기는지 궁금해하며 많이 먹는데, 통영 비빔밥에서는 무를 어슷하게 저며 갈치젓으로 빨갛게 버무린 섞박지라는 무김치가 딸려 나온다. 그 섞박지는 통영에서만 맛볼 수 있는 깊고 구수한 맛이다. 전주 비빔밥은 전주에서뿐만 아니라 서울 어디에서나 먹을 수 있는데 통영 비빔밥을 파는 집은 통영에도 그리 흔하지 않다. 이상한 일이다.

내가 젊다면 통영에 통영 해초 비빔밥 집을 차리고 싶다. 그리 비싸지도 않고 바다에서 공급되는 싱싱한 재료로 하여 해초 비빔밥이라는 특유한 맛이 있으니 통영에 오는 한국 사람은 물론 여러 나라 관광객들 사이에서도 인기가 있을 것이다.

개성 보쌈김치

김장 때가 되면 이번만큼은 두어 폭이라도 좋으니 개성 보쌈김치를 담가볼까 하다가 늘 그만 둔다.

개성에서는 요즘처럼 보쌈김치라 하지 않고 쌈김치 또는 사투리로 생김치라고도 한다. 보통 어느 집에서나 담그는 김장김치에 버금가는 요리라고 해도 손색이 없는 아름답고 맛있는 김치이다.

우선 배추의 종류가 다르다. 개성 지방에서는 배추의 키가 보통 배추의 두 배 반 정도 길고 속이 꽉 차있다. 배추를 세로로 이등분해 소금에 간맞게 절여서 씻는 것은 여느 곳의 배추절임과 같지만 잘 절인 배추를 씻은 후 소쿠리에 담아 완전히 물기를 빼는 것이 중요하다.

배추의 물기가 완전히 빠지는 시간이 꽤 오래 걸린다. 한편으로 배춧속에 들어가는 양념을 마련하는데 마늘과 생강을 곱게 채 썰고 갓과 미나리, 파도 짧게 하여 곱게 채 썬다. 이 재료들을 고운 고춧가루와 소금으로 간을 맞추어 약간의 설탕을 넣고 버무린다. 채 썬 양념거리에다 소금과 곱게 빻은 고춧가루를 넣고 버무리면 새빨간 소의 간 덩어리처럼 차지게 엉켜진다. 다음 부재료로 낙지를 한 뼘 정도 길이로 토막 내고 무는 납작하게 골패 모양으로 썰고 배도 납작납작하게 썰어 놓는다. 채친 밤, 실고추, 잣 등을 고명으로 준비한다.

물기가 잘 빠진 배추를 길게 도마 위에 올려놓고 배추머리(꽁배기)가 들어가지 않는 부위부터 6센티 정도의 길이로 세 번 정도 토막 내 자르고 나머지 배추 잎은 배추를 싸는 보자기로 쓴다. 그 배추 잎은 말 그대로 큰 어른 손바닥만큼 넓다. 도마나 쟁반 위에 푸른 배추 잎을 넓게 펴서 깔고 그 위에 노란 속잎을 다시 편다. 두 겹으로 된 배추 보자기 위에 썰어 놓은 배추를 똑바로 세워 놓고 그 사이사이에 새빨간 양념을 은행알만큼씩 고루고루 속을 넣는다. 그때 약간 간이 되어 있는 골패만한 무와 낙지 두어 개, 배 조각을 세워 넣는다. 양념이 다 들어간 배추 폭 위에 밤 채친 것 실고추 잣 대여섯 알을 올려놓고 노란 속잎으로 감싸듯이 덮은 뒤 미리 깔아 놓은 두 겹으로 된 배추 잎으로 풀리지 않게 꼭꼭 잘 싼다. 쌈김치 한 쌈이 만들어진 것이다. 배추 크기에 따라 다르지만 한 폭을 가지고 다섯 개, 작게 싸면 여섯 개의 보쌈이 나오는 것 같다.

쌈김치는 손이 많이 가기 때문에 김장 때는 이웃이나 친척이 와서 서로 도와주고 나중에 도움 받은 집의 김장을 도와준다. 풀리지 않게 탄탄하게 잘 꾸려진 쌈김치를 항아리에 담을 때 차곡차곡 담되 서로 옆으로나 위로 눌리지 않게 한다. 삼 일 후 국물을 넣은 뒤 스며들 공간을 마련하기 위해서일 것이다. 그 위에 물기가 깨끗이 빠진 배추 우대기를 덮고는 그 위를 가벼운 돌로 누른다.

항아리에 담은 뒤 사흘 뒤에 조기젓에 필요한 만큼의 물을 붓고 끓여 식힌 뒤 채에 받쳐 다 녹은 조기 뼈를 버리고 깨끗이 가라앉힌 맑은 국물에 간을 맞추어 쌈김치가 잠길 만큼 붓는다. 옛날과 달라 조기젓이 귀해진 후부터는 조기 새끼와 꼭 닮은 황세기젓을 대신 쓴다. 조기젓과 맛도 비슷하고 쓸 만하다. 그 후 한 달 가까이 있으면 잘 익은 쌈김치가 상에 오를 수 있다.

상 위에 쌈김치 한 쌈이 들어갈 만한 알맞은 그릇에 담아 쌈을 살며시 열고 노란 속잎을 걷으면 밤채와 실고추, 잣 등의 고명이 드러난다. 꼭 큼직하게 잘 핀 장미꽃 같다는 생각이 든다. 그 김치의 싱그러운 향기가 군침을 돌게 한다. 단순한 김치가 아니라 요리 김치인 것이다.

제2차 세계대전이 막바지에 이른 무렵 일제는 미군의 공습이 심해진다고 서울 사람들을 지방으로 소개시키는 정책을 썼다. 나의 아버지는 당시 금융조합에 근무하고 계셨는데 인천으로 소개하라는 명령을 받아 우리 식구는 인천으로 이사를 갔다. 그때 아버지는 그곳 금융조합의 부이사였는데 그 윗사람으로 일본인 이사와 부이사가 있었다. 전근해 온 지 얼마 안 되어 가을이 되고 김장철이 다가왔다. 일본 사람들은 오세이보(御歲暮)라고 하여 연말에 서로 선물을 주고받는 풍습이 있고, 우리 아버지는 새로 부임해 왔으니 더욱이나 신년 선물을 해야 했다.

그러나 아버지는 무엇을 해야 할지 좋은 생각이 떠오르지 않는 눈치였다. 나는 찻잔을 골라보면 어떻냐고 제안해 보았지만 찻잔을 고르는데 우선 물건이 비싸고 어떤 것이 그들의 취미에 맞는지 짐작이 가지 않았다. 그런대로 11월 말 김장철이 되었다. 어머니는 특히 좋은 배추를 골라 사들이시고 자그마한 오지단지 두 개를 사오셨다. 두 항아리에 개성 쌈김치를 담아 보내실 생각이셨다. 그때만 해도 조선 배추라 하여 쌈김치를 하는 데 잎이 넓고 키가 큰 배추가 있었다. 한 단지에 대여섯 개씩 두 단지를 담아 알맞게 익은 것을 신년 설 며칠 전에 두 일본 사람에게 보낸 것이다.

쌈김치를 선물 받았던 두 사람은 얼마나 그 김치가 맛이 있고 모양이 아름다웠는지 그 김치를 다 먹고 난 뒤 두고두고 자기 친척이나 동료들에게 개성 쌈김치에 대한 칭찬과 그것을 먹어 본 맛을 자랑했다고 한다.

어머니는 신년 선물을 제대로 하셨고 개성 쌈김치의 멋과 맛을 일본 사람들에게 홍보하게 된 일석이조의 성과를 얻은 셈이다.

요즘도 개성에는 개성배추가 재배되고 있으리라 생각된다. 그 배추의 종자가 꼭 보존되고 있었으면 하는 간절한 마음이다.

길상사와 성북 성당

성북동에 있는 성북 성당 건물은 어느 곳인지는 모르지만, 오래된 큰 벽돌 건물을 헐 때 산더미처럼 헐려 나오는 벽돌 중에서 온전한 것만 골라 다듬은 것들을 실어다가 지은 성당이라고 한다. 벽돌색이나 그 견고함이 아주 좋아 새로 나온 벽돌보다 오히려 운치가 있어 보인다.

본 성당을 지은 지 몇 년 있다가 두 번째 부속 건물을 지어 두 채로 되어 있는데, 서로 조화가 잘되어 정감이 더 가는 아담한 모습이다. 성당으로서의 건축 설계가 잘되고 벽돌 한 장 한 장 쌓은 기법이 가까이 볼수록 예사롭지 않은 건축미가 있다. 그 밖에 자그마한 정원과 그 정원에 심어진 나무들의 손질이 잘된 것들이며 얕은 담 위로 자라고 있는 성당 문 앞에 심어진 소나무는 아주 잘생긴 명목들이다. 으레 성당이라면 높고 크고 웅장하여 엄숙한 느낌에 눌려 다가가기가 어려운 법인데 서울에 있는 성당 중에서 둘째로 작은 성당이라는 말을 들어서 그런지 오히려 다정스러운 친밀감을 느끼게 한다.

이번 석가탄신일 며칠 전부터 성당 벽에는 '부처님 오신 날을 축하합니다'라는 크고 긴 현수막이 붙었다. 이번뿐만 아니라 몇 년 전 부터 같은 내용의 현수막을 보았지만 그 말뜻이 주는 감동은 늘 특별한 느낌이다. 왜냐하면 성북 성당에서 그리 멀지않은 곳에 길상사라는 큰 절이 있는데 그 절 담벼락에도 크리스마스가 가까워지면 '아기 예수님의 탄생을 축하합니다'라는 커다란 현수막이 붙기 때문이다. 불교와 가톨릭교가 서로의 큰 축일을 잊지 않고 축하해 주는 정다운 메시지가 이어져 오면서 그 길 앞을 지나가는 사람들의 얼굴에 미소를 짓게 만든다.

길상사는 원래 대원각이라는 큰 요정이 있던 곳이다. 서울의 삼대 요정 중의 하나로 크게 번성할 때에는 정계 재계의 거물급 사람들이 불야성을 이루며 밀실 정치를 하던 곳이었다고 한다. 세월이 바뀌면서 그 번성함도 차차 줄어들면서 회갑이나 생일날 같은 한식 전문의 연회석이 가끔 있기는 하지만, 한편으로는 한 평 또는 두 평 정도의 원두막 같은 작은 집을 여러 곳에 많이 흩어 지어 놓고 숯불로 불고기나 갈비를 구어 파는 갈비집이 되었다. 여러 명이 둘러앉을 수도 있지만 둘이나 세 사람이 먹을 수 있는 초가집 또는 오두막의 작은 집은 오히려 문짝 하나만 열면 바깥과 이어져 산속에서 야영할 때 먹던 갈비구이의 그리운 추억을 떠올리게 하였다. 갈비와 김치와 밥 등이 딸려 나오는 음식 쟁반을 들고 약간 경사진 길을 부지런히 달려와서는 일일이 숯불 앞에서 시중들며 구어 주는 아가씨들이 수십 명은 되었던 것 같다. 그 경영의 구상과 방책을 보아도 경영주 김 여사는 보통내기 여자가 아니라는 인상을 받을 수 있었다.

아무리 고기가 좋고 양념이 잘된 소갈비라 할지라도 숯불에 굽지 않으면 제맛이 나지 않는다. 요즘은 고기를 사 와도 한옥 주택에서 숯불로 구어 먹기란 쉽지 않으며 더구나 아파트에서는 꿈도 못 꿀 일이다. 그 점을 대원각의 갈비집이 숯불 갈비구이로 대신해 주는 셈이다. 우선 고기 맛이 좋고 넓은 산속에 온 것 같은 분위기도 특별하니 먹고 가는 손님의 입소문으로 대원각의 숯불 갈비집은 유명해졌으며 돈도 많이 벌었다.

이 대원각의 주인은 아주 젊은 나이 때부터 요식업에 뛰어들어 수련을 쌓아 요정업과 요식업으로 크게 성공한 수완이 좋은 여인으로 알려져 있다. 돈을 잘 벌면 버는 대로 홍청망청 쓰고 즐기려는 것이 보통 사람들의 습성인데 그녀는 홍청망청 돈을 잘 쓰는 돈 많은 사람들을 상대로 장사를 하여 치부한 돈을 한 푼이라도 헛되지 않게 챙기면서 대원각의 7천 평이나 되는 부지와 그 속에 있는 삼십여 채의 건물을 소유한 돈 많은 재산가가 되었다. 그런데 그 후 그녀는 '무소유'의 저자인 전라도 송광사의 법정 스님에게 자기가 가지고 있는 재산 전부를 시주할 뜻을 밝혔다.

법정 스님은 그 뜻을 받기를 거절하였지만 칠 년여에 걸친 그녀의 간곡한 부탁 끝에 마침내 수락하게 되었으며, 1997년 그녀의 이름 김영한 여사에게 길상화라는 법명을 주고, 그 법명에서 절 이름을 따서 길상사라고 이름 지어 오늘날 길상사의 주지스님이 되었다. 어떻게 번 돈이던 간에 그 많은 재산은 깨끗하게 승화되어 큰 절이 된 것이다. 원래 그 땅은 약간 경사가 진 곳으로 많은 느티나무가 자생하던 곳이었다. 사람의 손을 들이지 않아도 자유롭게 하늘 높이 뻗으며 자라나는 느티나무가 많으며 새로 지어지는 여러 법당 건물들이 느티나무와 어우러져 아름답다. 작지만 연못도 있고 모란이 많이 심어진 화단이 있어 늘 거닐어 보고 싶은 곳이다. 그 후 2년 뒤에 길상화 보살은 83세의 나이로 타계하였다. 그 장례식에 검은 수녀복 차림의 아마도 성북 성당에서 온 것 같은 댓 명의 수녀들이 참석한 것을 보았는데, 참으로 이색적이며 고마운 느낌을 받았다.

오늘날 세계적으로 서로 다른 종교가 대립하여 전쟁하듯 싸우는 것은 고사하고 같은 종교끼리도 종파가 갈라져 죽음을 무릅쓰고 피를 흘리는 현실을 볼 때 언제쯤 종교 간의 평화로운 관계가 이루어질 수 있을런지 심각하게 걱정이 된다. 수년 전 이제는 고인이 된 교황 요한 바오로 2세가 서로 다른 종교 간의 평화로운 화해 관계를 갖도록 노력하자는 메시지를 보낸 것을 기억한다. 우리나라의 김수환 추기경도 생전에 길상사 개원 법회 때 축하 메시지를 보냈으며 그 후 김 추기경의 서거 장례식에는 불교 스님들이 참례하여 애도를 했었다. 그뿐 아니라 지난번 조계사에서 열린 석가탄생 기념법회에는 기독교계를 비롯해 다른 나라 종교, 심지어 이슬람교 사람들까지 참석한 것을 볼 수 있었다고 한다.

모두 한결같이 종교 간의 화해와 평안을 염원하는 물꼬를 트려는 움직임으로 느껴진다. 내 종교만을 고집하며 상대방 종교를 비방하고 적대시하는 요즘의 세계적 혼돈에서 벗어나 다른 종교를 포용하고 이해하려는 화해의 염원이 일고 있는 것 같아 마음이 따뜻해진다.

정삼각형

나의 안방 나지막한 장롱 위에는 늘 아들의 어릴 적 사진이 놓여 있다. 사진틀 뒤에는 고리가 달려 있어 벽에 걸어 두기도 하고 벽에 걸어 두기가 지루해지면 다시 장롱 위에 올려놓기도 하지만 그렇게 하고 지낸 지가 십 년은 되었다.

어른 티를 내어 보겠다고 왼쪽 가르마를 타서 머리를 갈라 빗고, 짙은 하늘색 와이셔츠 차림을 하고 있는데 엄마가 아빠의 헌 넥타이를 줄여서 만들어 준 자색 넥타이를 매고 찍은 사진이다. 초등학교에 입학한 지 댓 달 지난 후에 찍은 것으로 웃으면 앞니가 빠진 게 드러나니까 윗입술에 힘을 주어 앞니를 가리듯이 웃고 있지만, 앞니 빠진 것을 숨기지는 못하고 있다. 어른 손바닥만 한 이 꼬마 신사의 아들 사진은 그 애가 태어나서 그만큼 클 때까지의 여러 가지 옛날 생각을 불러일으켜 주어 새삼스러운 그리움과 사랑스러움이 얽힌 감회에 젖게 만든다.

그 애는 아빠가 유학하러 미국에 온 지 얼마 안 되어 전혀 자리가 안 잡혔던 어려운 때에 태어났다. 어려운 생활에다 아이가 태어났으니 생활은 더 어려워졌다. 그 아이를 기르는 데 드는 양육비는 얼마 되지 않지만 그 애 때문에 내가 일을 할 수 없게 되었기 때문이다. 얼마 동안 집에서 애만 보고 있자니 마음이 조급해져서 6개월도 못 된 아이를 남에게 맡기고 또 일을 했었다.

뉴욕은 대서양을 옆에 낀 항구 도시라서 바닷바람이 센 곳이다. 겨울바람은 더구나 거세고 차서 아이는 감기가 잘 걸렸다. 한번은 열이 40도가 가까운 기관지염에 걸려 아픈 아이나 간호하는 어른이나 혼이 났었다. 그때 독하게 걸린 기관지염 탓인지 감기만 걸리면 기관지염이 병발하여 병원 출입이 잦아졌고, 만만치 않은 병원비가 지출되면 내 얼마 되지 않는 벌이는 하나마나였다. 그렇다고 직장을 집어치우고 들어앉을 수도 없는 일이었다.

그런데 아이의 건강도 문제였지만 아이가 엄마 떨어지는 것을 몹시 싫어하는 것은 더 문제였다. 아이를 유모차에 태워 아이를 돌보는 아줌마가 사는 이웃 빌딩에 들어서면 아이는 어떻게 알았는지 언짢은 기색을 하다가 그 여인의 아파트 문에만 들어서면 소리를 내고 울기 시작하는 것이다. 우는 아이를 뒤로하고 아파트 문을 닫고 나와 엘리베이터를 기다리며 아이 울음이 그치기를 기다리나 좀체 그치지 않아 빈 엘리베이터를 몇 번이고 내려 보내곤 하였다. 엄마와 떨어져 괴로워하는 아이 생각을 하며 나는 슬픔과 죄책감에서 몇 번이고 집에 들어앉으려고 마음먹었으나 날씨가 따뜻해지는 봄이 되면 봄이라고 버티어 보고, 여름은 여름이라서 그대로 견디었으며, 가을엔 추운 겨울에나 들어앉자 하고 그대로 밀고 나갔었다. 그러다가 뜻하지 않던 나의 병으로 하여 그 고생스러운 생활을 그만 두게 되었다.

실의와 병고에 시달리던 근 일 년 동안 우리 모자는 집에서 쉬다가 한 마디 두 마디 말을 지껄이는 만 세 살이 된 아들은 '너서리스쿨'에 들어갔다. 너서리스쿨이란 아이를 가진 직업여성을 위해 종일 또는 시간제로 미취학아를 맡아 길러 주는 학교이다. 교사들이 유치원의 아이들을 교육하듯 노래와 춤, 그림 그리기를 가르치며 노는 시간, 먹는 시간, 잠자는 시간을 계획대로 하게 된다. 적지 않게 드는 베이비시터 값이 안든 데다가 아이가 하루 종일 아파트 구석에 갇혀 무료하게 엄마 오기만을 기다리던 때를 생각하면 참으로 고맙고 잘된 일이었다.

그러나 학교가 너무 먼 곳에 있었다. 집에서 10분을 걸어 지하철 정류장이 있고, 지하철을 두 번 갈아타야 했으며 지하철에서 내리고는 다시 15분을 걸어야 학교에 갈 수 있었다. 아침 출근 시간을 배로 잡고 어린 것의 손목을 끌고는 엄마나 아빠가 그날그날의 사정에 따라 번갈아 학교에 데려다주고 데려오곤 했는데 봄, 여름, 가을은 날씨가 따뜻하고 해가 길어서 그런대로 할만 했지만 겨울이 몹시 힘들었다. 겨울에는 눈이 많았고 땅에 내린 눈을 불러일으키며 회오리치는 바람은 옷 속까지 기어들어 실제의 기온보다 5~6도나 더 추위를 느끼게 한다.

아이에게 옷을 몇 겹으로 두텁게 입히고 그 위에 외투를 입힌 뒤 털모자를 씌우고 긴 목도리로 목과 얼굴을 붕대 감듯 칭칭 감아 눈만 남겨 놓은 차림으로 거리에 나서면 아장아장 걸음마가 서툰 나이이니 옷이 둔하여 제대로 걸을 수가 없었다. 때로는 눈길 위에 미끄러져 넘어지기도 하고, 앞으로 불어닥치는 바람을 막느라고 뒤로 걷기도 해야 하니 겨울 길은 늘 더디고 멀었다. 지하철 정류장으로 내려가는 긴 계단을 굴러 내려가듯이 뛰어 내려가는 아침 출근자들을 피해 한편 벽에 기대어 한 걸음 한 걸음을 세듯이 걸어 내려가야만 했는데, 아직 잘 걷지도 못하는 어린아이를 추운 겨울 새벽부터 깨워 이 고생을 시키나 하는 미안한 마음에서 손목을 더욱 꼭 쥐곤 했다. 그러나 어린 것의 얼굴은 아무리 등교나 하교길이 힘들어도 늘 티 없이 밝고 즐거워 보였다. 더 갓난아기 때부터 늘 엄마와 떨어져 지내야 했던 그에게 그나마 엄마나 아빠의 손에 매달려 선생님과 많은 친구들이 있는 학교에 다닐 수 있던 것이 즐거웠던 모양이다. 베이비시터와 지내던 때보다는 그래도 지금의 이 고생이 좀 낫기는 하지만 역시 측은하게 여겨졌다.

겨울은 아침 일곱 시가 되어도 밖은 어둡다. 여섯 시를 알리는 괘종시계의 따르릉 소리에 깜짝 놀라 잠이 깨면 전날의 피곤이 안 풀려 우리 세 식구는 몸을 가눌 수 없이 졸렸다. 어른들은 얼른 끓인

커피를 공복에 넘김으로써 잠을 쫓을 수 있었으나 어린 것은 몸을 잘 가누지 못했다. 어느 때는 너무 졸려 하는 애가 딱해서 직장이고 학교고 지각을 하는 한이 있더라도 좀 더 재우려고 "좀 더 자련?" 하고 물으면 "엄마 빨리 해. 빨리 빨리." 하며 엄마가 매일 아침마다 하는 말을 자기 쪽에서 대신하면서 어서 옷을 입히라고 손을 내미는 것이다. 잠이 덜 깬 것이 아니라 아직 자고 있다는 말이 옳을 정도인데 그 애는 눈을 감은 채 늦으니 빨리 하라고 재촉하는 것이다. 그 누가 심술과 짜증을 부려야 할 나이에 그토록 착하게 엄마 아빠에게 협력하라고 가르쳤던가? 어린 것의 본능적인 효심에 다시 한 번 가슴이 찡하는 것이다. 나는 가끔 장롱 위의 사진을 들여다보며 그때의 나처럼 눈물이 핑 도는 것을 느낀다.

감기에 걸려 열이 좀 있는 아이를 학교에 데려다 주고는 걱정이 되어 일이 손에 안 잡히는데 급기야 아이가 아프니 와 달라는 전화가 와서 허둥지둥 달려가던 일, 며칠 동안 병원에 데리고 다니면서 나을 때까지 결근을 해서 몹시도 초조했던 일, 앓고 나서 기운이 몹시 없어 하는 아이를 학교에 보내 놓고는 전화가 올 때마다 학교에서 온 것이 아닌가 하여 소스라치게 놀랬던 일, 아이도 어른도 모두 앓아누워 먹을 것이 떨어지는데 식료품 사러갈 수 없을 만큼 계속 고열에 시달리던 일, 겨울은 우리에게 너무나 힘겨운 계절이었다. 그러나 세 식구는 마치 똑같은 세 변을 서로 맞대어 만드는 정삼각형처럼 서로 힘을 합하여 버티어 갔던 것이다. 어느 한 변이 무너지면 삼각형이 무너지듯 우리의 어느 한 사람이 삐끗하면 그 생활은 지탱할 수 없는 것이었다.

저녁 늦게 퇴근하는 어둑어둑한 밤거리를 가슴에 한아름 먹을 것을 사들고 지친 걸음을 재촉하여 집문 앞까지 오면 약속이나 한 듯 맞은편에서 아빠의 손을 잡고 오는 아이의 모습이 보인다. 아이가 엄마를 발견하고 손을 흔들며 좋아하는 것을 보니 오늘도 별일 없이 잘 지냈구나 하는 안도와 감사하는 마음이 가득 넘쳐오는 것이다. 눈이 많이 와서 길이 험했던지 아이가 감기 기운이 있어 조마조마하게 지내던 날은 더욱 그러하여 세 식구는 오랜만에 만나는 사람처럼 서로 반가워했던 것이다.

사람이란 어설픈 대단치 않은 고생을 할 때에는 짜증을 내고 푸념을 하지만, 정말 힘든 고생을 할 때는 오히려 그 고생을 이겨 내고 지낼 수 있는 것에 감사하게 되는 것인가 보다.

구두 속의 쥐 가족

내가 미국에 있을 때 한 사 년 가까이 유태인이 경영하는 회사에서 근무한 적이 있다. 주로 옷감이나 옷을 생산해서 파는 회사인데 그 당시 미국 여러 곳에 큰 생산 공장을 가지고 있었고 전국에 수십 개의 소형 백화점이나 체인 상점에 박리다매로 거래를 했다. 국내 생산뿐 아니라 아시아, 남미 지역에서 같은 종류의 저가 의류를 수입하고 있었다.

나는 당시 외국에서 의류를 수입하는 수입과에서 일하고 있었는데 아시아 지역도 있었다. 주로 브라질에서 수입하는 바지 종류의 수입이 많았던 것으로 기억하고 있다. 배에 실려 들어오는 물건을 인수하는 데 필요한 서류를 갖춰 놓고, 같은 서류를 선박 회사에 발송해서 상품을 인수토록 하는 일, 그 밖의 입하된 물건의 해상 수송 중 손상되었거나 분실된 물건에 대한 보상 신청, 수입된 우리 물건이 보관되는 창고비 청구액의 합당 여부를 다시 계산하는 일 등이었다. 그러나 모든 일이 하자 없이 잘 진행되다보니 일이 쉽고 무료할 만큼 편했다.

그런데 어느 날 오래 열어 보지 않았던 서류함을 정리하던 중에 내가 이 회사에 오기 전 발송된 중요 서류 뭉치를 발견하였다. U 선박 회사의 물건 도착 통지 서류였다. 어째서 이 물건을 인수하지 않고 있는 것인지 이상하였다. 내가 이 회사에 오기 전 오랫동안 후임 자리가 비어 있었으니 사무 인계를 제대로 받지 못하고 일을 시작하게 된 터라 내 책임이 그리 큰 것은 아니었지만 몹시 당황스러웠다. 나는 즉시 이 사실을 매니저인 C 씨에게 알려 어찌하면 좋을지 도움을 청했다. 그는 크게 놀라는 기색도 보이지 않고 그저 구비 서류를 그 선박 회사에 보내 속히 물건을 찾아 달라고 간곡히 부탁하라고 일러 주었다. 수입 물건 인수에 관한 일은 자기 관할이 아니라는 뜻인 모양이었다.

너무 냉담하다고 생각되었으나 진땀을 빼며 편지를 썼다. 물건 인수 서류 발송의 늦음을 사과하며 현재 그 물건이 어디에 어떻게 보관되고 있는지 하루속히 찾아 달라는 내용이었다. 보통의 경우가 아닌 중요 내용이고 수신자도 선박 회사 총책임자 앞으로 하였으니 나의 서명 사인을 하는 것 보다 상사인 C 씨에게 부탁하는 것이 좋을 것 같아 서신을 그에게 내놓았다. 영어 편지이니 혹시나 표현이 틀리지나 않았는지 검사받고 싶기도 하였기 때문이다. C 씨는 찬찬히 읽고 나서 말없이 서명을 해 주었다. 내가 안도하면서도 의

아해하는 눈치를 보이니까 내 속마음을 알았는지 이 편지를 쓴 우리 직원이 외국인이라는 것을 상대방이 알고 있을 터인데 이만하면 'OK'라는 것이었다.

이번뿐만 아니라 다른 때에도 서류 타자에 혹시 한 자라도 오자가 나온 것을 자기가 살짝 볼펜으로 고치고는 그냥 사인을 해 줄 뿐 군소리가 없었다. 그만큼 성격이 털털하고 편안한 사람이었다.

우리 물건은 선박 회사가 찾지 않는 물건이라 창고에 보관하였다가 새로 들어오는 물건에 밀려 자꾸 창고 구석으로 처박혔던 모양이다. 썩지 않는 의류이니 판매가 늦어졌을 뿐이기는 했지만 물건을 찾을 수 없을까봐 걱정을 하였는데 물건은 오래 걸리지 않고 찾을 수 있었다. C 씨가 별로 걱정 하지 않은 것은 워낙 물건 거래가 많아 간혹 그러한 일이 생기기도 하거니와 단골인 선박회사를 믿고 있었기 때문인 듯했다.

그러던 어느 날 C 씨가 전화를 받고 큰소리로 소리 내며 웃고 있어 일하던 직원이 일제히 그를 바라보았다

"지금 와이프에게 전화가 왔는데 신발장 속에 신지 않는 내 헌 구두 속에 쥐가 새끼를 낳고 살고 있대. 몇 마리쯤 되는지 알 수 없지만 갓 나온 아주 어린 새끼인 모양이야. 어미가 새끼들을 데리고 도망을 못 가고 구두 속에서 발발 떨고 있다나. 학교 갔다 온 아이들이 구경거리 났다고 좋아하고 있나봐."

일하던 대여섯 명의 직원들이 처음 듣는 징그러운 쥐 이야기에

놀라며 깔깔대며 웃었다. 그리고 모두 C 씨의 구두에 눈이 갔다. 구두는 정말 어린 쥐가 살 만큼 컸다. 하긴 그는 키도 크고 몸집도 크며 이목구비 역시 크고 잘생긴 유태인이었다. 아들만 셋의 가장이었다. 아직 어린 꼬마들이니 쥐 가족을 발견하고 쥐가 있는 신발장 앞에 진을 치듯 떠나지 않고 들여다보는 모습이 떠올랐다. 주말이면 가끔 가다가 친구나 친척들과 모이자는 전화가 오는 모양인데 으레 아이들도 데리고 가겠다고 제의하고는 상대방이 "물론이지." 하는 답변을 받고 좋아하는 모습을 보면서 나는 그가 머리가 좋고 영리하고 돈 욕심이 많은 유태인의 일반적인 성격이 아니라, 가정적이며 자유롭고 호탕한 성격의 소유자일 거라고 짐작했다.

C 씨 구두 속의 어미 쥐가 새끼들을 데리고 신장 뒤에 늘 드나드는 구멍이 있으니까 도망가 버렸는지, 새끼들 때문에 꼼짝도 못하고 발발 떨고 있는지 궁금해하며 나는 내가 오래전 어미 쥐가 등과 머리와 꼬리에 아주 어린 새끼를 매달고 한 놈을 입에 물고는 이동하는 애처로운 모습을 본 기억을 떠올렸다. 어미 쥐가 사력을 다하는 것을 보면서 다른 사람 눈에 띄지 않고 무사히 갈 곳으로 갈 수 있기를 초조하게 지켜보았던 생각이 났다. 쥐는 누구나 싫어하는 동물이고 지저분하여 사람에게 많은 해를 끼쳐 쥐를 잡기 위해 쥐약은 물론, 쥐 잡는 기구나 도구도 많고 쥐 잡는 회사까지 있다. 정말로 쥐는 사람들에겐 퇴치되어야 할 동물이다. 그런데 어미 쥐가 새끼들을 보호하기 위해 안간힘을 쓰는 것을 볼라치면 어쩐지 애

처로워진다. 더구나 새끼들이 어미에게 꼭 달라붙어 버둥거리고 있는 모습을 보면 더욱 그러하다. 이상한 마음이다.

사람이나 딴 동물이나 새끼를 가진 어미의 모성애는 다 비슷한 모양이어서 그런 동물의 모성애에 사람도 연민의 정을 갖게 되는 듯하다. 내가 한국으로 돌아온 후 쥐를 전문적으로 잡는 어느 회사의 직원에게서 쥐 얘기를 들은 일이 있다. 한 번은 자기 집에서 보일러의 라디에이터 박스를 열었더니 갓 낳은 새끼 쥐 열 마리를 품고 있는 어미 쥐가 있었다고 한다. 어미는 쥐 잡는 사람을 보고도 달아날 생각을 하지 않고 새끼 쥐를 감싸면서 두려움에 찬 눈으로 그 사람을 쳐다보더란다. 살려 달라고 애원하는 듯한 그 눈빛이 하도 절박하고 애처로워서 쥐 잡이는 차마 쥐를 잡지 못하고 문을 닫아 버렸다는 것이다. 그 말을 들으면서 나는 문득 뉴욕에 있는 C 씨를 연상하였다. 아마 그도 틀림없이 자기의 헌 구두 속 쥐 가족을 잡지 않고 도망가게 했을 것이라는 추측을 했다. C 씨는 물론 그의 헌 구두 속 쥐들도 나의 미국 생활을 뒤돌아볼 때 한 토막의 추억으로 자리 잡았다.

춘란

책상 위에 난초 한 분이 놓여 있다. 우리 집에 놀러온 친구가 이 난초를 보고 "저것도 난초라고 책상 위에 올려놨니?" 한다.

좁고 기다란 분 속에 난초 서너 촉의 잎이 소복하게 올라와 있고, 그 한가운데 한 가닥 꽃대가 올라와 있으며 서너 송이의 꽃이 피어 있다. 그러나 난초 잎 끝이 갈색으로 낙엽이 들기 시작하는 빈약한 모양을 비웃은 것이다. 난초는 꽃도 잘 피어야겠지만 잎이 늘 깨끗하고 싱싱하여야 한다. 그 잎을 즐기는 화초이기도 하다.

나는 친구에게 "그래 봬도 춘란이다. 몇 년 만에 핀 꽃이야."라고 대답했다.

동양난 중에서도 향기가 좋고 꽃이 곱기로 이름난 춘란이 정말로 오랜만에 꽃을 보게 된 것을 내세워 본다.

그때가 벌써 십 년쯤 전의 일일 것이다. 어느 해 여름 남쪽 바다 통영에 갔을 때 그곳에서 꽃 가게를 열고 있는 남편 친구가 이 난초를 내게 준 것이다. 그 후 홀쭉한 난초분에 뿌리를 내리고 사는 연약한 풀포기의 생애로 볼 때 길면 긴 십 년 동안을 기르고 있는 셈인데, 나는 아직까지 제대로 잘 핀 꽃은 고사하고 잎마저 제대로 키우지 못하고 있다.

기르다 보면 늘어난 촉을 하나씩 갈라 심어 난초 분을 늘려 보기도 했고 또 어느 해는 분갈이에 행여 뿌리를 다칠세라 염려되어 분갈이를 걸러 보기도 하였으며, 한 촉에서 한 개의 꽃대가 숨에 차지 않은 것 같아서 좀 널따란 분에 서너 촉을 모아 심어 많은 꽃대가 올라오도록 욕심을 부려보기도 했었다. 겨울이 지나 날씨가 따듯해지면 잘 빨아 놓은 붓처럼 뾰족한 꽃대의 순 같은 것이 흙 위에 솟아나서 이번에는 꽃이 피려나 눈여겨 기다려 보았다. 하지만 그것들은 크지도 않고 그대로 땅에 붙어 있다가 잎이 되어 버렸다. 꽃도 없이 늘어만 가는 난초 분이 성가시기도 하여 친구들에게 한 촉씩 나눠 주어 한두 분만을 남겨 놓고 있는 터다.

난초를 길러 본 사람들이 너무 많이 물을 주면 잎 끝이 썩어 시든다고 일러준다. 해서 며칠에 한 번 듬뿍 물을 주곤 했다. 그러나 그해도 꽃이 피지 않았다. 물이 잘 빠지라고 흙이라기보다는 굵은 마사에 심어 놓았더니 쉽게 물기가 없어져 잎 끝이 마를 것이라는 내 나름대로의 생각이 들어 어떤 때는 물을 자주 주기도 했었다. 크지도 않은 홀쭉한 난초분에 얼마 되지 않는 박토(薄土)가 걱정이 되어 깻묵 썩힌 것을 물에 타서 주기도 했었다. 그러나 나의 노력은 허사여서 난초는 시원치 않은 꽃을 한두 번 피어 보았을까 잎 끝은 마르기가 일쑤였다.

너무 물을 많이 주어도 안 되고, 너무 적게 주어도 안 되며 너무 영양분을 많이 주거나 너무 햇살에 강하게 쪼여도 안 된다. 너무 오래 그늘에 두어도 안 되고 너무 추워도 안 되고 너무 더워도 안 된다는 금기사항이 까다롭다. 인생을 살아가는 데 있어 어느 한쪽에 치우치지 않는 중용의 도를 걷는다는 것이 힘든 것처럼 적지도 많지도 않는 적당한 양을 가늠하며 난초를 기른다는 것이 어찌 쉬우랴. 그러나 이제 와서 돌이켜 보면 햇빛이 많은 여름에 햇빛을 적게 쐬고 햇빛이 적은 겨울에는 햇빛을 오래 쐬어야 하는 기법이 필요하며 겨울 한철 너무 추워서 얼세라 더운 곳에서 기른 것이 잘못이었다는 내 어리석음을 알게 된 것 같기도 하다.

어떻든지 간에 난초는 아무렇게나 쉽게 꽃을 피우지 않는 식물이다. 기르는 정성도 정성이려니와 가꾸는 기교가 어수룩하지 않아야 된다. 그러나 춘란은 잎 끝이 타고 마르는 세월을 견디어 가면서도 죽지 않고 오래 살아가는 강인한 생명력의 꽃인 듯 나의 서투른 솜씨에도 견디며 살고 있다.

어느 때쯤이나 향기로운 고운 꽃을 피워 볼 수 있을까. 오랜 세월 동안 한 번도 소망을 이루어 보지 못했음이 서운하여 난초분을 들여다본다. 난초 기르는 솜씨처럼 세상 살아가는 데 미숙하여 고생만 하였을 뿐 이루어 놓은 것 하나 없이 지나가버린 나의 지난날의 기억들이 난초 잎 위에 어른거린다. 그때 좀 더 영리하였으면 좋았을 것을, 그렇게 하지 않았으면 실패를 피할 수 있었을 것을 하는 안타까운 회한에 사로잡힌다. 아직도 그 마음이 가시지 않는 과거의 상처 자리를 어루만지듯 잎 끝이 타고 있는 난초 잎을 하나씩 닦아 본다.

선죽교

노는 시간은 말할 것도 없지만 공부 시간은 공부 시간대로 큰 소리로 구구단을 외우는 소리 노래를 부르는 소리 등으로 늘 떠들썩한 개성 D 초등학교의 우측 담 옆길을 따라 실개천이 흘러 내려오고 있었다. 그 개천을 따라 얼마를 더 가면 둑이 없는 도랑길이 되는데 그 도랑 넘어 편편하게 펴져 있는 언덕에 돌다리 하나가 보인다. 그 돌다리가 개성에 있는 선죽교이다.

벌써 선죽교를 못 본 지 반세기가 넘었으니 내 기억 속에 남아 있는 그 다리의 모습은 아련하기만 하다. 그때가 내 나이 일곱 살쯤 되었을 무렵 나보다 훨씬 큰 동리 아이들을 따라 선죽교가 바라보이는 도랑가에 쑥을 뜯으러 갔었다. 봄볕이 따뜻한 도랑에는 깨끗한 물이 흐르고 있었고 그 도랑 둑에는 먼지 하나 없이 깨끗한 쑥이 많이도 돋아 있었다. 화강암을 다듬어 만들어진 돌다리는 돌로 된 난간이 있어 다리의 모양이 흔히 있는 다리보다 아름다웠으며 다리 옆에는 아마도 다리의 역사를 설명하는 기와지붕을 얹은 작은 누각이 있었다.

한 아이가 이렇게 말했다.

"저 돌다리 위에 빨간 핏자국이 있대."

그러자 또 한 아이가 아는 체를 했다.

"그 핏자국은 아무리 오래 가도 지워지지 않는대."

나는 이미 누군가에게 들어서 그 다리 위에는 이름은 모르지만 아주 훌륭한 높은 분이 나쁜 사람의 쇠몽둥이를 맞아 돌아가셨다는 것을 알고 있었다. 그때 흘린 피가 돌다리 위를 적셨는데 그 피가 아직도 빨갛게 남아 있다는 아이들의 이야기인 것이다.

그 후 십 년쯤 뒤 중학교 국사시간에 고려의 충신 정몽주가 이성계의 아들 이방원의 직속 하수인의 철퇴를 맞아 죽은 자리가 바로 선죽교 위였음을 알게 되었다. 그러고 보니 선죽교는 내가 가장 어린 나이에 알게 된 역사의 현장이었던 셈이다.

고려의 우군도통사이던 이성계가 요동을 치러 군대를 이끌고 압록강을 건너던 중 위화도에서 회군하였다. 고려를 없애고 자기가 왕이 되서 새 왕국을 세우려는 계책에서였다. 이러한 그의 뜻에 요동을 치러 가기로 한 최영 장군이 찬성할 리 없는 터 그도 처단해 버리니 곧 혼돈의 정국이 시작되었다. 이성계의 아들 방원은 고려의 중신이고 학자였던 정몽주에게 자기들이 가지고 있는 개국의 뜻에 동참해 줄 것을 권하는 〈하여가〉를 둘이 앉은 술자리에서 읊었다.

이런들 어떠하며 저런들 어떠하리
만수산 드렁칡이 얽혀진들 또 어떠하리
우리도 이같이 얽혀 백년토록 누리리라.

정몽주는 이렇게 대답하며 거절하였다.

이 몸이 죽고 죽어 일백 번 고쳐 죽어
백골이 진토 되어 넋이라도 있고 없고
님 향한 일편단심이야 가실 줄이 있으랴.

술자리가 끝나 정몽주가 귀가하는 길 선죽교에 왔을 때 그곳에 잠복하고 있던 방원의 하수인은 철퇴를 휘둘러 정몽주를 죽이고 그 다음 날 아침 방원은 그 시신의 목을 남문에 효수하였다.

백성들은 요동 정벌에서 이성계와 반목하게 된 최영 장군을 죽인 지 오래되지 않았는데 고려의 조정 중신인 정몽주를 저 모양으로 처단하는 것을 보고 고려가 망하게 되는구나 하는 실감에 떨었다. 뒤이어 이성계는 고려 우왕, 창왕 부자뿐만 아니라 공양왕을 죽이고 모든 왕족과 자기에게 반대하는 중신 모두를 피의 숙청으로 다스린 후 조선의 초대 왕이 되었다. 그러나 건국의 혼란은 왕세자 계승권을 둘러싼 두 차례의 왕자의 난을 치른 후 막강한 개국의 실력자가 된 이방원이 제3대 조선의 왕이 된 후였으니 태조 이성계가 초대 왕이 된 후 칠 년, 둘째 왕 정종이 이 년 집권했으니 십 년의 세월이 흐른 뒤였다.

그동안 조선 개국의 공신들이나 개국에 동조하는 백성들은 차츰 새 수도 한성으로 옮겨가게 되었으나 대부분의 개성 백성들은 살던 고향집을 버리고 집도 절도 없는 타관으로 떠나갈 수는 없었을 것이다. 원래 왕도인 개성은 나라의 관록으로 먹고사는 조정 중신과 대소 신료들로 하여 더불어 백성들도 장사도 잘되고 번성하던 곳이었는데 나라가 주는 녹을 받던 사람들이 없어지니 백성들의 생계도 몹시 힘들어졌다.

그러나 개경은 왕도였던 곳. 옛 정권의 관료에서 평민이 된 사람에게는 남아 있는 값비싼 옷가지나 비단, 피륙 등은 물론 여인들이 간직해 오던 패물들이 있었을 터인즉 그것을 시장에 내다 팔아 생계를 이었고, 그것을 산 옛 상인들은 괴나리봇짐을 만들어 짊어지고 이문이 몇 푼밖에 되지 않는 일일지라도 백 리 길을 마다않고 여러 곳으로 팔러 다녔다. 그 물건을 판 돈으로 다시 그 지방의 특산품을 사서 돌아와 다시 팔아 돈을 벌었다. 차차 괴나리봇짐 장수가 여러 명이 함께 먼 곳까지 나가는 보부상으로 늘어났고, 그 장사 짐 속에는 놋그릇, 약초, 인삼 등 비싼 물건이 많아졌으며 국내는 물론 중국, 러시아까지 장삿길이 넓어지고 교역 물품도 더욱 다양해졌다.

고려의 정치 도시가 상업 도시로 탈바꿈한 것이다. 후에는 수십 명의 보부상이 상단을 만들어 국경을 넘나드는 국제무역으로 번성하고 있었다. 먹고살기도 힘든데 언제 책상머리에 앉아 공부를 하여 과거에 급제하여 달갑지 않는 정권 밑에서 입신양명의 출셋길을 꾀하겠느냐. 그보다는 차라리 돈이나 많이 벌어 자립하여 능력껏 자유롭게 사는 것이 좋다는 개성의 새로운 도시 인생관이 자리 잡아가게 되었다.

조정은 세종대왕 때에 비로소 안정을 찾았지만 그 후 곧 단종을 폐위시켜 자신이 왕이 된 세조는 자기 뜻에 반대하는 형제인 안평대군과 귀양 보냈던 금성대군을 처단하였으며 부왕인 세종대왕이 총애하던 중신과 단종의 복위를 꾀한다는 죄목으로 집현전의 학자들을 무서운 악형으로 처단하였다. 개국한지 불과 50년 동안에 있었던 일이다. 그 밖에도 살생부에 올라 죽어간 조정 중신들이 많았고 불안정한 정국 속에 백성들의 삶은 안정을 찾기 힘들었다.

그 후 중종반정과 인조반정은 집권하고 있는 왕을 내쫓고 다른 왕을 옹립하는 것이었으니, 왕실과 조정 간의 갈등의 소용돌이가 심했고 특히 선조 때의 칠 년에 걸친 임진왜란으로 백성들은 살생, 기근에다 국토의 전화로 인해 초토화되다시피한 비참한 난을 겪게 되었다.

인조 때는 왕 스스로가 청나라 장군 앞에 항복하는 삼전도의 굴욕을 겪었으며, 조선조 후기에 와서는 갑신정변, 임오군란, 아관파천, 조정이 허약하여 관군의 힘으로는 도저히 민란을 진압할 수 없어 역사 이래 처음으로 일본군을 들어오게 하여 그 힘으로 진압할 수밖에 없었던 동학란 등 나라는 편한 때가 없었다.

조선 시대의 문화 학문이 가장 절정기를 이루었던 영조와 정조 때에 와서도 사색정파가 서로 난립하는 조정 중신들의 당파 싸움에 영조는 탕평책 등 많은 노력을 기울여 보았지만 효과가 없었으니 늘 대립하고 싸우는 파쟁 정치가 후세에까지 깊게 뿌리를 내리게 되었다. 한편 백성들은 하루 세끼 먹기가 힘든 가난한 삶이었으니 어디에선가 소요가 끊이지 않는 연월이 흐르다가 드디어 침략에 눈이 먼 일본에 합병되는 비운으로 오백 년 조선 왕조는 막을 내렸다.

정몽주가 마음을 달리하여 방원의 협조 요청에 따라주었다면 조선의 개국공신으로 대접받고 영화를 누릴 수 있었을 것인데, 한번 가진 국가에 대한 절개를 지켜 고려조에 순국하였다.

선죽교 위에 흘린 정몽주의 피는 오래전에 씻겨 나갔지만 핏자국을 닮은 모양이 돌다리 위에 자리하고 있어 후세의 사람들에게 정몽주가 흘린 핏자국이라는 구전으로 전해지고 있다. 핏자국 모양은 비가 오면 젖어 있다가 날이 개면 다시 선명하게 나타난다고 한다. 선죽교의 핏자국 돌은 수없이 흐른 세월 속에 구전으로 전해져 내려오면서 고려 충신의 붉은 정신을 상징하는 선죽교로 역사에 남을 것이다.

수의

매월 한 번씩 고등학교 동창생이 모여 점심식사를 한다. 팔순이 넘은 열 명가량의 친구들이 만나 점심을 먹으면서 이야기꽃이 핀다. 늙으면 입에 정기가 모인 다던가. 몸은 다리가 아프다느니 허리가 아프다느니 혈압이 높거나 혈당이 있다느니 하여 병들어 가고 있는데 말하는 것은 힘이 넘치듯 쉬지 않는다. 한 사람이 말하는 것을 듣다가 다 끝나기도 전에 다른 사람이 화제를 달리하면서 끼어든다. 먼저 사람이 양보하면 좋으련만 두 사람은 서로 다른 화제를 가지고 목소리가 커진다. 그 두 사람의 이야기 중에서도 꼭 말하고 싶은 이야기를 소곤소곤 이야기하는 친구도 생긴다. 세상 돌아가는 이야기, 병에 관한 병원이나 약 이야기, 김치나 된장, 밑반찬 같은 먹거리 이야기 등등. 늙으면 다소의 차이는 있지만 노년 우울증이 생긴다고 하는데 그 증세를 입으로 풀고 있다. 자기 스트레스를 들어주는 친구가 있어 좋고 또한 그 모임이 좋다.

며칠 전의 모임에서는 우연히 수의(壽衣) 이야기가 나왔다. 나이가 나이인지라 수의를 이미 장만해 놓은 줄 알았는데, 아직 마련하지 않은 편이 더 많은 것 같았다. 수의 이야기란 기분 좋은 화제가 될 수 있는 것이 아니겠지만 수의를 입게 되는 날이 가까워지고 있는 나이이니 털어 놓고 이야기하게 되는 것 같다.

한국의 전통으로 수의는 삼베로 만든다. 속옷으로부터 겉옷은 물론 손가락 하나하나를 장갑처럼 감싸는 손 싸개, 발 싸개, 머리 싸개까지 몇십 가지에다 이불까지 만드는 것으로 듣고 있다. 시신이 부패하면서 나오게 되는 수분 때문에 섬유 중에 제일 흡수력이 좋은 삼베를 썼던 것 같다.

내가 대여섯 살 때 아직 청년기에 있었던 나이 젊은 외삼촌이 세상을 떠났는데, 방이며 대청이며 대여섯 명쯤 되는 여인들이 수의와 상복을 짓는다고 누런 삼베를 재단하여 꾸미느라 밤을 새우던 모습이 기억이 난다. 그 시대는 시골에서 무명과 삼베 또는 모시를 짜던 때이니 삼베가 흔하고 값도 헐했던 모양이다.

나의 시어머님은 당신의 수의를 삼베가 뻣뻣하고 보기도 좋지 않다는 생각으로 삼베 대신 흰 명주를 택하셨다. 수의는 건강할 때 미리 지어 놓으면 장수한다고 했던가. 수의 입으실 분의 주검에 대한 기분을 언짢게 하지 않으려고 수의 바느질을 잘하는 한두 사람과 고모님이나 친구들이 모여 와서 떡이랑 술이랑 흡족하게 음식을 장만해 놓고 작은 잔치를 치르는 것 같이 흥을 돋우며 수일에 걸쳐 장만하였다.

나의 어머니 장 속에는 제일 밑에 옷상자가 하나 있었는데 그 속에 어머니 수의가 있었다. 몇 년 만에 한 번씩 좀약을 넣기도 하고, 습기가 차지 않았는지 챙겨 보시느라고 펴 보시는 것을 본 적이 있다. 결혼하실 때 혼례복으로 입으셨던 활옷이라 하는데 빨간색, 연두색, 옛날 고급 본견 옷감에다가 모란꽃이 화려하게 수 놓아진 옷이었다. 어머니의 수의라는 말에 불길하고 섬뜩한 느낌마저 들어 힐끗 보았을 뿐 찬찬히 보지 못했었다. 왕실의 공주나 옹주들만이 혼례복으로 입던 예복을 활옷이라 하는데, 부잣집 맏며느리로 시집간 어머니는 시대가 변하니 민간에서도 더러 입을 수 있게 되었다 하여 활옷을 만들어 입으셨다고 한다. 무척이나 호화로운 혼례복을 입었으니 타고 가는 가마도 꽃가마가 아니라 왕조 때의 옹주들이나 타는 덩을 타고 시집을 가게 되었다고 한다. 그리고 한 번 입은 혼인 예복인 활옷을 평생 간직하여 보관하고 있다가 돌아가실 때 수의로 입으셨던 것이다.

외국 사람들은 자기 옷 중에 제일 좋고 아끼던 옷을 수의로 입는 것으로 알고 있다. 수의라는 것에 신경을 안 써서 좋고 경제적이기도 하다. 고급 삼베로 만든 수의가 몇백만 원이 아니라 천만 원 넘는 것이 있다 하니 꼭 삼베가 아니라 차라리 깨끗한 인조견이나 부드러운 고운 면으로 대신해도 되지 않을까 싶다. 요즘은 기성복 시대이니 병원 장의점이나 수의를 파는 상점도 있다. 선택이야 자기

형편과 마음에 달려 있겠지만 화장을 주로 하는 장례에 이삼일 동안 입을 옷에 그리 돈을 많이 들여 무엇하랴 싶은 것이다.

요즘 여인들의 한복은 특별한 행사에 맞춰 마련한 옷으로, 그 후로는 별로 입지 않는다. 해서 누구나 괜찮은 한복이 있게 마련이다. 비싼 돈을 주고 공들여 만든 한복이지만 고작 한두 번밖에 입지 않은 옷은 새것이나 다름없으니 버리기가 쉽지 않다. 가끔 그 옷 중에서 좋은 것을 골라 수의로 쓰면 어떨까 하는 생각을 하기도 한다.

수의를 마련한다는 것은 앞으로 다가오는 죽음을 준비하는 것이니 서글프고 허무하다. 납덩어리를 삼킨 것 같은 무거운 마음이지만 챙기고 정리해야 할 일들을 살피게 된다. 재산이 많은 부자가 아니니 유언을 문서화할 필요는 없지만, 남기고 싶은 물건이나 금전을 명백히 하여 놓고 쓸데없는 물건을 깨끗하게 버려야겠다. 친구 A도 가고 N도 갔다. 늙으니 요즘의 삶이란 한 발 한 발 후퇴란 있을 수 없는 전방이라는 일선에 서 있는 것이다. 전쟁의 전방은 아무리 치열하게 싸우다가도 이기고 살아서 돌아갈 수도 있는 것이지만, 내가 서 있는 일선은 결코 돌아갈 수 없는 삶의 끝인 것이다.

혈기에 넘치고 꿈도 컸던 젊은 시절로부터 열심히 순진하게 살아온 셈이지만 성취한 것은 무엇이었을까. 가족과 어린아이마저 고국에 버려둔 채 오랜 세월을 타국을 헤매던 의의는 어떤 결과로 돌아왔을까. 무척 오래된 그 시절의 앨범을 들춰 보면서 문득 미국 시인 롱펠로의 〈화살과 노래〉라는 시를 음미해 본다.

공중을 향해 화살 하나를 쏘아 올리니

땅에 떨어졌네, 내가 모르는 곳에.

빠르게 날아가는 화살을

내 눈이 따를 수 없었기에.

공중을 향해 노래를 부르니

땅에 흩어졌네, 내가 모르는 곳에.

누가 그처럼 예리하게 강한 눈을 가져

날아가는 노래를 따를 수 있으랴.

세월이 많이 흐른 뒤 어느 떡갈나무에서

그 화살을 발견했네, 부러지지 않은 채로.

그리고 온전한 그대로 그 노래를

한 친구의 가슴속에서 다시 찾았네.

The Arrow and the Song

I shot an arrow into the air

It fell to earth, I knew not where

For, so swiftly it flew, the sight

Could not follow it in its flight.

I breathed a song into the air,

It fell to earth, I knew not where;

For who has sight so keen and strong

That it can follow the flight of song?

Long, long afterward, in an oak

L found the arrow, still unbroke;

And the song, from beginning to end,

I found again in the heart of a friend.

_시인 고 장영희 역

시인은 시도했던 젊은 날의 일이 어떻게 되었는지, 세상에 전하고 싶었던 뜻을 누가 알기나 했는지, 세월은 무심하게 지나가 버렸다고 생각하고 있었는데, 오랜 세월이 흐른 뒤 젊었을 때 시도하였던 것들이 헛되지 않고 이루어져 있었다는 것을 발견하면서 세상을 허무하게 뜻 없이 산 것은 아니었구나 하고 말하는 것 같다. 부러지지 않은 채 다시 노목에 꽂혀 있던 화살의 발견, 아무도 듣고 있을 것 같지 않던 예전의 노래도 그 누군가가 듣고 알아주고 있었다는 생의 성취감을 나 또한 나의 생애 속에서 음미해 보고 싶다.

송편

송편하면 추석의 떡이다. 요즘은 주로 먹을 만큼 떡집에 주문해 먹거나 사서 먹는 모양이다. 나도 두 손녀딸을 데리고 떡집에서 사온 송편을 먹으며 그 옛날 어머니를 도우며 송편을 빚던 수십 년 전을 추억해 본다.

송편을 빚기 위해 어머니는 송편에 들어갈 송편 속을 준비하신다. 참깨를 볶아 깨소금 절구에 소금과 설탕을 간하여 빻아 놓고 녹두를 삶아 어레미에 내려 개어 놓고 팥도 팥의 아린 맛을 빼기 위해 한참 삶다가 삶은 물을 갈고 다시 푹 삶아 으깨듯이 빻아 놓는다. 소금을 넣되 짜지 않고 설탕을 넣되 달지 않아 녹두의 향기로움, 팥의 구수함, 깨의 고소함이 살아 있어 재료가 가지는 순수한 각기 다른 맛들을 살려 놓는다. 설탕 가루가 너무 많이 들어가 단맛이 지나친 요즘 사람들의 맛의 취향과 대조되는 부분이다. 그 밖에 해콩도 까 놓고 더러는 까기 힘든 밤도 까 놓아야 한다.

그리고 추석 하루 전에 그 전날에 담가 불린 쌀을 건져 방앗간에 쌀을 빻으러 가야 하는데 그 일은 나나 동생들 몫이다. 방앗간은 쌀을 빻으러 온 사람들이 줄을 서 있어서 꽤 오랜 시간을 기다리다가 겨우 쌀가루를 빻아 집에 돌아와 대청에 놓인 큰 함지박에 쏟아 놓으면 어머니는 송편 반죽을 하기 시작하신다. 일곱 형제 대식구인 우리 집이니 송편 반죽도 많았다. 쑥을 넣은 반죽 한 덩어리와 나머지는 큰 덩어리로 나누어 반죽을 하는데 반죽을 되게 하여야 하니 무척 힘이 드는 것이다. 반죽이 끝나면 덩어리가 마르지 않도록 물기를 꼭 짠 젖은 수건을 덮어 놓고 송편 빚기가 시작된다.

딸들이 다섯이나 되니 둘러 앉아 빚기 시작하는데 즐거운 광경이다. 송편을 예쁘게 빚어야 시집가서 예쁜 딸을 낳을 수 있다는 이야기는 송편이나 만두를 빚을 때마다 듣던 말이기에 처음에는 솜씨를 내느라고 열심이다. 그러나 이 송편 빚기는 두어 시간에 끝나는 것이 아니어서 빚다가 지루해지고 싫증이 나서 송편 모양새는 점점 미워지고 커지는 것이 보통이다. '엄마는 왜 이리 송편을 많이 하지?' 짜증까지 난다. 어느 해였던가 일찍 저녁을 먹고 시작한 송편 빚기가 밤 열두 시까지 간 적도 있다. 물론 그때쯤이면 동생들은 하나둘씩 빠져나가고 어머니와 나만 남는다. 채반이나 밥상에 빚어 놓은 송편을 가지런히 줄 세워 올려놓으면 대청마루가 좁다시피 채워지는 것이다.

잠깐 자는 듯 마는 듯 깨어 보니 새벽이 지나 있었다. 어머니는 어느새 큰 시루에다 미리 깨끗이 씻어 물기가 없는 솔잎을 깔아 송편을 서로 붙지 않도록 펴 놓고 다시 솔잎을 덮어 그 위에 송편을 올려놓기를 여러 번 반복하여 시루를 송편으로 채워 놓고는 솥에 시루를 안쳐 놓고 불을 때고 있었다. 송편이 다 익으면 시루를 떼어 내어 수돗가에 가서 찬물에 솔잎을 씻으며 소쿠리에 송편을 건져 놓고 서로 붙지 않도록 참기름을 바를 일이 남아 있다. 시루에서 나온 뜨거운 송편을 아주 찬물에 씻음으로써 송편이 쫄깃쫄깃해지고 급냉의 효과로 송편이 오래 쉬지 않고 또 잘 보관할 수 있는 것이다. 냉장고가 없었던 시절의 지혜인 셈인데 송편을 하나씩 하나씩 얼음물처럼 차가운 물로 솔잎을 씻어 내는 작업을 하면 손이 몹시도 시렸었다. 가을의 새벽은 손도 시리고 발도 시려 송편 씻는다고 젖어 버린 앞치마를 벗으며 안방으로 들어가면 송편 찌느라고 달아오른 따끈한 아랫목은 얼마나 따뜻하고 좋은지 전신이 녹는 것 같았다. 그렇게 힘들게 만들어진 송편들은 그 맛으로 하여 우리들의 수고를 보상하여 주는 것일까. 너무나도 맛있었다.

생각해 보니 내가 송편을 빚은 것은 결혼하기 전의 일. 그 후 반세기가 흘렀다. 떡을 좋아해서 쑥떡이나 검은콩을 듬뿍 섞은 메시루떡 또는 약식, 소머리떡은 곧잘 해 먹었지만 송편은 빚어 본 적이 없다. 손이 많이 가는 떡이 돼서 꼼꼼하지 못한 나에게는 힘들다. 이번 추석 때 두 손녀와 같이 떡을 먹는데 옛날에 빚어 먹던 떡 이야기를 들려주니까 "할머니 송편 만들어요?" 하지 않는가. "그래

내년 추석에는 꼭 빚도록 하자" 두 손녀가 소꿉장난하듯이 신이 나서 송편을 빚는 즐거운 모습을 생각하니 지레 나는 송편 빚는 일에 유혹을 느끼게 된다.